安宁病房的一千零一夜

主编 | 纪光伟

科学普及出版社
·北 京·

图书在版编目（CIP）数据

安宁病房的一千零一夜 / 纪光伟主编. --北京：科学普及出版社，2024.12（2026.4 重印）. --ISBN 978-7-110-10850-5

Ⅰ. I25

中国国家版本馆 CIP 数据核字第 2024R59A37 号

策划编辑 宗俊琳　张　龙
责任编辑 张凤娇
文字编辑 姜海婷　周可欣
装帧设计 东方信邦
责任印制 李晓霖

出　　版 科学普及出版社
发　　行 中国科学技术出版社有限公司
地　　址 北京市海淀区中关村南大街 16 号
邮　　编 100081
发行电话 010-62173865
传　　真 010-62179148
网　　址 http://www.cspbooks.com.cn

开　　本 889mm×1194mm　1/32
字　　数 258 千字
印　　张 12
版　　次 2024 年 12 月第 1 版
印　　次 2026 年 4 月第 2 次印刷
印　　刷 北京盛通印刷股份有限公司
书　　号 ISBN 978-7-110-10850-5 / I・761
定　　价 68.00 元

编者名单

主　编　纪光伟

副主编（以姓氏汉语拼音为序）

黄　英　沈雅静　童　玲　周雨欣

编　者（以姓氏汉语拼音为序）

陈欢欢　陈　峻　丁雪婷　桂会芳
黄　英　纪光伟　李　静　李丽君
梁琇芳　罗　珊　潘　娜　沈　丹
沈雅静　隋　洁　谭　馨　童　玲
万　振　吴　平　谢　艳　殷小莉
张　盼　周雨欣

内容提要

有这样一群人，他们以医生、护士、志愿者、社工、理疗师和心理师的身份，共同编织着安宁疗护的温馨画卷。他们用无尽的耐心和深沉的关爱，为那些步入生命终章的患者及其家庭，提供着温柔的支持和陪伴。在生命旅程末期，他们不仅守护着患者的身体，更抚慰着他们的灵魂，确保每一位逝者都能在无憾中安详离去，让每一位生者都能在坚强中继续前行。

本书是一部充满人文关怀的纪实文学作品，它细腻地记录了武汉某医院安宁疗护中心的诞生、成长、挑战与收获。书中以时间的流转为线索，串联起百余个真实而深刻的生命故事，探讨了安宁疗护的内涵、生命末期的应对之道、生存质量的提升，以及如何避免无效医疗的困境。这些故事，如同一面镜子，映照出国内安宁疗护工作的发展历程，也映射出社会对生死观念的深刻变迁。

本书不仅是对安宁疗护工作的全面记录，更是对生命尊严的颂歌。它有助于传播安宁疗护的理念，启发更多人树立正确的生死观；对推动国内安宁疗护事业的发展，具有不可估量的价值和意义。

序

作为一名同样耕耘在安宁疗护领域的一线实践者，我十分荣幸收到纪光伟医生的邀请为本书作序。

我和纪医生相识于 2019 年 8 月。机缘巧合下，我们一起参加了在印度尼西亚泗水市举办的第 13 届亚太安宁疗护会议。尽管只有一面之交，纪医生的专业与热情仍令我记忆犹新，他的名字也一直印刻在我的脑海中。

纪医生是一位外科医生，他的专业与安宁疗护是有距离的，但他对安宁疗护宣传推广的巨大热情，以及对临床实践与学术研究的刻苦钻研，使他成为中国少数从事安宁疗护的外科专家之一。

英国护士西西里·桑德丝（Dame Cicely Saunders）于 20 世纪 60 年代开创了现代安宁疗护体系，旨在通过多学科团队的服务，给予生命末期患者及其家庭尊严与关爱，使他们能够安详地走完生命的最后一程。然而，这一理念自 20 世纪 80 年代引入我国后，发展得并不顺利，且面临诸多困难和挑战。

拿到《安宁病房的一千零一夜》的书稿后，我便开始细细地品读。作者通过精心选编的 100 多个真实故事，向读者呈现了安宁疗护是什么，我们应该如何面对生命的终点，以及如何提高生存质量，避免过度的无效治疗。本书不仅仅是一部纪实作品，也是一部科普作品。全书渗透着对安宁疗护理念的深入探讨，承载了对生命最后旅程的温情关怀，也记录了纪医生及其团队在安宁疗护之路的探索与坚守。

本书真实记录了湖北省第一家安宁疗护机构由创立、发展到“歇业”的过程，也由此从侧面反映了安宁疗护在我国的发展轨迹。正如纪医生所言，“缺憾也是一种美”，虽然这家安宁疗护中心最终以“歇业”的方式结束了自己的使命，但那些动人的生命故事将作为我国安宁疗护发展的珍贵资料，永远留在人们的心中。

“歇业”后的纪医生并没有停止对安宁疗护的探索，他奔波于各地，一直致力于安宁疗护理念的推广，积极寻求新的合作伙伴，探索新的安宁疗护模式。

庆幸的是，时隔四年，2023 年 4 月，我们又一次因安宁疗护结缘。在与纪医生详谈后，我欣喜地发现，在安宁疗护的专业上我们有着共同的见解，在安宁疗护的发展上我们有着一致的初心。由此，纪医生正式加入了我们的团队，成为江苏省首家独立设置的安宁疗护中心南京和怡韩府山安宁疗护中心的主任，开启了他全新的安宁疗护探索之路，也开启了与我的同僚之旅。

本书的出版不仅是对我国安宁疗护发展的积极推动，更是对时下生死观的挑战和思考。正如纪医生所言，“安宁疗护之路崎岖”，但我相信只要坚持不懈，我国的安宁疗护必将健康持续发展，并为越来越多的患者及其家庭带来温暖与关怀。

愿本书的出版，能够成为我国安宁疗护事业发展的催化剂，唤起社会对生命末期患者及其家庭的关注，为我国安宁疗护工作的蓬勃发展做出积极的贡献。

是以为序。

于南京小行医院

前言

这是一部记录安宁疗护工作的别具匠心的著作，既是纪实文学，也是医学科普。

安宁疗护，最早是由英国护士西西里·桑德丝开创，又称临终关怀，也称安宁缓和医疗、姑息疗法。它是由医生、护士、志愿者、社工、理疗师和心理师等组成的多学科团队，为生命末期患者及其家属提供帮助，通过为患者提供多层次的关怀，让患者有尊严地走完人生最后一段旅程，让逝者安息，让生者无憾。

20 世纪 70 年代中期，国外相继建立各种形式的临终关怀机构，1988 年我国引入了临终关怀理念。尽管我国围绕安宁疗护相继开展了一些工作，但其发展并不尽如人意。因此，我们应该进一步普及安宁疗护，推广“优逝”理念。

2017 年，原国家卫生计生委印发了《安宁疗护中心基本标准（试行）》、《安宁疗护中心管理规范（试行）》和《安宁疗护实践指南（试行）》，这是第一次颁布关于安宁疗护的国家规范，标志着我国安宁疗护工作的推广已进入快车道。

但是，我国的安宁疗护工作起步艰难。目前许多安宁疗护机构都是在亏损运营，由于缺乏足够的政策支撑，安宁疗护的发展比较缓慢。因此，还需积极推广安宁疗护理念，对国人进行死亡教育。

死亡，是大家都不愿意涉及的话题。我们尝试通过比较容易被大众接受的方法——将自己身边安宁疗护相关的真实故事讲出来，以期帮助更多人正确面对生命末期，面对即将来临的死亡。

目前，我国已进入老龄化社会。截至 2023 年底，全国≥60 周岁老年人口约 2.97 亿人，占总人口的 21.1%，其中≥65 周岁老年人口约 2.17 亿人，占总人口的 15.4%。有约 4400 万失能失智人群，其生存状况并不令人满意，因此，对这一群体的照护问题亟待解决。加强对老年群体的照护，让他们有尊严地走完最后一段路程，是对生命的尊重。

本书记录了湖北省第一家安宁疗护机构从筹建、运营、进步、成熟，直至最后“歇业”的过程。该机构于 2018 年 2 月 9 日成立，从社区卫生服务中心的养老院，搬迁至三级医院内，组建为安宁疗护中心。之后运营了 1391 天，于 2021 年 11 月 30 日“歇业”，最终画上了一个并不完美的句号。由此引发了人们对如何开展安宁疗护的思考。

该安宁疗护中心运营三年多来，通过践行安宁缓和医疗的理念，积极进行症状控制，为减轻生命末期患者的痛苦做了大量工作，赢得了社会及患者家属的广泛好评，涌现出许多感人的故事。

但由于公众对安宁疗护工作的接受程度不够，许多人不能理解或不能接受安宁疗护的理念。加之大多数人对死亡没有正确的认识，许多癌症终末期的患者和家属总是怀有“生命不息，化疗不止”的观念，其结果是患者承受治疗的痛苦有所增加，患者的生命却并未得到延长，甚至还有所缩短，与此同时对宝贵的医疗资源也是一种浪费。

安宁疗护中心的员工将工作中的点点滴滴记录下来，希望通过这些真实的故事，来传播安宁疗护的理念，帮助公众树立正确的生死观，让生命更有尊严。

本书以时间为轴线，通过100多个感人的故事，介绍了安宁疗护是什么，面对生命末期我们应该怎么办，怎样提高生存质量，怎样避免做过度的无效治疗。一段段安宁疗护中心的心路历程，完整展示了安宁疗护中心的成长过程。这种记录是一份宝贵的资料，对研究安宁疗护的发展有着积极意义，更可启发人们对安宁疗护工作的理解和思考。

本书作为国内第一部全面记录安宁疗护工作的人文纪实作品（为了保护患者的隐私，文中涉及的患者及其家属姓名均为化姓或化名），希望能引起社会的关注，推动我国安宁疗护事业的发展。

对于本书的出版，我们既高兴又苦涩。高兴的是我们三年多的实践和两年多的探索，能够让更多人看到；苦涩的是我们以“歇业”的方式结束了这家机构，着实有些缺憾。当然，缺憾也是一种美。

2021年11月30日，安宁疗护中心“歇业”后，我们仍旧在积极探索新的模式、寻找新的合作伙伴，并利用一切机会积极推广安宁疗护理念，面对巨大的市场需求，我们还在全国范围进行了安宁疗护的转介，积极为有需要的人提供帮助。目前，已经为 100 多位生命末期患者提供了帮助，对居家安宁疗护和互联网安宁疗护积累了宝贵经验。

2023 年 5 月，我们与湖北省孝感市合作开展乡村安宁疗护，已经取得了一定的成绩。这是一个新的开端，也是一次新的尝试。

2023 年 7 月，我应聘到江苏省南京和怡韩府山安宁疗护中心工作，这是江苏省第一家独立设置的安宁疗护中心。在这里，我开始了新的探索和实践，并取得了初步成效。

尽管安宁之路崎岖，但我坚信，只要我们不懈努力，我国的安宁疗护工作必将得到健康发展。

于江苏南京

目 录

呼吸之末：安宁的守望

今天晚上，值班的护士告诉我，刘婆婆的血氧饱和度开始下降了，这意味着什么，大家都很清楚。十几天前，我就想写一篇文章，但由于没有结论，迟迟没有动笔，今天不得不写了。

80 岁的刘婆婆在我们养老院里住了很久，安宁疗护中心成立后，我开始接触了这位患者，这位老人实际上就是一个“植物人”，但家属不愿意放弃，一直在维持治疗。

2 月 15 日早上，我一到病区，护士就告诉我，老人的体温 39℃了，我听诊时发现患者双肺都有湿啰音，以右侧为重，考虑患者是肺部感染，我们及时给老人调整了治疗方案。上午 10 点，老人的血压开始下降，出现无尿，家属不愿意检查，但也不愿意放弃。

由于患者的痰很黏稠，用吸痰器也不容易吸出来。下午，我查房时，看到患者儿子跪在地上给他母亲清理口腔，这个场面让我很震惊，立即叫护士来完成。

患者的儿子说：“不用了，以前一直是我在弄。”我仔细一看，他是用棉签边清理边刺激患者的咽喉部，将许多浓痰清理了出来，这显然是不符合医疗操作规范的。护士告诉我，以前老人多次发热，他也是这样弄的。

我告诉他，患者的病情很重，这一次不一定能救活。但是他表示，“希望能尽量维持”。

尽管我知道，我们的努力可能都是徒劳的，但儿子跪地的场景深深地打动了我。我决定，春节放假这几天，晚上我来守护患者。

经过一天的努力，在当天下午 5 点多，患者终于有尿了，血压稳定了。经过几天的治疗，患者奇迹般地熬了过来，生命体征稳定了，升压药也撤下来了。

然而，昨天病情再次恶化，家属决定放弃治疗。

应该说，这是一个生命末期的患者，按照安宁疗护的理念是没有维持治疗意义的，但是家属为了尽孝，努力了几个月，尤其是经常跪地为老人清理痰液。这样的精神是值得称赞的，也让我学到了书本上没有的知识，更让我感受到了母子情深。

我们深知，中国人的传统观念决定了人们还难以完全接受安宁疗护。患者平安地度过了春节，即将平静地离开，这或许是安宁疗护迈出的第一步。我想，随着安宁疗护理念的普及，将会有更多的人接受这一理念，让我们的生命更有质量，更有尊严。

［安宁小贴士］

1. 生命末期患者的呼吸道管理很重要。
2. 满足儿子想照顾母亲的愿望，也是安宁疗护工作的一部分。

纪光伟，2018 年 2 月 25 日

泪光中的低语：失智者的晨曦

今天早上 10 点，我在病房巡视的时候，看到护士在给张女士进行鼻饲，徐郁葱护士长在一旁进行着指导，叮嘱护士鼻饲的时候一定要和患者进行交流："张女士，我开始给你打食物了，这个食物的味道很好……"鼻饲完后，徐护士长告诉护士："鼻饲完成后，可以抬高胃管，利用重力的作用，让食物进入胃内。"好学的护士提问："这样会不会让空气进入到胃内，对患者产生不利的影响呢？"护士长解释道："胃肠道内都存在一定的气体，我们利用重力将食物和水推进胃内，会带入一定量的气体，但不会很多，一般不会对患者造成不良影响。"

做完了鼻饲，护士长建议护士鼻饲后可以尝试着让患者吸吮一下食物的味道。她接过灌注器，吸取了一点匀浆食物，放到了患者的嘴唇上，但患者紧咬牙关，就是不开口。护士长又改用汤勺盛食物喂老人，并发出"啊——啊——"的声音引导患者张口。已经好久不开口的张女士竟然开口了，吞下去了一点点流食。大家十分惊奇，医生、护士和护理员都围了上来，护士长轻声地和患者交流着："张女士，味道好吗？再尝一口吧！"于是，又用同样的方法喂下了第二口流食，这时，张女士的眼角竟然流出了眼泪，我觉得张女士这是感动的眼泪，是来自心灵深处的眼泪。

张女士由于脑卒中导致偏瘫和失语，在养老院住了很长时间。我接手后发现，患者除了可以眨眼睛外，几乎没有任何的知觉和运动，已经接近植物人状态标准了。今天，老人面对食物主动张口和流泪，说明患者还是有知觉和情感的。

护士长言传身教，指导护士完成了规范的鼻饲操作，也通过人文关怀，诠释了安宁疗护的意义。通过这件小事，让我感到安宁疗护还有许多细致的工作需要我们不断地完善。

或许大家认为，这些都是无关紧要的小事情，其实，做好安宁疗护就是要从小事做起，做到让患者“身、心、灵”的平安。

［安宁小贴士］

1. 鼻饲时要注意与患者的言语交流。

2. 鼻饲后抬高胃管是必要的。

3. 鼻饲后应让患者尝尝食物的味道。

纪光伟，2018 年 3 月 6 日

微笑之花：她的笑是我的阳光

今天在安宁疗护中心的活动室里，张老师和付刚医生玩得十分开心。这让我想起了与张老师初次见面的情景。

几个月前，张老师刚到养老院不久，我第一次去看她，看到床头的早餐还没吃完，我问她为什么不吃了，她毫不客气地将我“轰”了出来，问了护理员才知道，张老师是一位阿尔茨海默病患者，脾气古怪，不喜欢与人接触，不爱下床活动，不爱梳头，吃饭挑剔，每天挑人说话。

此后，我也常去看她，但总被她嫌弃。一天下午，我看到她在走廊里晒太阳，手里还拿着一本书，我问道：“张老师出来晒太阳了？喜欢看书呀！”她看到我，笑着说：“我知道你是这里的，也知道你是做什么的。”第一次看到张老师这么开心，我就停下来陪她聊天，带她去图书室选书，她像个孩子一样笑了。

以后的日子，我常看到她到护士站和大家说话。搬了新家后，张老师的心情更好了。

早上，我和大家一起在病房交班，这里住的都是重度失能的老人。护理员陈师傅来到22床前，就大声喊着：“招娣，起床了，太阳出来了哦，我们都来看你了。”边说边翻身检查着，整理完床单，陈师傅又俯下身，喊着：“招娣，舒服了吗？”

“她在笑！”我脱口而出。纪光伟主任连忙说：“她昨天也对我笑了。”我惊奇地问：“她会笑了？”

虽然她的面部只是僵硬地牵扯，但的确是在笑！是呀，护理员陈师傅、王师傅、褚师傅每天和护士们一起在床边交班，都会大声喊着患者的小名，问候她们，每天不管她们有没有反应，都会去抚摸她们的额头和脸颊。“不仅她会笑了，你看隔壁床的吴女士，也睁开眼寻着声音看人了。”纪主任告诉我：“真的，在吴女士床边，她的眼睛会转向我。”听到这里，我瞬间轻松了。

由于工作的原因，我不能每天到病房看望这些老人。以前到病房看她们，感觉生命在不断地流逝，心情总是非常压抑。

今天，我被感动了，因为我知道，要产生这样的变化，需要日复一日地呼唤，需要日复一日地抚慰。这是一份坚定的爱，虽然这并不能让她们的生命延续得更久，但至少在有限的生命里，她们是开心的，即使有一天离开，我想，他们也是安宁的。

感谢我们的护理员，还有年轻的护士们，有了你们的大爱，这里的老人才会有微笑。有你们的抚慰，生命才会更有意义。死亡也不再可怕，愿我们安宁疗护中心越来越好。

［安宁小贴士］

1. 陪伴是对阿尔茨海默病患者最好的照顾。

2. 体验安宁疗护工作的艰辛。

黄英，2018 年 3 月 16 日

生死边缘：生命的颂歌

今天，王爹爹转回了安宁疗护中心。但他的老伴张婆婆昨天却到内科住院去了。这对恩爱夫妻的故事曾感动着我们每一个人。

3月初，85岁的张婆婆来到我们中心，仔细查看环境后，决定和老伴一起入住。张婆婆有高血压和心脏病，但生活可以自理，她老伴王爹爹84岁了，患有慢性阻塞性肺疾病等多种疾病，离不开氧气，很难下床，生活不能自理。张婆婆一个人照顾王爹爹有困难，因此，她希望到安宁疗护中心得到我们的帮助。

3月12日上午，护士长徐郁葱按照约定，将张婆婆和王爹爹一起接到了病房。13日早上查房，我就发现王爹爹开始出现呼吸困难，说话前言不搭后语，检查后考虑是肺性脑病，就立即请来了ICU的孙惠文主任会诊，将王爹爹转住院了。

看到老伴住院，张婆婆心急如焚。张婆婆住在一楼，王爹爹住在六楼，她每天楼上楼下来回奔波。护士长和护士们常安慰张婆婆，希望她能够保重身体，并经常陪同她上楼看望王爹爹。

然而，“少来夫妻老来伴”，张婆婆怎么能够放得下心来呢？3月16日下午，护士张盼护送张婆婆去ICU探望王爹爹，看到两位老人相拥而泣的场面，她拍下了这个场景，并写下：“心疼奶奶，经历了生死，才知道生命的可爱，亲人可贵啊！”

看到“90后”护士有这样的留言，我除了感动，就是欣慰，她们对生命又有了新的理解。看来，安宁疗护的工作不仅仅是对患者和家属，对于我们从业人员的心灵也是一种照护，这或许是安宁疗护意义的延伸吧。

两位八旬老人的经历，让我们感到了生命的可贵，让我们见证了两位耄耋老人在患难之中见真情的场面。同时，也看到了我们工作人员在护士长的带领下，对老人无微不至的关怀，我想，正是这些细小的事情，给了生命以尊严，给了生命以意义，正是这些细小的事情，完美地诠释了安宁疗护的真谛。

[安宁小贴士]

1. 仔细观察，及时发现病情变化。
2. 在工作中体验到生命的宝贵。
3. 人文关怀，体现了生命的尊严。

纪光伟，2018年3月20日

特殊访客：安宁疗护的温柔篇章

昨天，原华润武钢总医院外科主任医师胡建敏携夫人来到我们安宁疗护中心参观。

胡主任是纪光伟主任的老师，也是一位“尊严死”的拥趸者。胡主任的到来，一来是想对安宁疗护工作有个直观的认识；二来也是对学生选择重新创业的支持。

早上，纪主任开车去接两位老师。一路上，沐浴着初春的阳光，经过东湖绿道，谈论着陈年往事，很快就来到了我们的目的地——安宁疗护中心。

8 点，安宁疗护中心准时交班，纪主任邀请两位老师参加。在向工作人员介绍了两位老师后，会上响起热烈的掌声。常规的交班完毕后，纪主任按照惯例请工作人员进行了昨天工作的分享，并进行班前五分钟的培训。

随后，纪主任恭敬地邀请胡主任讲话。胡主任首先表示非常高兴能够来安宁疗护中心看一看，看到我们中心的环境非常好，工作人员的精神面貌非常好，交班很正规，肯定了我们是一个非常规范、专业的团队。其次，他谈到安宁疗护的理念及在我国的发展，以及社会各方面人士越来越多地对“尊严死”的理解与认识。再次，他谈到随着我国进入老龄化社会，安宁疗护中心的建设是大势所趋，是利国利民的好事。最后胡主任认为，我们的安宁疗护中心在青山区，甚至武汉市都是一个创举，是符合潮流的，希望我们能够抓住契机，将工作落到实处，为老人做好服务，让老人的最后一刻走得踏实一点、安心一点、有尊严一点。

虽然胡主任是即兴发言，但他对安宁疗护的理念、对生命尊严的理解是非常清晰和深刻的，这是他多年关注和积累的结果。

随后，两位老师参与了我们的查房，当走到入住老人招娣的床前，听我们讲到患者从一位标准植物人状态，经过了3个多月的疗护，现在会简单交流、会微笑、会配合做手指操，胡主任非常感慨地说："这是你们用心血和努力换来的成果，相信以后会越来越好。"两位老师还与能够说话的患者进行了交流，并且对部分患者的治疗、护理提出了指导性和建设性意见。

最后，我们陪伴两位老师参观了整个中心，两位老师表示，现在已经做得非常好了，并对安宁疗护今后的发展寄予了厚望。

1小时的参观很快结束了，我依依不舍地告别了两位老师。虽然只是短暂的接触，但是两位年逾古稀的老人对待生命的从容和对待"死亡"的泰然却深深感动了我。希望两位老人健康长寿，希望我们的安宁疗护事业能造福社会、家庭和千千万万的老人！

[安宁小贴士]

1. 积极推广安宁疗护理念。

2. 积极提倡“尊严死”。

沈雅静,2018 年 3 月 29 日

疗护战场：勇气与坚持的诗篇

今天中午 12 点，我刚吃完饭准备休息一下，护士长徐郁葱就在病房里喊我："纪主任，你来看看。"我赶紧到病房一看，李先生伤口有出血，我立即给他检查了伤口，吩咐大家准备东西处理伤口。由于安宁疗护从来没有处理过这样大型的创面，相关物品也不全，我只能吩咐大家分头去准备。护士吴平赶紧拿来血压计给他测量血压。

李先生因为骨折后，在院外发生了严重压疮，生命垂危，家属准备送到我们中心度过最后的时刻，经过我们的抢救，患者奇迹般地活了下来。但最近几天，患者又开始发热，两处主要的巨大压疮表面皮肤颜色越来越差。

今天发现已经有很多脓液了，我决定给患者清创，引流脓液，切开后由于每处压疮下面都有几十毫升恶臭的脓液，导致整个病房充满恶臭。我们忍着恶臭的味道，为患者清除坏死组织，整个清创的过程花了一个多小时，2 名医生、3 名护士、2 名护理员一直在为患者忙碌着……换完药，一个上午，我的手和身上都散发着臭味。

十几分钟后，准备物品的工作人员都返回了，从供应室借的缝合包，从化验室里借的酒精灯，从手术室里借来凡士林纱布……这时，我打开了伤口，发现创面有几处渗血。这是因为患者感染后，由于炎症的作用，导致血管闭塞，因此，清创时没有发生出血，当清创后，腐败的组织被清除，但血管暂时还是闭塞的，经过一段时间后，这些血管的断端可能发生出血。

我找到了出血点，将出血点结扎和缝扎，但更多的是创面渗血，我们只有通过烧灼的办法来进行止血，最后填上凡士林纱布……这时已经到了下午 1 点了，护士长和几位护士还没有吃饭。

当我们处理完患者的伤口，护理员陈桂菊和王玉娥又为患者擦洗身体，更换床单、被子，家属看到患者躺在干净的病床上，连声向我们致谢。

［安宁小贴士］

1. 压疮的处理也是控制症状，需要有丰富的外科临床经验。

2. 团队协作是安宁疗护必备的条件。

纪光伟，2018 年 6 月 1 日

福光照耀：疗护中的温情时刻

今天下午 2 点，其他患者还在午睡中，丁师傅却哄着卧床的史先生吃起了拉面。原来，午餐时史先生的饭菜一口没吃，热了两次他也只是尝尝就又不张嘴了。自从老伴儿过世后，史先生就再没开口讲过话，他还患有糖尿病，这可急坏了照顾他的丁师傅。丁师傅趁中午休息，自己掏钱买来了一碗拉面。“史先生，这拉面的味道可好啦！我们再吃一口！”丁师傅耐心地喂着，发现患者咀嚼有些费力，就像往常一样，将拉面打成糊糊，又哄着患者吃起来。看着患者一口一口慢慢地吃着，丁师傅脸上露出了欣慰的笑容。

后院的枇杷树上，挂满了黄灿灿的果子，只是树高且直，不易采摘。今天正休息的朱师傅，可是爬树的好手。这不，她拿起竹竿、袋子，摘果子去了。一会儿工夫，便听到朱师傅的呼唤：“快来！快来吃枇杷啰！”

诱人的枇杷乖乖地躺在袋子里，惹得我们口水直流。抬头一看，朱师傅头发、衣服上的尘土和杂物还未来得及拍打，脸颊、胳膊上留下了蚊子君深深的“吻”痕，脖子上被枝头绒绒的细毛扰红了一片。我忙劝朱师傅先去洗洗，她却笑着摆摆手，只说了句：“胡女士想吃，已经念叨了好几天了”，随后，就挨个给患者送枇杷去了。

晚饭后，护理员像往常一样，准备帮卧床的曾女士擦洗身体。在进行床上泡脚时，曾女士很配合地双腿屈膝，很享受的样子。

看到曾女士干干净净，舒舒服服地躺在床上泡脚，怕热的谭先生早已改变了摇起的大蒲扇风向，跟随着护理员的身影，不停地念叨着：“我给你扇扇，你辛苦啦！我老伴儿真是有福气啊，遇到你们这些好人！”

护理员转身见到步态不稳的谭先生独自站起来为自己扇风，忙搀扶他坐下，示意谭先生自己给自己扇，并笑道：“爷爷，这就是我的工作啊！”谭先生坐下来，继续扇扇子，脸上挂着的笑容如阳光般灿烂！

［安宁小贴士］

1. 细致的工作服务老人。

2. 温馨的服务感动老人。

3. 工作人员要认真践行安宁疗护的理念。

陈欢欢，2018 年 6 月 7 日

压疮之痛：对安宁疗护的深刻洞察

今天，我参与了一场大型的换药，场面让我感到触目惊心：两处直径十几厘米大小的压疮，恶臭的创面，腐烂的组织……我不记得这是第几次了，但换药的场面仍让我难忘。

自从上个月中心收治了一位张先生，我们每天要花费大量的时间给张先生的创面换药，每次换药都需要 5～6 人参与，真是需要团体作战啊。

张先生因为外伤导致股骨颈骨折，需长期卧床，由于长期没有得到正确翻身，导致骶尾部和左髋部出现了压疮，这种严重的情况我们是没有见过的。

与家属多次沟通，才得知他家庭的特殊情况，目前已经无力承担高额的医疗费用了，原本是希望老人在这里送终的，没想到救活了。这让他们既高兴，又为难。高兴的是亲人获救了；为难的是将面临巨额的医疗费用。家属经过商讨后，还是希望在我们中心住下去，维持基本的治疗。

今天是患者入住的第 23 天，年轻的护士们都没有见过这种大面积压疮，以至于不知道该如何下手。由于我们专业有限，很多外科物品没有准备，护士长徐郁葱想方设法从各科筹备了换药所需的用品。纪光伟主任本身是外科主任医师，每天带领我们换药，并给我们讲解着换药处理的要领。看着血淋淋、发黑、发臭的流脓创面，我们看得鸡皮疙瘩都起来了，特别是在纪主任进行清创的时候，每下一次剪刀，我的心就紧张一下，深深为患者捏了一把汗，生怕会出现什么纰漏。好在纪主任有丰富的经验、娴熟的技术，游刃有余地处理着创面，他的自信给了我们自信，也使得每次的清创换药都有惊无险。

由于创面较大，换药需要的时间较长，尤其还要顶着刺鼻的恶臭，每次换完药，纪主任都一身大汗，但他从无怨言，只是他在换药过程中，几次需要伸腰休息一下，以缓解身体的不适，让人心疼。

换药过程中，纪主任还给我们讲解了这种创面如何处理，使用什么药物。今天他就提问上次讲过的过氧化氢的作用，护士们答得不够完整，纪主任就耐心地又说了一遍，使用双氧水处理创面，一方面起到止血的作用，另一方面改变创面的厌氧环境，达到促进创面愈合的目的。

纪主任还告诉我们，换药应掌握“轻柔慢，稳准狠，消刮擦，红血新，深松满，干舒爽”十八字诀，这是他 30 多年工作的提炼。

看来换药还真是个人学问，特别是这种大创面的换药，是需要有丰富的理论知识作为基础的。

当我们看到张先生的伤口情况一天比一天好转，说明我们的付出还是有收获的。尽管后面的路还很长，最后的结果也难以预料，但我坚信，只要用心去做，就会有收获。

通过对这位患者的治疗，不仅让我学到了很多东西，也让我理解了安宁疗护的理念：尊重生命，维护生命的尊严。

[安宁小贴士]

1. 复杂的压疮换药是一个技术活。

2. 言传身教促进团队学习。

李静,2018 年 6 月 8 日

快递小哥的抉择：为父爱奔波

今天是端午节，早上我出去锻炼身体，准备中午去看看妈妈，9 点多，我接到一个朋友的电话，他的朋友家有位患者想到我们这里入住。我了解了一下患者情况，决定还是放下家中的事情，去医院看一下。

这是一位 57 岁的男性患者，3 天前突然晕倒，送到某三级医院，诊断为脑出血，当即做了气管插管，上了呼吸机……

我很惊奇，患者的儿子只有 30 岁出头，怎么能够接受安宁疗护呢？经过了解，我才知道是朋友给他们介绍了安宁疗护的理念，正是因为对朋友的信任，才促使他们迫切地想入住安宁疗护中心。

在等候的过程中，我跟患者的儿子聊了起来：他父亲今年 57 岁，因为有家族性高血压病史，他父亲年轻时就患有高血压，但一直没有吃药，加上生活习惯不好，每餐喝 1 斤左右白酒。2012 年发生第一次脑出血后半身不遂，生活基本不能自理，需要家人照顾。由于父亲没有老伴，他只能和妹妹轮流照顾父亲。

5 年前，他大学毕业，因为要争取更多时间照顾父亲，导致无法按照专业找工作，只能选择送快递。

听到这里，我的心情十分沉重，这是一个不应该发生的悲剧，患有高血压不治疗，加之每天大量酗酒才导致了这场悲剧，这场悲剧不仅让患者饱受痛苦，也让家属无法正常生活，更谈不上发展事业了。

面对患者的第二次出血，治疗效果的预估及经济上的压力，促使家属采取了不做激进治疗的决定。

与家属的沟通很顺利，家属对预后已经有心理准备了，对于费用也根本没有纠结。他知道，在家请一个护工每月至少需要4000～4500元，还需要管吃住，而入住安宁疗护中心一个月的费用，仅仅相当于ICU一天的费用。

由于我们没有进行事前当面评估，等患者真正来到中心的时候，我们发现患者有气管插管，需要使用呼吸机，而且高热39.5℃，只能收入ICU了……

这个家庭所有成员因为要照顾这位患者而无法过着正常生活，我们的工作就是通过服务，把患者家属解脱出来，过上正常的生活，同时，让患者能够有尊严地度过生命最后的一段时光，给生命以尊严，给家属以关怀，这是对安宁疗护工作的最好诠释。

［安宁小贴士］

1. 健康的生活方式与我们的健康密切相关。

2. 积极控制基础疾病。

3. 安养一个“植物人”，就是安抚一个家庭。

纪光伟，2018年6月18日

岁月静好：57 岁的永恒定格

今天早上 6 点，朋友打来电话告诉我，程先生去世了。我的心情一下子就变坏了，这是意料之外的事情。

这么年轻就去世了，让人惋惜，可能是他比我还小几个月，这样的感觉就更强烈了。

这些天来，程先生的病情牵动着每位安宁人的心，昨天下午，由于病情的变化，家属表示了想再次入住安宁疗护中心的愿望。昨天晚上 10 点多，安宁疗护工作群中，还在讨论着明天迎接程先生到安宁疗护中心的事情，护士长徐郁葱还在布置明天的准备工作和安排值班人员。医生李丽君主动提出要去学习呼吸机的操作……

程先生是一位普通患者，端午节（2018 年 6 月 18 日）那天入住安宁疗护中心，但在中心也只停留了几小时，我们并无感情，但为什么一个普通患者的去世会引起大家的关注呢？我想，有如下原因。

年龄不算大，却早早离世，令人惋惜　患者 57 岁就去世了，十分可惜，通过这个案例，让我们更深刻地理解了良好的生活方式对健康的重要性。

家属主动接受安宁疗护的理念值得赞赏　患者患病 6 年，这次大面积的脑出血导致他失去了治疗的意义。但家属能够接受安宁疗护这一理念，是值得赞赏的，这与我们平日的推广是分不开的。

子女的孝心让人敬佩 子女6年间放弃了一切，不间断地照顾父亲，这种亲情，让人感动；这种孝心，让人敬佩。

这个群体应该引起全社会的关注 我国已经进入老龄化社会，目前失能失智的人数已经达到4000万人，这个群体的生存状况令人担忧。一个失能失智的患者，影响了整个家庭的正常生活，应该引起全社会的重视，需要社会的关爱和帮助。

我们本着“专业的人做专业的事情”的原则，开办了安宁疗护中心，帮助这些失能失智的患者，维护他们的生命尊严，让他们能够有尊严地走完生命的最后一程，同时，也能帮助他们的子女尽孝，也让其家属能够回归正常的生活。

尽管程先生已经离去了，但我们安宁疗护的工作还没有结束，过一段时间，我们还会对他的家属进行丧亲随访，这也是安宁疗护理念的一部分。我们希望他们能够尽快走出丧亲的阴影，开始正常生活。

[安宁小贴士]

1. 家属主动接受安宁疗护的理念值得赞赏。
2. 失能失智患群体应该引起全社会的关注。

纪光伟,2018年6月22日

安宁疗护之问：心灵深处的答案

回顾安宁疗护中心4个月20天的历程，尽管很艰难，但每一点变化，都体现了安宁人的奉献，让我感动，让我欣慰。也让我们看到了希望，成为我们砥砺前行的动力。

晚饭后，我决定把它记录下来，作为安宁文化的一部分。

今天上午10点，我们召集安宁疗护中心的全体职工一起开了一个讨论会，讨论的题目是：你心目中的安宁疗护是怎样的？

我们中心是2018年2月9日组建的，这是一个年轻的团队，除了我和护士长外，其他医务人员都是“90后”的年轻人，与她们的交往，让我十分小心，代沟是肯定存在的，她们在我面前也不敢大声说话。为了填补这个代沟，我想了很多办法：通过交谈、开玩笑，甚至搞笑，请大家吃饭，来拉近和大家的距离。同时，在工作中言传身教，通过班前五分钟的培训，让大家对安宁疗护的理念有了初步的认识，经过几个月的磨合，和大家融合了很多。

我们原本准备在活动室开会的，早上9点50分，有两位老人在活动室里看电视，我不想打扰他们，就提出来换一个地方开会，是在医生办公室，还是在茶歇室？护士长说：“就到您的办公室去吧。”护士长告诉我，想脱离病房的环境，我马上明白了护士长的意思。

在我的办公室，大家围在一起，讲述了自己的想法，尽管大家话语不多，但我感受到，这帮“90后”的孩子们，已经进入角色了，她们希望能够帮助更多的人，也为安宁疗护的工作提出了一些建设性的意见，让我很感动。

这些“90后”的女孩子，在家都是父母的掌上明珠，生活上往往都需要家人的照顾。现在让她们来照顾老人，还有许多生活上的护理，确实是难以接受的。但这些孩子的情绪经过了一段时间波动后，现在已经能够全身心地投入到工作中了，每天在工作中，听到她们亲切地叫着爷爷、奶奶的时候，看到她们扶着老人们活动，和老人开玩笑的场景，我真的感到很欣慰。

她们都没有经历过生死，也没有见过复杂的患者，但在安宁疗护中心工作的这几个月时间里，她们经历了一些复杂疾病患者，需要插管和呼吸机维持生命。有些是她们从来没有见过的，这些对于她们来说，都是不小的挑战，好在护士长徐郁葱有着丰富的ICU经验，每次都是她身先士卒，指导大家工作，让她们迅速成长起来了。徐护士长打趣地说：“安宁疗护的患者不亚于ICU的难度。”

每天忍着恶臭给一位有两处特大压疮的患者换药，其严重程度是我30多年外科生涯中没有见过的，每次换药需要5～6人帮忙，耗时1个多小时。开始时大家都不敢下手，一直是我在为患者换药，后来，我有意识地指导年轻的医生和护士换药，现在她们已经可以独立完成这样的换药了。

在交谈中，我感到她们的情感在变化，她们通过对老人的服务，让她们感受到了老人的痛苦，感受到了帮助老人的乐趣。但是面对死亡，她们还是恐惧的。有位护士连续经历了两例患者的死亡，我担心她心理上无法承受，便和徐护士长及时对她进行了安慰和疏导，她情绪逐渐稳定，对工作没有产生任何影响，这让我们感到她们在成长，内心在强大。

在会上，大家都要求加强培训，除了日常工作的培训外，还应该加强呼吸机、疑难换药等的培训，听到大家主动要求培训，我感到大家是“知不足”了。

今天的会议，大家没有说出心目中的安宁疗护，但从大家的言语中，我能感受到她们在思考，在学习，在求知，在进步，这是我们希望看到的。借用一句广告词：思想有多远，我们就能走多远。这不就是答案吗？

［安宁小贴士］

1. 安宁疗护团队的建设需要呵护。

2. 安宁疗护成员也需要在工作中成长。

纪光伟，2018 年 6 月 28 日

故事的韵律：今日我讲述

今天是我来安宁疗护中心工作的第 62 天，我由于刚刚步入临床，心急气躁，一心只想学习更多的临床知识和专业技能，甚至对于安宁疗护的工作有点不屑一顾，通过与和蔼善良的纪光伟主任、事必躬亲的徐郁葱护士长、充满青春活力的护士姐妹花、热心肠的护理员阿姨，还有入住的老人们 62 天的相处，我正被这个特殊的团队所散发出来的力量潜移默化地影响着。

今天我想讲讲两位老人的故事。吴奶奶是一位重度失能失智的“植物人”，刚接触吴奶奶的时候，与她的交谈得不到任何回应，但我们每天坚持与她进行简单的日常交谈。现在呼喊她名字的时候，偶尔能惊喜地得到她的回应，我们经常开玩笑地说：“她是我们安宁老人的颜值担当。”

购买的灰指甲剪今天到货了，我们准备为老人们修趾甲。吴奶奶的灰趾甲是由于足癣引起的远端侧位甲下型，为最常见的一类甲真菌病。由于甲的远端增厚、灰黄浑浊，给修甲工作带来一定的困难。纪主任告诉我，修甲前最好用热水或特殊药物泡泡脚，以软化趾甲和甲廓边缘的皮肤。护理员立即端来热水给吴奶奶泡脚。果不其然，后续的修甲工作展开得很顺利。修完脚，我们的吴奶奶又可以美美地做“颜值担当”了。

叶奶奶是一位车祸后下肢截瘫的老人，5 月 30 日入住安宁疗护中心，大小便失禁，留置了膀胱造瘘管与导尿管，由于疾病的原因，叶奶奶似乎比平常的老人更难适应新环境，安宁疗护团队敏锐地意识到了这一点，加强了与老人交流，以便舒缓老人的紧张情绪；细致地护理与喂食、密切关注老人管道情况，给予老人身体与心理的双重疗护。

叶奶奶的灰趾甲是最严重的一个类型——全甲毁损型，左脚第二趾和右脚踇趾甲板全部脱落，甲床表面残留粗糙角化堆积物，这无疑给我们的修甲工作带来了很大的困难。临床经验丰富的纪主任边修趾甲边告诉我：甲下真皮富含血管，这样的情况易造成出血，各趾缝间坏死的角质层死皮可用止血钳钝性剥离，清除病甲后严格消毒，再辅以抗真菌药物坚持治疗。纪主任还告诉我，长期卧床有灰趾甲的老人，护理工作非常重要，清洁患足后一定要轻柔地将足部及趾缝的水分抹干，避免潮湿滋生真菌。整个修甲工作进行了将近 1 小时。

在修甲的过程中，叶奶奶不停地向我们道谢，生怕给我们增添了麻烦。热心的护士李静说："只要您每天能更安心、更舒适地在我们这里生活就可以了，安宁疗护中心就是您的家，我们不怕麻烦。"叶奶奶满意地笑了。

想起平时叶奶奶经常给我讲贾宝玉与林黛玉的爱情故事时，眼里总是泛着光。此时，让我突然想起了一部文学作品，欧·亨利的《最后一片叶子》："是的，我们每个人都是一片树叶，从萌芽到散落，渺小而伟大，用我们亘古不变的真诚、善良与美德，肥沃我们的下一代。"

尊老、敬老、爱老、孝老和护老，这就是我心目中的安宁疗护，用我们热忱的疗愈、陪护每一位老人，直到最后一片叶子安宁地、悄然地随风飘落。

今天的故事我讲完了，安宁老人的故事还将继续。

[安宁小贴士]

1. 细微之处见真情。

2. 细致工作除病痛。

李丽君，2018 年 7 月 2 日

四季轮回：青杉园的恒久记忆

时间过得真快，转眼间便是赵先生的七七祭日了。我与老人素昧平生，也并无交往，因为今年 5 月，我调到青杉园工作的时候，老人的生命已进入了弥留之际。

现在，每次走进青杉园的书画室，我总会在这幅《春去春又回，永驻青杉园》的横匾下驻足几分钟，这幅书法作品的作者就是赵先生。睹物思人，那苍劲有力的文字总让我想起他。

赵先生是青杉园开张后首批入住的老人，是青杉园“三星级”的人物。他是青杉园的“福星”，经常协助工作人员解决住养老人之间的矛盾；他是青杉园的“笑星”，哪里有他，哪里就有笑声；他更是青杉园的“文艺之星”，每次活动挥毫泼墨者必他无疑。

他是青杉园的一张名片，更是青杉园的形象代言人。在青杉园的微信公众号上，经常会出现他的身影和关于他的故事。或许这就是之前虽未谋面，但却似曾相识的原因吧。

赵先生已是耄耋之年，而且有些耳背，但他举手投足尽显大家风范，给我留下了深刻印象。

2018 年 5 月，我调入青杉园工作，第一天查房的时候，工作人员向赵先生介绍我，大声地拢到他的耳边说：“这是新来的院长！”他平躺的身体微微欠起来并伸出了手，我连忙握住他的手——手冰凉冰凉的。他吃力且模糊地说：“我是好人，一辈子没有干过坏事。”

我连连点头。这是我听到他说的第一句话，也是最后一句话。这句话深深地烙着时代的印记，听着让人有些心痛。

这时的赵先生已经不怎么进食了，身体非常虚弱。但他只要有一点气力，就会拿出纸和笔写写画画。他一辈子从事文化工作，曾经担任过区文化馆馆长，在最后的日子，他也舍不得跟了他一辈子的纸和笔。

赵先生越来越虚弱了，家人选择了安宁医疗，希望他能平静地离开。在他弥留之际，我们将老人安排到单人间，以便更好地陪伴和护理。那一声声问候、那一次次抚摸，应该是对赵先生最好的慰藉。

人生终有一别，5 月 20 日清晨，赵先生平静辞世。

赵先生走了，但大家却觉得他还在这里。他留下的那些字画，照片墙上他的身影，青杉园里流传着他的故事……都会让大家想起，曾经有位老人把最后的时光，留在了青杉园，让大家感受到了生命的厚度与高度！同时，大家也让赵先生感受到了家的温暖，让他老有所为、老有所养、老有所乐、老有所医。

春去春又回，我知道，赵先生不会回来了，但是他的灵魂和精神将永驻青杉园！

文章写完了，我也明白自己为什么会时时想起赵先生。我想，自己更怀念的是他身上的一种精神和对生命的态度。用尽力气精彩地活，放下欲念平静地走。他用一生诠释了“生如夏花之璀璨，逝如秋叶之静美”。

[安宁小贴士]

1. 提倡“生如夏花之璀璨，逝如秋叶之静美”的精神。

2. 陪伴是最好的慰藉。

沈雅静,2018 年 7 月 4 日

青春的使命："90后"的安宁疗护

昨天，我应邀参加了安宁疗护中心的第一次安宁文化研讨会，感受颇深，产生了进一步了解安宁疗护及"90后"医护人员的想法。今天，我再次到该中心采访了"90后"的医护人员。

当面对疾病不能治愈的事实和即将到来的死亡时，生命末期患者饱受躯体和精神上的折磨。为了满足这类患者及家属的需求，由临终关怀演进而来的安宁疗护逐渐走入大家的视野。

2018年2月9日，安宁疗护中心正式成立，为生命末期患者提供全方位照护，包括身心关怀，目标是帮助他们能舒适、平静和有尊严地离世。

虽然该中心成立了只有短短的5个月时间，但他们却接待了来自各省市的参观人员50余人，影响日益扩大。近日，年轻的"90后"护士李静的文章还刊登在《健康报》上。

- **跟随"90后"查房有感**

为了更深入地了解"90后"医护们，今天，我参与了安宁疗护的交班和查房。看到姑娘们与老人的互动，心里感到阵阵温暖。

查房时，"90后"医护们迈着欢快的步伐进入老人的房间，与老人们说笑："杨婆婆，昨晚睡得怎么样？"

"昨晚我不在这里，我走丢了？我现在在哪呢？"患有认知障碍的杨女士胡言乱语道。

护士们打趣地接过她的话："您又走丢了呀，那我们又把您找回来了。"

张盼和罗琼对王女士说："王老师，我帮您把身体挪挪好吧，这半个身子都快掉下来了。"

"睡了这么久，我从来没掉下床，就要这样睡，这样睡得着，睡得舒服！"王女士住进安宁疗护就以这种睡姿"出名"（一半身子在床上，腿伸到床边）。刚开始，护士们总担心王女士掉下床，现在，完全被王女士打败。她们戏称王女士为"小龙女"。

"张爹爹，我们来给您查房了，昨天睡得好吗？"

"坏东西，不要你，你不让我看电视，不喜欢你。"张先生埋怨道。

"那是为您好，哪有总看电视也不走动的，你说我坏我就坏了！"李静摇摇头，无奈极了。

这群"90后"的姑娘们与老人相处得"没大没小"，但却让人感到像在家一样温暖。纪光伟主任对我感慨："90后"医护人员作为这些老人及其家属的主要照顾者，会面临很多压力，她们如果不能很好地处理和调节，很容易出现倦怠，甚至抑郁。好在我们的"90后"医护们现在已顶住压力，逐渐适应，与安宁疗护共同成长，让我感到很欣慰。

其实，能与老人们这样和谐欢快地相处，"90后"们的身心也经历了诸多波折，克服了很多困难。

● 唐先生走了，我还会叫他的名字

"90后"医生李丽君说："刚来时，我的重点看护对象是唐先生，臀部有两块大压疮，但我的临床经验十分欠缺，不知道怎样进行换药和护理，纪主任就手把手地教我们换药，直到我能独立操作为止。在后期都是我和护士们为他处理伤口。”说到这里，她有些哽咽。

我疑惑地望着她。

李丽君解释道：“唐先生已经去世了。也许是日久生情吧，那段时间为他换药，一换就是一个多小时，去他床边看望他也是最频繁的，直到现在，我还忘不了他的样子，偶尔会把隔壁床的名字喊成唐先生，一时间我真改不过来。”

- **我更爱和他们唠嗑**

在采访“90后”护士罗琼时，她几度停顿哽咽。回忆起在安宁疗护中心的5个多月的日子，她感到自己既幸福，又为老人们感到惋惜。

“我本来就是外地的，家也不在这，是奶奶带我长大的。所以，我对老人们有种特殊的感情，只要不忙了，我就去找她们唠家常，那种感觉，就像是从前和奶奶在一起一样。”

“能唠嗑、不能唠嗑的都能聊得来？”

“能和我沟通的我就引导话题和他们聊，不能沟通的我就自言自语，让他们听我说。或拍拍他们的脸，让他们给我眨眨眼，给我个回应。时间一长，他们仅凭声音就可以辨别是我。”

“害怕吗？在这见到生老病死？”

“不怕，就是心疼。老人们有时疼得整晚都在呻吟，根本睡不了。我恨我自己帮不上什么忙，只能用药物帮他们减轻痛苦。

他们其实很渴望活下去，每当清醒的时候，就会静静地用眼睛看着我，看着我在他们身边忙碌，仿佛在告诉我他们还想多留些日子。可是生命终有尽头的呀，我只能在他们最后的时光多陪陪他们。”

• 老人走了，那个星期我每晚点灯睡觉

“90 后”护士李静谈到安宁疗护，心情十分沉重。

“我来到中心不太久，以前也没见过生老病死，但安宁疗护中心收治的患者都是临终患者，死亡是不可避免的。我照护的第一位老人去世时，当时只有我一个人在场，那时我感到十分害怕与无助。此后的一个星期，我每晚睡觉都开着灯，也许是自己承受能力不足吧。”

“现在呢，你还害怕吗？”

“不怕了，见得多了，已经慢慢适应了身边人的死亡。而且医生们会根据老人的身体情况预估老人的存世时间。在那几天里，我一边鼓励老人，要他坚持下去，一边自我调整。”

“另类”“张扬”“偏激”，“90 后”被贴上的负面标签实在太多，但是在安宁疗护中心，这群“90后”“阳光”“向上”“勇敢”。5 个月的时间虽然不长，但是她们都成长了，长大了。她们不再为老人的离世而情绪低落，而是以一种积极的心态去珍惜与老人们在一起的每一天。

“每个人都怕谈生死，其实这是一个自然的过程，我们最终都是奔着死亡而去。”纪光伟主任说这话时，带着从容的语气和表情。这种从容，在整个安宁疗护中心都能充分感受得到。“让那些即将离世的人，不是带着绝望、恐惧，而是充满平静地离开，是我们安宁人的追求。”纪主任说这话时，又为笔者讲述了招娣的故事。

• 如何让老人平静

招娣是安宁疗护中心收治的失能失智患者，属于标准植物人状态，因为家庭原因及生意投资失败的双重打击，她一夜之间瘫痪不能动弹。住进安宁疗护病房后，这群“90后”的天使们推着她出去晒太阳，引导她做手指操。在付出了常人难以想象的照护及无比的关怀之后，招娣竟然能笑了，还会说出简短的几个字，现在，她还能将胳膊枕在脑后。

失能失智的老人重新开口说话，能够简单地做几个动作，对于他们来说无疑是在心灵上得到巨大的安慰，内心也得以平静，对安宁人则是最大的鼓励和肯定。

目前，安宁疗护的工作已步入正轨，纪光伟说：“团队成员会动脑、动手、动笔、动心、动情，去打造安宁文化，将自己沉淀下来，厚积薄发。让活着的人善生，让临终的人善终，让家属善别。‘有时去治愈，常常去帮助，总是去安慰。’这是安宁疗护的理念，要将这一理念深入人心，传播给每位关注安宁文化的人。尽管前进的路很艰难，但我们有信心和决心逐渐推广这一理念，让生命的尊严得到充分的体现。”

[安宁小贴士]

1.“90后”的安宁人是阳光、向上、勇敢、善良的。

2.成长是需要过程的，看到她们在成长，相信她们一定能够挑起安宁疗护的大梁。

谭馨，2018年7月25日

女儿的心结

7 月 23 日上午，中心入住了一位老人，老人的女儿总是对我们的工作不满意，希望所有工作必须按照她的要求来，稍有怠慢就会不满，这让我们一天的工作总是提心吊胆的。

据老人的女儿介绍说：老人躺在床上 5 个月了，这次是第三次脑卒中，家里平时就她一个人照顾，有点力不从心，听说安宁疗护中心条件好，于是选择来到这里入住。

我们帮老人铺好了床，办理了入住手续。中午 11 点是吃饭时间，我来到张奶奶床前准备给她用鼻饲管喂食，等我用喂食器准备喂食时，她女儿连忙问我："你这是多少毫升的食物？"我说："50 毫升。"接着，我又准备喂第二管食物，她又问："你这又是多少毫升的食物？"我告诉她："50 毫升。"当时我也没多想，给奶奶喂完食后，我就离开了房间。

没过多久，护理员告诉我说："22 床的女儿说我们的料理机不干净。"这怎么可能呢？每次我们都洗得干干净净的，使用前都是反复用开水烫过的。看来，家属很不相信我们。

晚上夜班，家属一直守候在床前，不时地指挥着我们做这做那，令我和护理员无所适从，这一夜，我真不知道是如何度过的。

在家休息了两天，我害怕上班，我不喜欢被监视的感觉，如果在这样的条件下工作，我是会崩溃的。

上班后，我来到22床给奶奶做床前治疗的时候，感觉她女儿跟刚来的时候相比有了很大的变化，居然还主动和我聊了起来，这让我受宠若惊。

她女儿说："刚来这里的时候，对你们不信任，确实是我不好，通过这两天的了解，我觉得你们做得真是非常好，对我妈也特别好。我现在很放心了。"

"刚开始确实有很多不放心的地方，一是我妈换了个新环境，不放心；二是别人都说养老院是等死的地方，怕你们对她不好，不放心，但现在我都放心了。"听到家属这番话，我很欣慰，但不知道是什么事情让她有这么大的改变。

正说着，我发现她的眼眶湿润了，她说她父亲去世10年了，10年来母亲都是她照顾，平时会经常去探望母亲，但每次都因为工作的原因匆匆地离开，从来没有好好和母亲谈过心，总是觉得她非常寂寞和无助。

她觉得她母亲现在活着非常痛苦，非常自责，她没有尽到做女儿的责任，现在只有尽量照顾好她来弥补。说着，她开始抽泣了起来。

她说："我母亲辛苦了一辈子，为了这个家也承担了一辈子，现在是她该享福的时候了，但却不能享受生活……"突然间，我非常能够理解她几天前对我们的不信任。

她把母亲送到安宁疗护中心，是想弥补对母亲的亏欠，也希望母亲能够在这里享福，但社会上对养老院的种种传说，让她对我们产生了不信任，正是这种矛盾的心理，才有了入住时的苛责。

在安宁疗护中心，她白天、晚上一直陪伴着母亲，护理老人的很多事情都是她自己做，她帮母亲擦拭身体的时候，是那么认真，那么小心，回想起来，我觉得她是世界上“最可爱的人”。

她对我们的工作从不信任到信任，既是对我们工作的认可，也是对我们工作的理解。同时，她的情感变化，也深深地教育了我们，提醒我们尽孝要赶早，要常回家看看，常回家陪陪。

［安宁小贴士］

1. 用专业赢得信任，用服务感动患者。

2. 用陪伴弥补对亲人的愧疚。

张盼，2018 年 7 月 26 日

他把与老母亲团聚的时光让给了患者

夏日炎炎，这个周末，你也许在空调房一觉睡到自然醒；也许约上亲朋好友逛街消夏，把忧愁烦恼都抛掉；也许会换一方水土，游山玩水放松心情，寻一刻宁静。但有些人，却选择了义务加班。

一位 85 岁高龄的刘先生，精神状况差，身患多种慢性疾病。在院外，左右两侧髋部有三处不可分期的压疮，结痂边缘有较多脓性分泌物，右侧周围组织有约 8 厘米 ×6 厘米的明显红肿、疼痛。患者的状况让青杉园的工作人员万分痛心焦急。

7 月 26 日，青杉园院长沈雅静联系了安宁疗护中心的纪光伟主任。纪主任了解老人情况后，利用自己中午休息的时间携带换药器材来到青杉园养老院，对老人的压疮进行了清创、换药处理。

接下来两天是周末，纪主任不放心老人的伤口情况，出于对老人的关心，进行了第二次、第三次清创换药。同时，指导身边的护士们怎样观察、护理伤口。

患者老伴流着泪不停地感谢，因为处理及时，伤口在一天天好转，爷爷这两晚也终于睡了一个好觉。

事后我才知道，周六是纪主任定期陪伴他母亲的时间。

因为青杉园养老院的工作，纪主任放弃陪伴 80 岁的老母亲，舍弃家庭小爱，成全了养老院的老人老有所“养”、老有所“医”的人间大爱，值得每位员工学习。

［安宁小贴士］

1. 医养结合是要解决老人的问题。
2. 面对复杂的压疮，要有专业的指导。

桂会芳,2018 年 7 月 29 日

安宁疗护中心的歌声

今天，虽然正值炎炎夏日，但萦绕在安宁疗护中心的歌声和温馨的场景亦如这三伏天里的一股凉风让人很舒适。

早上 8 点，我们正在查房，听到 5 号房间传来一阵歌声，原来是房里的张先生在听《军港之夜》，我们的护理员陈桂菊扶着张先生，并在耳边唱出了其中一句歌词“军港的夜啊，静悄悄”，紧接着我们就听到张先生唱了起来，纪光伟主任也一起合唱：“海风你轻轻地吹，海浪你轻轻地摇，远航的水兵多么辛劳……”歌声在房间里轻轻回荡，飘向窗外。我们大家都情不自禁地跟着张先生和纪主任的节奏打拍子，唱完之后大家都热烈地鼓掌。

但令人意外的是，张先生哭了。他双手紧紧地握住纪主任的手说：“谢谢你，你是我的战友。”原来张先生以前是个军人，这是多么温馨的场面啊！

张先生是一位几天前才入住安宁疗护中心的 89 岁高龄老人，家属主要是为了陪他的老伴李女士。李女士是几天前从 ICU 转入来的一位右侧肢体偏瘫并患有多种慢性病，且生活不能自理的患者。张先生每天总会时不时地看着老伴，偶尔还会抚摸一下老伴的脸颊，甚至还会亲吻一下额头，经常还会问我们工作人员，老伴吃饭了没有？从这些看来平常的动作和语言，却不难看出张先生对老伴李女士的关心和爱护，这或许就是他作为一名军人拥有的爱国、爱家的情怀。

其实，张先生活在他的世界里，也挺好的。看着老人把纪主任认成自己的战友，我们不忍心打破他美好的回忆。

纪主任把张先生唱歌的视频发给他女儿看了，他女儿也感动得哭了，她说："我爸以前在家弹琴唱歌，刚才可能一时有些伤感了，觉得岁月不饶人。他现在应该是快乐的。"

［安宁小贴士］

1. 走进阿尔茨海默病患者的内心世界。

2. 找回以前的记忆也是一种疗愈方法。

吴平,2018 年 8 月 6 日

最后的生日，成为家人的美好回忆

今天是叶奶奶 82 岁的生日，为了给叶奶奶过生日，童玲护士长提前一周与叶奶奶的家属联系，筹划着生日的事情。

今天上午 10 点多，我做完了手头的事情，护士与护理员们也都抓紧时间完成了日常工作，安宁疗护中心的工作人员全部来到叶奶奶的床前。护理员陈桂菊第一个把祝福送给叶奶奶：“祝您生日快乐，身体健康，福如东海，寿比南山。”大家一起唱起了生日歌，看着这热闹的场面，叶奶奶流出了激动的眼泪：“谢谢你们，谢谢你们精心的照顾，谢谢纪主任亲自为我剪脚趾甲。”

老伴何爷爷站在一旁，乐呵呵地笑了，似乎被这感人的场面陶醉了，陈桂菊发现后，立即跟何爷爷说：“过来和老伴亲一个。”引得大家欢笑起来，在大家的要求下，何爷爷和叶奶奶拍下了一张合影。

简短的活动结束后，何爷爷执意要给我们送来水果和小吃，感谢我们对老人的照顾。

是啊，看着这温馨的场面，让我感到老人在这里能够得到很好的照顾，他们是幸福的；老人和家属发自内心的感谢，也同样让我感动，这种温馨的互动，将成为我们更加努力为老人服务的动力。

尊重生命，从我做起。践行和宣传安宁疗护的理念是我们义不容辞的责任。

［安宁小贴士］

1. 这是叶奶奶最后一次生日，会成为两位老人及家人美好的回忆。

2. 工作人员的付出，患者和家属都是明白的。

李丽君，2018 年 9 月 10 日

我为生命而歌唱

昨天，安宁疗护中心举办了第二次安宁文化研讨会，这是一个临时起意的活动，是为了一个衰老的生命。

几天前的一个晚上，安宁疗护中心的一位阿尔茨海默病患者在床边摔伤，而值班的工作人员离开他仅仅只有 5 分钟。我怀着愧疚的心情联系了家属，尽管这种老人摔伤是难以避免的，但我们是有一定责任的，因此我想听取家属的意见，商谈处理。家属告诉我，她没有什么要求，父亲这种情况如果不是照顾得好，早就发生骨折了，因此，她不会索赔。

面对如此讲道理的家属，让我十分感动，我笑着对她说："您'讹'我们一笔不好吗？"她回答我："我为什么要讹你们呢？"

我建议家属给老人做手术，但家属不愿意做手术。我准备慢慢动员家属同意手术。然而昨天，当我看到检查结果发现，老人患有前列腺癌，已经发生全身转移，不适合做手术了，我很清楚这一发现意味着什么，我遗憾地通知了家属。

回想起一个多月来，尽管老人有失忆，他把我认成他的老同学、老战友，见我就要敬军礼。为了让老人快乐，我一直就是他的"老同学"和"老战友"，他常常乐于和我比手劲，而掰腕子他就"甘拜下风"了。

老人吃药是一个难题，但只要“老同学”和“老战友”出面要他吃药，他是会绝对服从的。

昨天，本来安排下午是安宁疗护中心的业务学习，学习老人意外的防范和处理。上午得到这个结果后，我的心情十分沉重，因此临时决定改成安宁文化研讨会，但幻灯片中需要补充很多资料，我赶紧到放射科收集影像资料，中午加班赶制幻灯片。

中午 12 点 50 分，我在病房里，看见护理员褚小兰在给患者喂饭的场景。褚师傅面带微笑喂老人吃饭，可老人就是不张嘴，褚师傅很有经验地将均浆食物从老人的嘴缝里喂了进去。看到这样的场面，我的鼻子酸酸的，拿出手机记录下了这个场面。

回到办公室，我已经泪流满面了，将这张照片发到群里，给家属们留言：“马上中秋节就要到了，安宁疗护中心的老人们都很快乐，希望家属们节日能够利用休息时间来看看老人们，他们需要您的陪伴。‘子欲养而亲不待’的时候，是很难受的。”

下午 2 点，我们的学习开始了，我以中午的这张照片作为引子，引出了今天的话题，在讲述了老年骨折的相关知识后，我开始了主题演讲《从优生到优逝：让生命更有尊严》，我将《我爱你中国》改编的歌曲唱给大家——

“我爱你生命，我敬畏生命，我要把那最美好的回忆，留给最后的时刻……”

尽管我五音不全，但我的真情还是打动了在场的同事，此时此刻，这首歌是对生命最好的尊重，是对我们心情的最好诠释。是啊，我们都会老去，如何面对疾病，如何面对生老病死，是值得我们探讨的问题，也是安宁疗护的理念。

［安宁小贴士］

1. 高龄老人发生跌倒是很常见的，尽管做了预防，但确实难以避免。

2. 家属的理解激励着我们做好工作。

纪光伟,2018 年 9 月 20 日

两张照片背后的故事

今天，在家属群里，有两张照片引起了大家的共鸣。

中午，我在病房巡视的时候，看到护理员褚小兰正在给一位患者喂饭，这几天，这位患者吃得很少，几位护理员想着办法让他多吃一点儿，看着老人在褚师傅的“哄骗”下，正在大口地吃着均浆食物时，隔壁患者呼叫了，褚师傅放下碗，又到隔壁去了。我赶紧接过碗，试图喂老人吃，可是老人就是不张嘴，真是急死我了。护士李静见状就接过碗，可老人还是不吃，等褚师傅回来继续喂饭的时候，老人尽管也很抗拒，但褚师傅贴着老人的面部跟他说话，让他又张开了嘴，我抓拍了这幅照片。

晚上 6 点多，护士吴平又抓拍到护理员陈桂菊给老人喂饭的镜头，看着陈师傅认真、专注地喂饭，患者的家属说：“比我们家人还细致。”

这两张照片在微信群里引起了热议，家属们纷纷赞扬安宁疗护的工作人员对老人的精心照顾。

今天早上 5 点多，我看到护理员王玉娥已经在工作了，我问她什么时候开始的，她告诉我 4 点多就开始给老人们洗漱；早上 7 点，我配合王师傅一起发早餐，有了我这个“志愿者”，进度要加快许多。早上给患者喂饭需要很长的时间，我给两位患者喂完稀饭，她还在喂那位老人。如果没有帮忙，不知道到交班的时候能否忙完。

每天中午，护理员总是把患者的饭喂完后，才能吃饭，这时时间已经到了 12 点半，甚至 1 点了。

体验了她们的工作，我才感受到她们的耐心和爱心。这两张抓拍的照片实际上是安宁疗护工作的常态，也是安宁疗护工作的缩影。她们做着最平凡的事情，却努力践行着安宁疗护的理念。为生命付出，值！

［安宁小贴士］

1. 记录安宁疗护的工作，让更多人了解安宁疗护。

2. 体验护理员的辛苦，感受她们的爱心。

纪光伟,2018 年 9 月 20 日

节日的温馨：照护、关爱和陪伴

今天是中秋节，是合家团聚的日子，安宁疗护的老人们是怎么过节的呢？家属们有没有来探望他们？带着这个疑问，早上6点多，我开车到了安宁疗护中心。

早上的安宁疗护中心显得格外的宁静，卫生员黄师傅已经将地面的清洁做好了，刚拖完的地面在灯光的照耀下，显得那么温馨。由于还没有到交班的时间，护士和护理员都在房间里忙碌着。

在办公室里，我看到一堆礼品，有月饼、香蕉、柚子、哈密瓜……真是非常丰富，这些都是家属们送来的。

为了让患者们都能分享这些爱心，同时考虑到患者的身体情况，一次不宜吃过多的甜食，前天，护士长童玲就带领工作人员给老人分享了一次。

交完班，我趁工作人员整理房间、做治疗的时候，将月饼和水果切好，分好。她们的工作告一段落后，我们就一起给患者过节，由于品种多，每样只给患者一点点，我们要等着一位患者吃完了再送下一位，我们一边喂患者吃，一边和患者们逗着乐，好一个祥和的场面啊。

给谭先生喂月饼是最有戏剧性的，开始无论怎么说，他就是不张口，护理员褚小兰将一小块塞进他的嘴里，我正准备制止这种“粗暴”的行为时，褚师傅说：“不怕，他会吃的。”

可是，月饼在谭先生嘴上嵌着，他还是不吃，护士李静戴着手套将月饼又往嘴里塞了塞，我真害怕患者会咬着她。

月饼塞入口后，可能是尝到了月饼的味道，谭先生竟然慢慢嚼了起来，后来几块也顺利地吃了进去。

我真佩服工作人员的技巧，如果不是在长期的工作中摸索，是不会有这样经验的。

9 点多开始，家属们陆续来看望老人了，有的家属则将老人接回去过节。

上午 10 点，白玉山街社区卫生服务中心的门卫祝声刚携夫人、外孙女到安宁疗护中心给患者送月饼，贺节日。他们在这个节日里带着孩子看望老人，从小培养孩子尊老敬老的美德，是值得称赞的。

看着老人和家人在一起的温馨场面，让我们感受到了亲情的力量。对于暂时没有家人看望的患者，我们的工作人员都给予特别的关爱，陪同聊天，或者看电视，让他们不再孤独。

有工作人员细致的护理、关爱，更有亲人的陪伴，安宁疗护中心的中秋节是热闹的、温馨的，也是祥和的。

［安宁小贴士］

1. 护理员的照顾技巧值得学习。

2. 过节是我们带孩子到安宁疗护中心进行生命教育的好时机。

纪光伟，2018 年 9 月 24 日

为了生命的完美谢幕

今天，我和护士长童玲一起配合家属为张先生办完了丧事，让这位 84 岁的老人有尊严地走完了最后一段旅程。

今年 2 月，安宁疗护中心开张不久，一对耄耋老人入住了安宁疗护中心，张先生患有终末期慢性阻塞性肺疾病，病情十分严重，老伴李女士尽管生活可以自理，但也有严重的心脏疾病。两位老人入住后，相继因病情的变化需要住院治疗，尤其是张先生，多次发病都及时得到了抢救，这是因为我们的安宁疗护中心设在三级医院内，为抢救赢得了宝贵的时间。

8 个月的时间里，张先生经过了 6 次住院抢救，李女士也几次住院，安宁疗护的生活让他们感受到了家的温暖。李女士逢人就说："我们来这里是来对了，这里不仅服务好，而且就医非常方便。如果不是住在这里，老伴早就不在了。"

对于这种生命末期的患者，按照安宁疗护的理念是不延长也不缩短患者的生命，尽量减轻患者的痛苦，因为过多的治疗也很难获得效果，但几十年的夫妻感情，让李女士无法割舍，她不愿意放弃任何希望。

然而，9 月，张先生再一次住进了 ICU。经过 30 多天的抢救，病情一直没有得到缓解，医疗费用已经达到 15 万元以上了，今年的累计医疗费已经达到几十万。面对治疗效果越来越差，家属最后接受了安宁疗护的理念，决定回到安宁疗护中心，李女士说，“在ICU，我每天只能看望一次，陪他半小时。在你们这里，我可以握着他的手，24小时陪伴着他。”对于生命末期的患者，这种陪伴是很重要的。

由于老人家里的情况特殊，早在9月底，李女士就跟我们谈了自己的想法，希望我们和她的朋友一起协助办理老人的丧事，并多次与她的朋友一起对老人的丧事进行了讨论。

10月9日，我们的工作人员将张先生接回安宁疗护中心，使用呼吸机维持治疗。10月10日下午1点18分，老人走完了人生的最后一程。

面对家属痛不欲生的情感，我们组织工作人员对家属进行了安抚，配合家属处理了有关事务。

今天一大早，我们就赶到了殡仪馆，协助家属一起处理完老人的后事。

在墓地，我看到儿子在老人下葬后，痛哭流涕，跪地不起的场面，这种掩盖不住的亲情，让我潸然泪下。

回来的路上，我一直在回顾着这8个月与两位老人朝夕相处的场面，张先生的音容笑貌依然在我眼前浮现。

这是安宁疗护中心成立以来的第一例丧亲服务，随着安宁疗护工作的深入，今后会有更多的这种服务需求，回到办公室，我看着墙上自己写的座右铭：“用心，用情，用能力；做人，做事，做学问。”我忽然感到，经过几个月的努力，我们正在接近这些目标。

[安宁小贴士]

1. 探索整合安宁疗护的理念。

2. 尝试丧亲照护服务。

纪光伟,2018 年 10 月 12 日

一首迟到的生日歌碰撞出的火花

昨天中午，安宁疗护中心的职工为老人唱了一首迟到的生日歌。

11 月 15 日是周先生的生日，不知道是什么原因，我们到下午才知道老人的生日，这不得不说是我们工作的失误。我们向老人和家属道歉，取得了老人和家属的谅解后，我们相约第二天为老人补过生日，尽管老人再三谢绝，但我们还是坚持要补过生日。老人说他不喜欢吃蛋糕，我们就决定为老人准备排骨汤。同时，我们意外地获悉，护理员王玉娥也是 15 日的生日，那就一起补过生日吧。

昨天一早，护士长童玲就安排为两位寿星点餐，中午 11 点，排骨汤和点的菜送到了，我们为周先生盛了一碗排骨汤，送到他的床前，因为怕汤凉了，我们让周先生先吃，因为其他工作人员还要给其他患者送饭和喂饭，为了让其他患者也分享周先生的快乐，我们给每位患者也增加了一碗排骨汤。

送完饭后，部分工作人员一起来到周先生的床前，为他祝寿，大家一起唱起了生日歌，祝周先生生日快乐，永远快乐。

而在那时，另一位“寿星”王师傅还在给患者喂饭，天气很冷，饭菜很快就凉了，有人提议我们先吃，但我执意要等护理员喂完饭后再一起吃。

平日，我们的护理员总是给患者喂完饭后，自己最后吃饭，今天我们一定要等她们一起吃。李丽君医生则不停地将菜送到微波炉里加热。一直等到护理员喂完了饭，我们才一起吃饭。

在吃饭的途中，我提出今天为王师傅过生日是一个很好的提议，今后，我们不仅要给安宁疗护的老人们过生日，工作人员也一样要过生日，要形成一个规矩。童护士长立即响应："下午我就开始统计。"

为老人补过生日，是弥补我们的失误，然而，在弥补的过程中，我们又碰撞出了新的火花——为职工过生日。的确，要提高服务质量，必须要调动职工的积极性，只有尊重员工，让员工感到了自己的价值，员工才会更努力地工作。看来"亡羊补牢，未为迟也"，这句话是有道理的。

意想不到的是，今天补过生日，竟然还引起了家属们的广泛好评，我们应该感谢家属们的宽容，感谢他们的理解，这也可以促进我们努力地将工作做得更好。

［安宁小贴士］

1. 为老人祝寿已成为安宁疗护中心的固定"节目"。

2. 对员工的关爱也是安宁疗护工作的一部分。

纪光伟，2018 年 11 月 17 日

一封撤回的辞职信：建立安宁文化的成果

今天，一位安宁疗护的职工撤回了辞职信，在安宁疗护中心引起了热烈反响。

几天前，一位职工因为个人的原因写了辞职报告。我的观点是，员工辞职一定是领导的工作没有做好，科室没有前途所致。由于我在安宁疗护中心是临时负责人，是不是我的工作没有做到位？是不是我的严格要求伤害了她？

我认真听取了她的意见，发现确实是她个人的原因。与她的交谈中，我感觉她对这份工作是非常珍惜的，她的离开是出于无奈。我们谈了很多，谈了工作，谈了人生，我曾激动地敲了桌子，也曾饱含眼泪，希望孩子们越来越好。

最后，我同意了她的辞职报告，签字后，她和同事们告别，几位同事，还有好几位老人都在挽留她，她毅然摇了摇头，转身走了……望着她离开的背影，同事们说，她怎么走得这么坚决？但我明白，她在逃避，她怕这些热情的目光“融化”她。

晚上，我从公众号转载了几篇文章《别放弃，命运不会总是伤害你》《心存敬畏，才能走得更远》《“上进”不该是生活的姿态，真正开心才是》给她，只希望她快乐、幸福。

今天下午 2 点 40 分，我意外地接到了她的微信：“纪主任，您在办公室吗？我可以去找您吗？”我意识到可能会发生什么，就欣然同意了。几分钟后，她敲响了办公室的门：“纪主任，我考虑了，能再给我一个工作的机会吗？”

我了解了她的想法：在安宁疗护中心的大半年时间里，她学到了很多东西，与这里的同事和老人结下了深厚的友谊。那天她毅然离开，是因为怕自己的眼泪流下来。

那晚，她一夜没有睡，看了我转发的文章，想着大半年的工作，半夜 12 点，她给母亲打电话，说出了她的决定：“妈妈，我要回去上班。”这是一个郑重的决定。

我接受了她的归来，经过交谈，我提议让她和同事们见见面，她忐忑地说：“现在就去见面吗？”看得出这一次她很胆怯，我鼓励她，陪同她一起和大家见面。

在护士站，我们遇到童玲护士长，看到她的归来，童护士长非常高兴，我们三人拥抱在了一起；正在给老人洗衣服的护理员王玉娥听说后，跑了过来，隔着玻璃鼓掌欢迎；在配餐间，正在准备食物的护理员褚小兰看到她后，激动地跑过来和她拥抱起来……大家的热情化解了尴尬，为了庆祝她的归队，我在工作群中发了红包，大家抢着红包，热情地欢迎战友归队。“不经风雨，怎能见彩虹”，经历了这次辞职风波后，我想她会更加珍惜这份工作，也会更好地融入安宁疗护这个大家庭里。

一个普通员工的辞职，牵动了整个安宁疗护中心职工的心，因为这是一个有爱的集体；一个普通员工的辞职，也牵动了入住老人的心，这是老人对我们安宁疗护中心职工最好的肯定。我想，有大家的努力，安宁疗护中心的明天会更好。

[安宁小贴士]

1. 员工辞职一定是领导的工作没有做好。

2. 员工的回归是团队凝聚力的象征。

纪光伟,2018 年 12 月 10 日

这一年，我们这样走过

今天是 2018 年的最后一天，也是安宁疗护中心的元年，回顾这一年来的历程，让我们感慨万千。

2018 年 2 月 9 日，康美养老院整体搬迁至医院住院部一楼，成立了安宁疗护中心，这是湖北省第一家安宁疗护中心。

从 2017 年底的筹建开始，我就认定起步会非常艰难，但我认为这是一个“夕阳”的“朝阳”产业，只要坚持，就会取得成功。

搬迁的时候，是集全社区、全医院之力支持我们，看到孩子们兴奋地布置着病区的环境，我感到很欣慰，但我的办公室，仅仅只有我搬来的三个纸箱子，这样的场景让我感到很凄凉。

在欢天喜地的搬迁之后，带给我们的是困难重重，没有护理人员，以前养老院仅有的一位护理员辞职了；年轻的护士不愿意从事这个工作，只有几位勉强愿意到这里工作的；医生也没有愿意长期在这里工作的，只能采取轮流制，就这样勉强组成了一个团队开张了。

面对这些困难，怎么办？我真后悔在自己还有三年时间退休的时候，选择了重新创业，这真是一个疯狂的举动，这次创业会不会是“晚节不保”？

2月17日晚上，我在值班的时候，经过深思熟虑，想出了一个破冰之举，建立安宁文化，自己带头言传身教！我立即用电脑打出了："安宁疗护起步艰难，困难就在眼前：用心，用情，用能力；做人，做事，做学问。"并将这张纸贴在了墙上，作为自己工作的座右铭。

一个没有文化的单位是走不远的，一个没有情感的人是不会有出息的。我们花力气抓业务培训，建立安宁文化。创建了班前5分钟培训制度，对员工进行安宁疗护理念的培训，业务知识的培训，以及日常工作中遇到问题的处理和总结。

随着团队建设的不断深入，一些准备辞职的，或者已经辞职的员工打消了辞职的念头，团队的凝聚力逐渐增强，入住老人和家属的满意度逐渐提高。

随着单位支持力度的加大，给我们购置了心电监护仪、全自动病床和多功能陪护椅等，基本满足了日常工作的需要，工作条件也得到了明显改善。

现在，我们经常可以看到，"90后"工作人员握着老人的手，抚摸着老人的脸颊，喊着爷爷、奶奶，场面十分温馨；护理员为老人清洗衣服，清洁身体，她们认真细致的照护，让家属十分满意；每当开饭的时候，也是我们工作最忙的时候，医生和护士一起帮忙给老人喂饭，为的是让护理员能早点吃饭，这种团结协作的精神，让人感动。

其实，在安宁疗护中心，这样的故事还有许多，10个多月来，"武汉安宁疗护"微信公众号上共推文278篇，大部分文章是原创的，其中推出了43篇"安宁的故事"，这些发生在安宁疗护中心的真实故事，记录了安宁疗护的工作，让社会能够了解安宁疗护是做什么的，为宣传安宁疗护理念和安宁文化起到了积极的作用，也引起了社会和媒体的关注。

经过10个多月的努力，在医院和社区领导的支持下，在全体员工的努力下，安宁疗护中心已经基本走出困境，逐渐步入良性发展的轨道上，让每一个生命都能得到全方位的身心照护。

回顾这一年，我们有困惑、有艰辛、有痛苦、有困难，但我们奉献了爱心、善心、真心、良心，收获了快乐、幸福、喜悦和欣慰。

新年的钟声即将敲响，经过了成功的2018年，我们有理由相信，2019年，安宁疗护中心会更好。

[安宁小贴士]

1. 用心，用情，用能力；做人，做事，做学问。

2. 一个没有文化的单位是走不远的。

纪光伟,2018年12月31日

一组特殊的“全家福”

今天，安宁疗护中心照了一组特殊的“全家福”。

昨天下午，我们接到医院的通知，需要一张安宁疗护中心工作人员的合影，由于没有提前准备，临时找了几位工作人员照了一张相，但由于临近下班，除了工作人员外，没有其他人可以照相了，好容易找到一位能帮我们照相，但照得并不满意，我只有向宣传部求助，准备今天早上交班后重新照。

在安宁疗护中心，无论从年龄上还是从资历上说，每次照相，我“理所当然”地应居中间的位置，昨天下午也不例外。

回想起不久前，我们的一位护理员与患者家属发生矛盾后被我批评了，但经过调查后，我得知是因为患者家属侮辱了护理员的职业才发生了争执。我便无法再批评她，只是告诉她今后遇到这样的事情，应该如何处理。

对护理员的羞辱，在我脑海里一直挥之不去，她们为老人进行生活护理，这是常人不愿意做的事情。如果失能老人的生活无人护理，何谈生命的质量，何谈生命的尊严，因此，她们的工作是高尚的，理应得到社会的尊重。如何表达这样的情感，我没有找到切入点……这时，我突然萌发了一个想法：明天的照相让护理员坐在中间！

今天早上交班会上，我说出了自己的想法，这时宣传部的雷伟夫部长拿着相机已经来到了安宁疗护中心，我们以护理员为中心拍摄了一组“全家福”，这一次，我和护士长童玲都成了“陪衬者”。

拍完今天的“全家福”，大家都很开心，我们作为管理者就应该为职工服务，只有把职工服务好了，她们才会更好地服务老人，这样的团队才会更有生命力。

> [安宁小贴士]
>
> 1. 没有完美的个人，只有完美的团队。
> 2. 维护生命的尊严，首先要维护从业者的尊严。

纪光伟，2019 年 1 月 8 日

情人节：安宁疗护伤心的一幕

今天是情人节，应该是有情人欢聚的日子，但是在安宁疗护中心却上演了令人伤心的一幕：一对相爱的情人分别了。

今天上午，我因为刚亲历了一次手术，正在值班室内休息。上午 11 点，工作人员告诉我，有位老人呼吸不好。我忍着伤口的疼痛，穿好了工作服，来到了老人床前，指挥着老人的治疗。经过紧急吸痰和拍背后，老人的情况稳定了一些。

这是一位患有阿尔茨海默病的老人，他的老伴因脑卒中后入住我中心，因张先生离不开老伴儿，而一起入住了我中心，那时张先生还能下床，每天他都要下床站到老伴的床前，抚摸着老伴的脸颊，这成了他唯一的寄托和安慰了。而我们的工作人员每次都会陪同他完成同样的动作。

尽管他很多时候不认识人，只是生活在他的世界里，但他给我们带来了很多快乐。

尽管他有时有些冲动，但他常常对我们非常友善。

他的《军港之夜》不但唱得他自己热泪盈眶，也常常感动我们。

他对许多人并不认识，但他对我情有独钟，不但非常友善，而且我们经常比手劲，比手劲他总是和我不相上下，一到掰腕子的时候，他总是说：“我不行，我不行”。

在他的眼里，我是他的老上级、老同学、老战友……只要老人高兴，我的身份就在不停地变化，我们给老人带来了快乐，老人也给我们带来了欢乐。

有一天，老人自己下床摔倒了，拍片发现是股骨骨折了，正当我们准备给他做手术的时候，术前检查发现，老人已经是前列腺癌广泛转移了，这是前列腺癌骨转移引起的病理性骨折。

在生命的最后时刻，安宁疗护中心的工作人员都细心照顾着这位老人，随着老人的体质越来越虚弱，吃得越来越少，我们的护理员焦急万分，想方设法地想让老人多吃一点。

2 天前，我们联系家属后，给老人用了胃肠外营养。

这几天，老人的痰很多，无法咳出，一直是靠吸引器吸痰，今天早上医生查房后，我们还商量着老人的检查和治疗问题。没有想到病情突然骤变……一切药物的抢救效果不好，家属接受了安宁疗护的理念，放弃了有创抢救，时间定格在 2019 年 2 月 14 日 12 点 45 分。

老人离去了，旁边没有意识的老伴并不知道发生了什么事情，更不知道老伴已经离去。在情人节，让这对老情人生死两相隔，让人十分揪心。

一位慈祥幽默的老人离开了我们，我们的心情都很沉重，家属的痛哭更让我们揪心。当我看到家属和我们的护理员相拥而泣的场面，我真想记录下这个镜头，但我实在不忍心留下这样的影像资料，所以放弃了。照顾老人近一年了，护理员和老人都有很深的感情。

由于抢救老人，我们几位工作人员都没有吃饭，一位来看望老人的患者家属悄悄地为我们的工作人员点了饭菜，我们很感谢，也很感动。

这是情人节在安宁疗护中心里伤心的一幕，家属在痛哭中诉说着："没有安宁，我爸爸早就不在了。"

感谢老人，让我们在陪伴中感受到了快乐；感谢家属，对我们工作的支持和理解。

家属对我们这份沉甸甸的信任，促使我们努力做好工作，让生命更有尊严。

［安宁小贴士］

1. 情人节，相爱的老人也会离别。

2. 阿尔茨海默病的老人总是活在自己的世界里。

3. 在生命的最后，我们共同维护生命的尊严。

纪光伟，2019 年 2 月 14 日

“80后”老人和“90后”护士

晚上的病房十分安静，我在办公室的电脑前做事，20点30分，我有点累了，就起身到病房里转一转。在护士站，我看到值班护士潘娜在和“80后”（80多岁）的刘女士进行着交谈，这个场面非常温馨，我拿出手机抓拍了这张照片。

我将这张照片发到了微信群，引起了大家的热议，有朋友让我挖掘一下这个故事。

为此，我今天早上采访了当事护士潘娜，她说得很简单：“当时是刘奶奶在看宣传资料，我点着照片上的人问她是否认识。”

其实，这是一个非常简单的故事，但是画面的语言却很丰富：从这张照片里的衣着表明了两位主人公是医患关系，但从动作和神态上看，又像奶奶与孙女之间的交流，很显然，这张照片超越了一般的医患服务，更像是亲人的关系，正是这种不是亲人胜似亲人的关系，更能打动人。

因为抓拍，两位全神贯注的主人公处于完全放松的状态，非常自然，没有任何摆拍的紧张。

这张抓拍的照片从侧面反映了安宁疗护工作人员的常态，她们对老人的关爱，对生命的敬畏，让人感动。

“90后”的护士潘娜，在工作中对每位老人都是面带笑容，轻声呼唤着老人，轻轻抚摸着老人，不时和老人开着玩笑，哄老人开心。多少次，我拍摄到她给老人喂饭的镜头，总是那样富有亲和力。

其实，这张照片并不是令人非常满意，一是背景不好，背景的消防栓影响了画面的整洁，这是无法避免的；二是画面的布局不好，由于场地距离的限制，我再退后就会把办公室的门拍摄进来；三是身体的限制，我的腰疼正在恢复期，我不敢下蹲得太厉害。这些不足给这张原本可以更完美的照片带来了遗憾。

尽管这张照片还存在着很多不足，但“80后”老人和“90后”护士的亲情故事足以感动我们。

[安宁小贴士]

1. 一张抓拍的照片展示了安宁疗护的工作。

2. “80后”老人和“90后”护士的亲情故事让人感动。

纪光伟，2019年3月5日

安宁疗护之痛

昨天是我本周上的第三个夜班。今天晚上，我拖着疲惫的身体回到家中，脑海里还在思考着今天的值班人员会遇到什么事情。

年前，我们召开安宁疗护中心职工座谈会的时候，职工们提出，晚上希望有医生值班，面对职工的呼声，我们进行了认真讨论，认为职工的意见是合理的，但实施起来难度很大。

一是招不到人：我们曾在院内外招聘过医生，甚至物色过相关的医生，但几乎都不愿意从事养老和安宁疗护。

二是养不活人：医生的人工成本较高，但安宁疗护中心还处在亏损阶段，多一位医生就会多一份人工成本。因此，大多数养老机构都没有医生值班，甚至连护士值班的也很少。老人夜间突发疾病，只有通过120向医院转运，但我们中心是建立在三级医院内，会诊和就诊都非常方便，有事请会诊也比较方便。

既然医生倒班的条件不成熟，职工的提议怎么办？我想，作为一个管理者，应该更好地为职工服务，职工才能更好地为老人服务，因此，我自己决定，从春节前开始，不定期地留在安宁疗护中心，陪伴着她们，为她们解除后顾之忧。

其实，长期待在单位是痛苦的，就是什么事情不做也非常难受。春节前，夜间的事情并不多，可春节过后，随着安宁疗护中心的满员，夜间需要处理的事情也逐渐增多。

本周一，我开始了这周的第一个夜班，本想隔天上一个夜班的，可是周二下午一位老人因大量的腹水，与家属协商同意做穿刺引流，穿刺后大量腹水的减少，很可能会引起血压的波动，需要观察和及时处理；还有一位预定了最后一张床的老人也将从同济医院转入中心，但一直没有救护车，可能也要到晚上才能来。

我只有放弃回家，一边接待新入住的老人，一边观察引流患者情况。穿刺引流的老人血压开始下降了，半夜收缩压就低于 90mmHg 了，我们关闭了腹腔的引流，调整了治疗方案，通过补充蛋白和输液，让血压有所回升。周三，血压开始正常了，我们又开始慢慢地放腹水。

周三的晚上，是一个不平静的晚上，有老人要下床，有老人闹着要联系家属，有两位老人因为病情闹得整个病区老人无法入睡，还有一位老人因为吞咽问题，要和家属商量处理办法。

接班后，值班护士和两位护理员一直在忙前忙后，这是一个并不安宁的夜晚。晚上 22 点多，一直喃喃自语，频繁掀被子的王先生让整个病区的老人无法入睡，我不得不开医嘱让他服药；23 点 20 分，张先生依然无法入睡，我再次给他做了处理，直到老人们都安静入睡了，我才去休息。

人们常常认为，安宁疗护晚上没有什么需要处理的，以前确实如此，那时的老人少，一周难得遇到一两次事情，但随着安宁疗护中心的满员，晚上需要处理的问题也逐渐增多了，医生值班确实有必要。

但我们没钱、没人，怎么办？怎么破解这个局呢？我不知道答案。

我能做的是，尽自己的努力陪伴，陪伴是最好的安宁。

但我能坚持多久？答案在哪里？

今夜无人“陪伴”，但愿安宁疗护中心能安宁。

我会永远做大家的服务者、陪伴者和记录者。

[安宁小贴士]

1. 愿意做安宁疗护的医务人员很少。

2. 我会永远做大家的服务者、陪伴者和记录者。

纪光伟，2019 年 3 月 7 日

压疮愈合：特殊的“女神节”礼物

今天是“三·八”国际妇女节，在节日里，祝安宁疗护中心的女士们节日快乐。

其实，昨天我们已经收到了一份特殊的礼物，入住安宁疗护中心的张先生的压疮已经痊愈了。

今年1月22日，安宁疗护中心入住了一位阿尔茨海默病的78岁老人，从院外带入的骶尾部一个6.8厘米 ×4.0厘米大小的不可分期压疮，刚来的时候，创面布满脓苔，房间散发着浓浓的臭味。清创后发现病变已经累及筋膜组织，贴近骶骨了。

经过我们的精心护理，通过保持骶尾部的干燥，加强营养，积极的创面处理，老人的创面明显好转。2月17日，创面已经缩小到2.0厘米 ×2.4厘米了。昨天早上查房，创面已经完全愈合了，大家围在老人的床前，每个人的脸上都露出了笑容。

这是安宁疗护中心一年来治愈的第二例院外带入的不可分期的严重压疮，这一例主要由“80后”的护士长，带领“90后”的护士完成的，还有我们“60后”“70后”的护理员精心生活护理的结果，说明安宁疗护的护理人员在成长，安宁疗护的技术在进步，这是安宁人不断学习，不断探索的结果。

老人入住 40 多天后，在“三·八”妇女节前，老人的创面能够痊愈，这无疑是一份特殊的礼物，也是安宁疗护成长的记录，更是安宁疗护中心以技术作为基础来提高服务质量的案例。

我们深深地体会到，没有技术的服务是苍白的。我们通过技术和质量赢得了口碑，再次印证了“酒好不怕巷子深”的道理。安宁疗护中心成立一年多来，没有做过多的宣传，就已经满员了。

这个女神节，我们值得庆祝；这份礼物，我们值得拥有。

[安宁小贴士]

1. 不可分期的压疮处理展示了安宁疗护中心护士的成长。

2. 患者的治疗效果是对医务人员最好的回报。

纪光伟，2019 年 3 月 8 日

安宁病房的一天

安宁病房一期设计床位 20 张，昨天已经入住了 21 位老人，而且多数为重度失能的高龄老人。随着入住人数的增加，导致工作人员的超负荷工作，压力已经凸显了。

为了保证服务质量，我们一直强调认真观察患者的病情，关注每一个细节。昨天下午，长期卧床的李先生突发呼吸困难，血氧饱和度下降，医护人员及时发现了病情的变化，将老人迅速转入 ICU 进行紧急治疗。还有一位刘先生也出现肺部感染、消化道出血和癫痫，病情也比较严重，但家属一直不愿意住院，只有留在安宁疗护中心治疗，家属愿意承担一切后果。

今天早上，病房内十分安静，但是我们对几位重点需要被关注的老人仍不敢掉以轻心，刘先生的病情还算稳定，我们准备给他化验后，再与家属协商。查完房后，看到今天的天气还不错，就和大家一起将愿意外出的老人用轮椅推到院子里晒太阳，大家在院子里和老人聊天，扶着老人散步、锻炼。

上午 10 点半，我们准备将老人推回病房，这时外一病区的护士长方莉正好遇见了我们，执意要帮我们推送老人，当了我们的志愿者。

大约 11 点，正当我们分头将老人扶上床的时候，16 床的王先生突发呼吸困难，几位医务人员都涌到了老人的床前，有测血压的，有测血氧的，有上心电监护的，有给氧的……护理员则在安排其他老人吃饭。

今天中午，本来是安排安宁疗护中心职工在一起聚餐的，但没有一个人去吃饭，办公室摆放的饭菜静静地等候着忙碌的大家。

经过初步检查，考虑老人出现了心肌梗死或肺梗死，我们立即联系了内科会诊，建议转入ICU治疗。老人的情况越来越差了，我们在做好准备后，紧急将老人转到了ICU，上了呼吸机后，老人的症状情况有所好转，但诊断仍然不明，抽血化验在紧张地进行着。

12点30分，我回到安宁病房，大家仍没有吃饭，部分工作人员在忙，部分同志在等我。我埋怨她们，这个时候等什么，尽快吃饭，不知道下一秒会发生什么。

我刚吃了几口饭，肿瘤科来请我会诊，我放下饭碗，就上楼会诊了，会诊完回到办公室，大家都吃完做事去了，我又吃了一点儿，王先生的儿子和女儿赶了过来，又和他们谈话，交代病情，最后陪同他们一起到ICU了解病情，管床医生告诉我们，尽管没有造影确诊，但考虑这个患者有肺栓塞的风险，需要给家属提出治疗方案。

从ICU回来，我们正在谈论着王先生的病情，护士潘娜又在病房里叫我们了，我们跑过去一看，原来是刘先生出现了胃出血，且血氧饱和度曾出现明显下降，患者意识淡漠，我认真看了一下胃液，感觉出血不多，我将带血的胃液滴在卫生纸上鉴别，将卫生纸上的胃液给大家看，分析胃液的成分，告诉大家为什么这不是大量的胃出血。但老人的面部肌肉紧张，好像是不典型的癫痫发作，呼吸道内的痰液很多，不容易吸出。我们只有再次请求会诊，会诊医生提出了处理的意见后，我再次联系了家属，家属告诉我，她们怕住院护工照顾不专业，而愿意留在安宁病房。我告诉她，ICU 也是专业的陪护人员，这样家属才同意转 ICU 治疗。临走时，家属说："一定要留床，我们还要回来的。"我答应了老人家属的要求。

当工作人员从 ICU 返回的时候，已经快到下班的时间了，这时病房的护士又在喊我，脑梗死的刘奶奶出现心率加快、血氧饱和度降低的表现。这位老人有脑梗死偏瘫的病史，曾有过癫痫发作，我们又第三次请内科会诊。

一天的工作结束了，所有的安宁人忙碌了一天，这是最近一段时间安宁疗护病房的常态，通过今天的工作，我有如下体会。

值得信任的"80 后""90 后" 随着患者入住人数的增多，高龄、患者多种疾病的变化，考验着安宁人的水平，这批"80 后""90 后"的工作人员已经完全可以及时发现病情变化，独立处理这些突发的急诊事件，这让我感到欣慰。

安宁疗护真正做到了方便患者和家属 今天几位家属都表示，对我们的护理很放心，尤其是患者的转运快捷、及时，等待家属到来的时候，我们早已经为老人办理好了住院手续，患者已经得到了治疗，这种楼上、楼下的转运，免除了患者和家属来回奔波之苦，也为患者的治疗节约了宝贵的时间，这是哪家养老机构都不可能做到的。

团队协作的精神值得提倡　今天两位老人的病情变化，所有安宁人都顾不上吃饭，全力投入抢救中，安宁团队的集体作战精神值得点赞。昨天一天的工作，我只吃了一餐饭。

科间协作的典范　今天内科有4位主任三次到了安宁疗护病房会诊，这种随叫随到，一切为患者的精神是值得我们学习的。

认真践行缓和医疗的理念　安宁疗护的理念是减轻痛苦，只做一般的治疗，对于有更多治疗需求的患者，我们还是推荐到其他医疗机构进行治疗。

一天的工作结束了，在疲劳之余，我还是想记录下这些故事，让大家了解安宁人的生活，我们应该如何善待生命。

这种全团队、全身心、全医院和全方位的安宁服务，正是对生命的尊重。

[安宁小贴士]

1. "80后""90后"值得信任。

2. 安宁疗护真正做到了方便患者和家属。

3. 团队作战的精神值得提倡。

4. 科间协作的典范。

5. 认真践行安宁医疗的理念。

纪光伟，2019年3月15日

疲惫的一天

随着安宁疗护中心入驻老人的满员，且工作人员没有增加，工作的压力凸显。尽管这样，安宁疗护的工作人员没有一个人有怨言，大家都在努力工作，确保老人的安全。

几天前，一位参观者告诉我："我到过许多养老院，见到的工作人员表情大多是呆滞的，只有在这里，我看到她们都是面带笑容的。"得到这样的评价，我很欣慰。

今天不是安宁疗护中心最忙的一天，却是最累的一天。早上交完班，我就匆匆赶到门诊，今天是我的专科门诊。出诊过程中，不时接到电话，要求回中心接待和处理相关事宜。

不到 11 点，我提前回到了中心，护士长童玲告诉我，王先生因为家庭的事情，情绪上产生了波动，护士长和他交谈了一个多小时，缓解了患者的不良情绪。

要接待家属，还有住 ICU 的老人回来了。

这时正是吃饭的时间，工作人员都在忙碌着，我赶紧去看了一下王先生，见他的情绪好多了。一直吵闹的张女士又叫着要喝水，每天张女士无数次的喝水，不知道是要喝水，还是刷存在感，我赶紧给老人喂了一口水，她又叫着要见儿子，但我还要接待门诊做完检查回来的患者。

正在吃午饭的时候，王女士的家人来了，王女士最近的情况不好，无尿，腹水，完全靠药物维持，全身水肿。昨天发现背部和肛门高度水肿。今天早上交班的时候，护士长还提醒大家注意翻身，这样的患者皮肤很容易破损，但接班时发现皮肤已经破了，我放下饭碗，接待了家属，交流了处理意见。

吃过午饭，我感觉自己一定要休息一下了，昨天的夜班已经有点累了，今天再上一个夜班怕身体吃不消。

下午 1 点 30 分上班后，真正紧张的工作“正式”开始了，几位老人的能量“集体”迸发了：刘先生已经闹了一天，今天请心理科医生会诊后，准备用药，下午他不停地上床、下床，不停地吵闹，几次差一点跌倒，几位工作人员围着他，都不能解决问题，我决定下午 3 点提前给他吃药。

张女士一直掀被子，为了防止她生病，我们只能对她实行保护性约束。但老人不接受，我们只能反复劝说，反复“谈判”，说服她不要掀被子。她嘴上答应得很好，可是，松开约束带不到一分钟，她就将被子掀了下来，我们只有再上约束，再“谈判”，老人终于不再掀被子了。

这样的故事还有好几个，就不一一讲述了。可以说，这一个下午，我们所有的工作人员都是东奔西跑、马不停蹄。药物的调整、语言的说服、安全的防范，一切能用的手段全部都用上了，目的是为了老人的安全，让家属安心。

晚上 6 点半，老人们基本上都安静了，病区也恢复了平静，我们此时才可以喘一口气，开始吃晚餐。偶尔有个别老人有事情，我们也可以应对了。比起下午的四面出击，真是好多了。

这一天，真的是累了。

［安宁小贴士］

1. 我们的付出换来了患者的平安。

2. 有序的工作化解了病房问题。

纪光伟,2019 年 3 月 26 日

今天我们送了老人最后一程

今天，我和护士长童玲一起到殡仪馆，为安宁老人刘女士做最后的告别。

刘女士是一位在安宁疗护中心成立不久就入住的老人，她因为脑梗死、肝硬化等疾病，从医院的 ICU 转入安宁疗护中心。一年来，这位患者尽管不能说话，但经过安宁疗护的照护，患者的状况有了明显好转，眼睛可以找人了，不时还发出“咿呀”打招呼的声音，护士和护理员每天呼喊着患者的名字，与患者嬉戏，刘女士也可以给予简单的回应。

看着患者的情况逐渐好转，大家都很高兴，但最近几个月来，患者的腹围逐渐增大，检查发现是因为炎症导致的腹水。经过利尿和白蛋白治疗，取得了很好的效果，迅速控制了腹水。但经过几次的治疗后，腹水的控制越来越困难了，3 月份开始，患者腹水的增长很快，我们只有置管引流，尽管引出腹水后可以缓解症状，但持续时间不宜过长，同时对血压的影响也很大，而且引流管保留了半个月左右就出现了感染迹象，不得不拔出。但 3 月底，老人腹围出现持续性增长，腹腔内的压力明显增大，患者的呼吸越来越困难了。

3 月 31 日下午，老人的病情出现了变化，生命体征出现了异常且无尿。我明白，老人的生命已经进入倒计时了，家属明确表示不做任何侵入性的抢救，但为了让患者走得更有尊严，20：00左右，我还是赶到了安宁疗护中心，此时患者因为腹压过大，呼吸十分困难，不断地发出呻吟声，尿量仅有300毫升。

看来，这些都是腹内压增高的后果。我立即联系相关人员，给患者再次施行腹腔置管，减轻腹腔内的压力，我们一直忙到23：00多。尽管我知道，这样的减压可能是“杯水车薪”，但这或许是“总是在安慰”，也是心灵关怀的需要。

4月1日，患者的呼吸越来越困难，胃管也被顶入口腔内，胃内的液体不断从口腔内流出，患者已经进入弥留之际了，为了维护生命的尊严和避免影响其他患者，我们拉起了围帘，工作人员一直守候在患者身边，有的观察病情变化，有的为患者输液，为了满足家属的情感需求，护理员在治疗间期，为患者清洁了身体。

下午1点多，刘女士走完了人生的最后一程。我们含泪处理完老人的事情，送走了老人，并为老人送了花圈。

今天一大早，我和护士长童玲一起来到殡仪馆，参加了老人的遗体告别仪式，看到老人安详的面容，我们十分欣慰。

这让我想到在翻译《Royal Marsden 癌症护理精要》一书中遇到的一个名词：“Last Offices（最后的安葬祈祷）”。为了这个词，我查阅了很多资料，也进行了很多讨论，都没有找到规范的翻译，现在看来，我理解到这个词的真谛了。看到我们的到来，刘女士的女儿流着眼泪和我拥抱在一起，这是她感情的真实流露。

从殡仪馆回来，我的心情久久不能平静，在我心情还没有平复的时候，刘女士在美国的儿子给我发来微信：“我母亲今天已经入土为安，躯体与我父亲一起合葬在一处鸟语花香的陵园，他们的灵魂也在天堂团聚，从此，两位老人又在一起幸福地生活了。在此，我们姐弟三人向纪主任，以及安宁疗护的全体医护人员表达我们的衷心感谢。你们陪伴了两位老人人生最后一年的岁月，无微不至地关心和照顾他们，甚至做了很多我们这些儿女都无法做到的事情，让我父母安详、舒心地走完了人生的最后旅程。感激之情无法用语言形容，能说的只有谢谢你们！谢谢安宁疗护！”

这段话是对安宁疗护工作的充分肯定。3 月底，刘女士的儿子从美国回来看望母亲，我们都意识到这是他们最后一次见面了。2 月 14 日，他的父亲也是在安宁疗护中心谢世的，因此，我写下了：“去年回来双亲在，今年回来孤雁飞，明年回来留回忆，亲情、爱情、友情存。”然而，不到半个月的时间，就不幸被我言中。

值得庆幸的是，半个月前，刘女士的儿子回来，我无意中得知，他是医学博士，遂邀请他参加《Royal Marsden 癌症护理精要》一书的翻译工作，他欣然接受了。我想，他作为一个安宁疗护患者的家属，能够参与安宁疗护书籍的翻译工作，其意义远远超过了书的本身。在他父母亲去世后，他告诉我：“我参与也是觉得这件事是对癌症患者造福，我会把对我父母亲的思念之情融入翻译工作中去。”

安宁疗护任重而道远，需要社会各界的支持和关爱，这样我们的生命才会更有尊严，刘女士的家人已经离开我们安宁疗护了，但我坚信，他们接受了安宁疗护的理念，他们会成为安宁疗护的推广者。我们也将继续按照“用心，用情，用能力；做人，做事，做学问”的要求，来努力建设“文化安宁、品牌安宁、技术安宁、服务安宁”，让更多的人从安宁疗护获益，让生命更有尊严。

［安宁小贴士］

1. 通过腹腔置管引流腹水来降低腹腔的压力。

2. 家属参与安宁疗护书籍的翻译是对我们工作的肯定。

纪光伟,2019 年 4 月 2 日

一次医生查房的启示

因为青杉园养老院的住养老人已经突破80人，往日安排的每周两次内科医生查房和一次家庭医生进行慢病管理和送医送药，已经不能满足青杉园的医疗需求了。于是我们希望安宁疗护中心的纪光伟主任每周来我院进行一次的医疗查房。纪主任真是一位“言必信，行必果”的人，答应后就立马来到青杉园进行医疗查房，首秀就让我佩服不已！

作为医疗查房，纪主任有着丰富的临床经验，这里我就不用太多溢美之词。在查房中发现的问题，我们已经一一反馈给家属，并根据需求做好相应处置。保障了我们的医疗安全，增加了家属的信任度，特别是让住养老人生病能够得到及时医治。

此外，作为一位养老从业人员，纪主任有着强烈的职业敏感和一双善于发现问题的眼睛，在青杉园看到的一些小细节，他都及时地记录下来，并进行思考和引申。

值得一提的是，纪主任一次青杉园查房就发了三篇文章，文章一经发表，引起了《健康报》、中国生命关怀协会和武汉市民政局相关领导的关注。

中国已快速进入老龄化社会，在不可阻挡的“银龄”浪潮汹涌而来时，作为一个社会人，作为一位养老人，我们应该有怎样的社会担当？

文章中通过一个个故事，让我们看到了理解我们的家属、敬职专业的工作人员、负重前行的养老院，同时也发现了养老院有着力不从心的尴尬、忍辱负重的迁就等养老乱象。

养老从业人员的压力来自哪里？养老机构的医疗服务谁来买单？我们应该如何正视养老纠纷？文章反应出来的很多问题可能短时间内还无解，但我们起码要有面对的勇气！

这些问题提得深刻且尖锐，作为养老事业的探路者，今天我们不去关注，不去发声，明天又有谁来关爱老去的自己？！这是纪主任医疗查房，以及三篇文章给我最大的启示！

［安宁小贴士］

1. 养老从业人员的压力来自哪里？

2. 养老机构的医疗服务谁来买单？

3. 我们应该如何正视养老纠纷？

沈雅静，2019 年 4 月 14 日

陪伴是最好的安宁

20日是周末，上午我到和平公园参加了抗癌周的义诊活动。中午12点，我回到家中，得知70岁的何女士情况不好，正好女儿和女婿打电话说要回来，我便让他们先去奶奶家，吃了点饭便开车往医院赶，争取对老人进行最后的人文关怀。

4月14日上午，王女士和她的先生一起来到安宁疗护中心，和我探讨了她母亲的情况。她母亲因患有肾脏肿瘤，术后发生全身广泛的骨转移，由家人长期在家护理，目前尿少，每天只有200毫升左右，而且痛得厉害，家人照顾已经非常困难了。

我意识到这很可能是一个临终的患者。当天下午，家人就将老人送入了安宁疗护中心，患者的情况已经十分衰弱，翻身都十分痛苦，进食也很少。我查看了患者，认为情况不是很乐观。尽管部分家属可以接受这个观点，但也有家属认为没有这么快，似乎接受不了这个现实。查肾功能，结果提示肾功能基本正常。于是我们给患者输液，进行液体治疗。补液后，患者每天的小便量有500毫升左右，随后小便又回到了每天100～200毫升。

但是，由于患者频繁呕吐，几乎不能进食，最后许多药物也无法口服了。我们只有优先给患者服用镇痛的药物，通过缓释片和即释片两种剂型来缓解疼痛。

为了便于家属陪伴，我们为家属准备了陪伴床，由患者脑卒中的老伴和两个女儿轮流守候在老人身边。患者因为疼痛和不适，对于我们的护理是比较抗拒的，工作人员也怕护理不到位，感到压力很大。

我问她们："家属是否满意？"她们告诉我，家属是满意的。我告诉她们："患者因为疾病而痛苦，我们应该理解，只要家属满意了，我们的工作就做到位了。"

然而，4 月 19 日，我意识到患者已经进入临终的状态了，便及时将老人的病情告知了家属。她女儿问我："依您这么多年的临床经验，我母亲还有多长时间？"我告诉她，时间不会很长了，但具体的时间不好预测，如果能够维持一周左右就不错了。

女儿告诉我，她的心愿就是希望母亲不要有疼痛，舒舒服服地离开。下班后，她就赶过来陪伴着母亲。

4 月 20 日上午，患者的血压开始下降了，我们便开始给她使用升压药物。但上午 11 点多，还是出现了心跳停止，女儿考虑到还有家人没有到来，就要求医生进行了胸外按压……家人到来后，两位女儿守候在母亲身边陪伴着。

在陪伴患者的过程中，家属提出是否需要吸痰，我告诉她们："老人这是叹息样的呼吸，自己并不痛苦，我们要尽量减少对她的打扰，这样可以减少她的不适。"

我来到了安宁疗护中心后，检查了患者的心跳和呼吸，她状态显得非常安静。我肯定了家属的选择，对于临终的患者，这或许是最好的选择。

看着患者的老伴拖着不方便的腿，守候在病房里，我安慰老人要保重身体，这位倔强的老人流下了眼泪，看着这位老人每天带着十多盒药物陪伴着妻子，这份亲情让人感动。

在安宁疗护工作人员的照护下，在亲人的陪伴下，王女士的母亲于 20 日 23 点 32 分有尊严地谢幕了。

> ［安宁小贴士］
>
> 1. 症状控制是安宁疗护的主要工作。
> 2. 安宁疗护的工作要做到让患者和家属都满意。

纪光伟，2019 年 4 月 21 日

“问题”老人提出的新要求感动了我们

1个月前，安宁疗护中心入住了一位“问题”老人王女士，她因为脑卒中偏瘫导致半身不遂。生病前，她在生活中是女强人，突然卧床让她非常不适应，经常吵闹，每天重复的就是两句话——“我要喝水”“我要拉粑粑（大便）”，再就是有意用脚掀被子，有时甚至是在“刷”存在感。同时，每天要给儿子打电话，让儿子过来看她，陪伴她。

面对每天的“狼来了”，要说不烦，那是假话。但我们要求工作人员尽量去关注她、安抚她和帮助她。尽管工作人员不厌其烦地护理她，但她依然不满意，每天跟我投诉没有人管她；见到儿子，也是闹着要回家，说这里没人护理她。

面对患者的投诉，我们首先安抚了患者，表示没人护理她是不可能的，“患者身上没有任何味道，就足以说明问题了”。但我们还是分别找相关工作人员了解情况，确认了投诉无效。

对于老人的需求，我们也多次联系了她的家属。老人的儿子对于母亲真是百依百顺，几乎是每叫必到，而为了缓解她的寂寞，给她买了平板电脑、收音机供她消遣，但还是无法满足她的需要。

面对这样的老人，不仅令家属感到头疼，我们在工作中也很难办。面对她的呼叫，不去查看肯定是不行的；每喊必到，我们人员有限，又无法完全做到。面对这样尴尬的局面，家属总是一边抱歉一边感谢。

4 月 24 日早上，老人的儿子利用工作的空闲时间，主动来陪伴母亲，他用轮椅推着母亲外出转转，1 小时后，他拎着西瓜、菠萝和盐蛋回来了，他告诉我，他给母亲买水果和盐蛋的时候，母亲特意要求多买一点儿，分给护理员吃。大家听到这样的话，非常感动。这样一位“问题”老人能够想到我们的工作人员，实际上是对我们工作的认可。

到了中午吃饭时间，老人点名要护理员陈桂菊给她喂饭，我满足了她的要求。这时，陈师傅正在为另外一位老人喂饭，我立即过去接过陈师傅的碗，替换她，让她给王女士喂饭。

希望在我们的护理下，“问题”老人的问题会越来越少，这样她才会越来越好。我们希望“问题”老人不再是问题。

下午，我们将王女士和儿子送来的爱心，分享给安宁疗护中心的老人们，我们工作人员也分享了这份爱心。

大家说：“这样的西瓜格外甜。”

[安宁小贴士]

1. 老人“刷”存在感是需要亲情呵护。

2. 细致的工作化解了老人的“问题”。

纪光伟，2019 年 4 月 27 日

用心、用情、用能力：与纪光伟主任近距离接触的6小时

4月29日，是我上周和纪光伟主任约好的节前全科医生查房的日子，按照约定，纪主任将在青杉园完成三个任务：医疗查房、排查白蚁和授课。

查房从早上8点40分开始，下午1点左右授课结束，课后大家聚在一起，就工作中的一些难点、痛点逐个和纪主任进行了交流和探讨，直到下午2点40分结束，整整6小时。

我非常有幸作为他的助手及学员，和纪主任这位医者、“白蚁专业人员”及养老行业的前辈，“亲密接触”了6小时，深深体会到安宁疗护的文化精髓——“用心，用情，用能力；做人，做事，做学问”，在纪主任身上得到了完美诠释，深深感受到了纪主任的人格魅力，他的敬业，他的认真，他的执着，他的智慧……值得我们青杉园的每一位员工学习。

- **用心**

细节一：用物准备

昨天在班车上偶遇，纪主任特意和我沟通了重点查房老人的细节，准备自带查房器械，感慨纪主任好用心！

细节二：自带白蚁药粉

近日天气转暖，雨水增多，得知一楼工作用房疑似有不

速之客——白蚁，纪主任特意从家里带来了药粉，准备上门检测。

细节三：大师级的 PPT 制作

今天纪主任给我们分享的主题是“养老机构纠纷现状和对策的思考”，在讲到如何减少养老机构纠纷的策略时，纪主任的几点建议，我觉得非常到位中肯，可操作性强，是经过长时间的思考总结出来的，可见纪主任的用心。

● **用情**

讲课开始，纪主任来了一段非常特别的开场白，非常简单他只深情地对大家说：“大家辛苦了！”让在场所有的学员先是一愣，然后不约而同地热烈鼓掌。虽然仅五个字，但我认为这是有分量的，这是理解的声音，这是对目前探索养老的我们莫大的安慰与鼓励。

● **用能力**

目前，青杉园开放 96 张床位，仅空余少量床位，四层楼均有老人入住，作为医疗负责人，我有幸全程陪同纪主任查房，纪主任从四楼开始，对每一位老人的叙述，他都先仔细倾听，再进行专业体检，然后用简单易懂的语言对老人解释病情，老人们无不露出满意的笑容。

当我陪纪主任来到三楼大厅，此刻三楼的老人们正在大厅进行活动，其中一位陈女士看到纪主任，马上激动地对老人们介绍：“兄弟姐妹们！大家看看，我的救命恩人来了！”只见陈女士握着纪主任的手，连说：“纪主任，谢谢您啊！谢谢您啊！”纪主任和陈女士亲切交谈，询问了老人的情况后，紧接着去看望下一位老人。

查房的最后一位老人是我们昨天重点沟通的患者。这是一位智障老人，会阴部烫伤后形成广泛的瘢痕，并有多个窦道形成。当我们走进老人的房间，一股异味迎面而来，我示意纪主任戴上口罩，他说等下操作时再戴，我知道他是怕给老人造成心理影响。仔细看完老人创面后，他取出无菌探针，对老人的瘘管逐个排查，最后提出了治疗意见。

从纪主任的身上，我最大的感受是作为一名养老的探路者，只有用心、用情、用能力，去做事、去学习，我们才能不断充实自己、修炼自己。

正如一位老师所说的："当你把一件事做到一定境界的时候，你想停下来都难，你想不成功都难。"

［安宁小贴士］

1. 用心：细节之处见真情。
2. 用情：别样开场白赢得掌声。
3. 用能力：认真查房解决问题。

谢艳，2019 年 4 月 30 日

我们为什么不叫临终关怀中心

4 月 30 日，家住东西湖的张女士在我们的公众号留言，预约 5 月 1 日下午 2 点，到安宁疗护中心考察一下。

昨天下午 2 点 01 分，张女士按时到达了安宁疗护中心，正好我从门诊回来，她一眼就认出了我。我奇怪地问："您怎么认识我的？""我在公众号上看到您的照片了。"这么守时的访问者，而且是从东西湖乘车 3 小时过来的，这种感觉一下子拉近了我们的距离。

寒暄之后，她介绍了家人的情况：肺癌晚期，已经有脑转移和骨转移，下肢已经瘫痪，进食很少，尿量每天大约 800 毫升，接受过放疗和化疗，目前在行靶向治疗。

我介绍了安宁疗护中心的相关情况和相关理念。家属表示认同安宁疗护的理念，对我们的环境也比较满意，但认为从东西湖过来太远了，咨询武汉市还有没有类似的机构。我告诉她，我们是武汉市第一家。张女士说："那我们就没有选择的余地了。"于是，她与我们达成了入住的初步意向。

离开的时候，张女士问我："为什么你们不叫临终关怀？"她告诉我，她在网上没有检索到武汉市的临终关怀机构。某医院的护士告诉她，应该检索"安宁疗护"，这样她才找到了我们。

我告诉她，安宁疗护有许多名字，如缓和医疗、安宁疗法、姑息治疗、临终关怀、宁养照护等。由于“临终关怀”常常容易给人带来不好的印象，不容易被人接受，而“安宁疗护”比较容易被人们接受，同时也可以叫“安宁缓和医疗”。

张女士说：“我看公众号多数是您写的文章，我觉得这样的理念应该加大宣传的力度。”是啊，张女士说得对，中国人对死亡质量的要求不高，恐惧和害怕死亡，我们应该加大普及安宁疗护理念的力度。

然而，安宁疗护步履艰难，需要全社会来爱护和呵护它，让它为我们生命的尊严保驾护航。我们不能渴了再喝水，饿了再吃饭。关爱生命，应该从现在开始。

［安宁小贴士］

1. 临终关怀一词现在已经不推荐使用了。
2. 推广安宁疗护的理念任重道远。

纪光伟，2019 年 5 月 1 日

这个孩子该不该收

昨天，安宁疗护中心迎来了一位新的客人——2 岁 10 个月的小明。“五一”期间，我接到家属的电话，想把孩子送到中心来，这可给我们出了一个难题——收还是不收？我经过短暂的思考后，让家属先带着孩子过来谈谈。

昨天上午，孩子的父亲和奶奶带着孩子如约而来。我了解了孩子的情况，看着可爱的孩子，我怎么也不相信这是一个病重的孩子，家里已经花了巨资为孩子治病，但没有效果。

现在奶奶因病无力带孩子，父亲因为孩子目前也无法出去工作，他们跑了许多养老机构，却没有机构愿意接收，一听说安宁疗护中心可以收，家属很高兴。

看着眼前这个年幼活泼的孩子，我怎么也无法想象他经历了怎样的病痛折磨。这个小生命需要关爱！这是我简单而坚定的想法。但我们是否能够做到？这是我犹豫的。

为此，我请来护士长童玲对孩子进行了评估。面对从未有过的先例，童护士长也很慎重，我们商量决定召开科室短会。这是安宁疗护中心成立一年多来的第一次，在简短的会议上，大家充分发表了意见，尽管大家认为收这个孩子会有不可预测的风险，最后大家还是同意试住观察几天。

我将讨论中大家提到的风险告诉了家属，父亲流露出失望的眼神，奶奶则在不停地说服我希望收下这个孩子。

当我告诉他们我们的决定后，家属很高兴，同意签署试住协议。

于是大家为接收这个孩子忙碌了起来，为孩子铺床、设置安全护栏……奶奶则一点一点地给童护士长交代着一些物品和注意事项，什么时候喂水，什么时候喂牛奶。看得出奶奶对孩子的照顾很细致，奶奶说：“如果不是自己的身体不行，我是不会送出去的。”这种情感让人动容。

到了奶奶和父亲要离开的时候，父亲和奶奶都在偷偷地流泪，这种亲情难以割舍，感动着每个安宁人，只有小家伙在无忧无虑地玩耍着。

中午，护理员给孩子喂饭，发现孩子很会吃，小家伙一下子就吃完了一小碗饭。“而且小家伙很听话，下午 1 点睡觉，一直睡到了 5 点。”

晚上，孩子吃晚饭后，护士吴平就推着孩子在周围转悠，她要做事的时候，也让孩子一直在她身边，保证孩子活动在视线范围内，生怕孩子出什么差错。

这个孩子的出现，给中心增加了生机和活力。老人们很喜欢这个孩子，围在一起逗他玩，氛围非常融洽。晚上 10 点多了，孩子还没有睡意，护士、护理员，还有老人们都在想办法给孩子助眠。

后来，曾奶奶干脆将孩子推到光线暗的地方，让孩子入睡，一直到 23 点 58 分，孩子才进入了梦乡。

小明在安宁的第一天是安静的，平静的，这是一个良好的开端，我们祝愿他能够开心。

[安宁小贴士]

1. 对病重孩子的照顾要求更高。

2. 尽管儿童安宁疗护的需求不大，但意义重大。

纪光伟,2019 年 5 月 6 日

凌晨，老人的一个细微变化被工作人员捕捉到了

今天凌晨2点51分，我接到了安宁疗护中心的电话。护士潘娜告诉我，张先生出现了出汗和心率增快，其他生命体征正常，我考虑为急性尿潴留，护士为老人导尿后，老人的病情得到了缓解。

正当我准备休息的时候，3点39分，电话又响了起来。王女士又开始出汗，血糖3.1mmol/L，生命体征都是正常的，这是明显的低血糖反应，值班的护理员立即为老人喂食，4点04分，老人的症状缓解。

由于这两位老人都是长期卧床的患者，主动呼叫救治的能力较弱，但这一变化及时被工作人员发现，又及时得到了正确处理，让老人转危为安。

一个夜班两位老人出现出汗，这样的病情变化或许是巧合，但在巧合中，反映了安宁疗护中心工作人员认真的工作态度和严格的工作要求。按照护理规范的要求，卧床老人每2小时翻身一次，病房每小时巡视一次。

记得一周前，一位准备入住老人的家属询问我：“如果在两个巡视时间中途出现了问题怎么办？”我告诉她，有问题是随时处理的。家属对我的话将信将疑，老人入住后，家

人陪了一晚上后放心地说：“我们不用陪护了。”

今天凌晨的两件事情，恰好出现在巡视的间期，及时和圆满的处理措施也正好回应了家属的疑虑。

[安宁小贴士]

1. 仔细地观察能够及时发现病情的变化。

2. 生命末期的患者很难自己表述不适。

纪光伟,2019 年 6 月 10 日

病房里的围帘为什么拉上了

今天早上 9 点 40 分，护士叫我到病房去，当我走进病房，只见刘先生病床的围帘被拉上了。“发生了什么事情？”我进去一看，是医生李丽君和护士长童玲在给患者掏大便，李医生的手套上几乎全是大便，容器里都是她们掏出的一大堆“羊屎样”大便，由于肛门有出血，所以叫我过去看看。

我给患者做了检查，认为是干结的大便引起的出血，没有很大的问题，便协助她们一起为老人完成了清理工作。清理完后，这位吐字不清的老人从嘴巴里蹦出了几个字：“你们‘照业’(武汉话：可怜的意思)。”这个简单的场景让我感动了两次。

一次是工作人员的举动让我感动。

从昨天到今天，安宁疗护中心的患者一直不安宁。有患者要“逃离”，这让我们筋疲力尽；有患者晚上出现呕吐，需要处理；凌晨 3 点多，有患者需要插胃管；5 点多，另一位老人需要吸痰；7 点多，有老人出现血尿和腹痛……老人们不停地出现状况，都需要及时处理。加上今天有的工作人员家中有事，人手格外紧张。

刘先生以前就因为尿潴留引起过腹痛。早上交完班后，我请泌尿外科主任看了患者，认为不是血尿引起的腹痛。经过检查，考虑为肠梗阻，其原因可能就是大便干结引起的。

我给患者体检，发现肛门有稀便流出，故没有考虑是大便干结引起的。但我们的工作人员查房后，又主动为老人做肛诊，发现确实有大量的干结大便，因此出现了文章开始那一幕。

另一次是老人说出的几个字让我感动。

这位半失语的老人蹦出来的几个字虽然很简单，但让我很感动。其实，这是对我们工作最好的肯定。我摸着老人的头，笑着说："我们不'照业'，只要您舒服就可以了。"

安宁疗护中心在人员紧张，入住老人满员的情况下，工作人员克服困难，尽心尽力地为老人们服务，确实让我很欣慰。

今天，两位目睹了我们工作的家属激动地对我说："你们的工作太好了！要抓紧时间休息啊！"

家属的理解，员工的努力，是我们做好安宁疗护的基础。

> [安宁小贴士]
>
> 1. 平凡的工作有着不平凡的故事。
> 2. 掏大便可以解决患者的基本舒适问题。

纪光伟，2019 年 6 月 20 日

为了生命的尊严

今天的安宁疗护异常繁忙，来往的人络绎不绝，这是安宁疗护中心创建以来少见的一天，为什么呢？答案只有一个：生命。

这几天，患有前列腺癌的李先生病情逐渐加重，昨天晚上出现了血压下降，经过紧急处理后，血压暂时稳住了。

80 岁的李先生患有前列腺癌和脑血管疾病，还留有半身不遂和不完全性失语。去年 11 月，在反复住院后，最终入住我们安宁疗护中心。老人由于长期卧床，多次产生了厌世的想法。记得有一天下午下班前，老人拒绝吃饭，护理员赶紧叫我过去做工作，但不论怎么劝说，老人就是摇头。这时护理员陈桂菊过来了，接过饭碗，和老人交流了几句，老人就“乖乖地”吃饭了。

在以后的日子里，我们注意和老人多交流，适当和老人开玩笑、逗乐子，老人逐渐变得开朗起来了，不时对我们的工作人员竖起大拇指。有一次，老人竟然张开右手的拇指和食指，对我做出了一个射击的动作。看到老人开心地生活，我们都非常高兴，家属也非常感激我们。

半个月前，老人出现血尿和疼痛，这是前列腺癌的表现，我们联系了家属，经过了几个月的安宁疗护生活，家属也逐渐接受了安宁疗护理念。家属告诉我，去年做了几次手术，止血的效果都不好，他们不想再做手术了，就在安宁疗护保守治疗。我对他们的决定表示赞同，于是采取措施，积极减轻老人的痛苦，间断进行膀胱冲洗，防止血块堵塞导尿管。

前天，老人断断续续地跟我说，他想儿子了。我明白老人的意思，便让同事通知他的儿子来看老人。我想也是该交流的时候了，便和他们进行了一次沟通。

昨日，我们给老人查了血红蛋白，已经降到了66g/L了，这已经接近输血的标准，我再次征求家属的意见，家属表示希望输血治疗，因此，老人则需要转到肿瘤科住院，我们与家属相约今日入住肿瘤科。

今天一早，我就联系肿瘤科会诊，为老人开了住院通知，等家属到了就送老人去肿瘤科住院。在等待家属来院的过程中，老人再次出现了血压降低，仅86/60mmHg，我们立即用了多巴胺治疗。家属再次了解病情后，我们预测了老人的生存期，并让他们做出治疗选择。他们认为老人太痛苦了，不想再折腾，就在安宁疗护进行治疗。

早上9点多，当我陪同家属一起去看望老人的时候，心电监护上突然显示心率到了230次/分，老人也非常烦躁，情况非常危急。于是，我加大了氧流量，观察了一会儿，老人的心率逐渐下来了。但这是一个不好的信号，我告诉家属，老人随时可能发生意外。他们立即通知了所有家属。到中午11点多，家属陆续来到了安宁疗护中心，总数达到几十人，病房里、走廊上全是准备和老人进行最后告别的家属。

看到大量家属的到来，老人并没有表现出任何的惊慌，相反还很高兴，老人坦然的态度让我吃惊，看来老人已做好了准备。

中午，老人的血压又下降到 60/30mmHg，我们用升压药升了血压，家属积极了解了病情。

今天是给老人吃水果餐的日子。下午，我和潘娜一起发放水果，潘娜给老人喂了水果，这是他在安宁疗护中心吃的最后一次水果了。

不久，家属再次找到我，看到中午的变化，提出了想回农村的想法，我明白这是当地的习俗，也是老人的愿望。我告知了回去以后的注意事项和如何减轻疼痛的方法，也带了一些需要用的药物，然后帮忙联系 120 救护车。

下午 3 点半，救护车来了，是告别的时候了。我走到老人的床前，轻轻地拍了拍老人的手说："李先生，要回家了，高兴吗？"老人一下子抓住我的手，笑着点了点头，眼睛里噙着泪水，看得出，他是在感谢我，只是语言无法表达。我强忍着自己的情绪，和老人做了最后的告别。

望着担架车远去的影子，让我陷入了沉思。老人在安宁疗护中心入住 7 个月，从厌世到快乐地生活，身上没有发生压疮，我们一直践行着安宁医疗的理念，让老人有尊严地生活了 7 个月，得到了老人和家属的认可，我们感到很欣慰。

今天安宁疗护中心有一位职工出差、一位外借、一位休息，在人员非常紧张的情况下，我们圆满地完成了日常工作的同时，接待了李先生的家人，满足了老人和家属的最后心愿，真正做到了身、心、灵的照护。

这位患者并不是真正意义上的安宁疗护患者，其原因是家属不愿意放弃，要求输血，用升压药物，这些都是不符合安宁疗护理念的。但我们为什么还是将其作为安宁疗护的案例呢？

这是因为大众受传统观念的影响，不愿意放弃任何治愈的希望。针对这种情况，我们只能顺应家属的想法，力所能及地为患者做一点事情，减轻患者的痛苦。同时，我们通过沟通和临床治疗的效果，来影响患者和家属。最后，家属放弃了输血，要求回家，都是受我们影响的结果。

安宁疗护开展难，这是一个不争的事实，我们只能让患者和家属逐渐接受安宁疗护的理念。我们相信，随着我们工作的深入，安宁疗护的开展将不再困难。

[安宁小贴士]

1. 温馨的照护缓解了患者的紧张情绪。

2. 满足患者和家属的愿望也是安宁疗护的工作。

纪光伟，2019 年 7 月 5 日

为了生命的安宁

昨天尽管病房比较忙，因为工作人员少，来访的家属多，加上还有老人的病情变化。每一位家属来，我都要聊上两句，这是我多年的习惯，也是一种沟通的技巧。

中午 11 点多，我才处理完病房的事情，在护士站就遇到了来自武汉某三甲医院的张主任，其实 1 小时之前，我就看到张主任在病房，我只打了一个招呼就去处理其他事情了。现在闲了下来，就和她聊了起来。张主任很健谈，从她父母，谈到安宁疗护，她就是两个字：满意。但我深知，我们的工作做得还很不够。

她跟我讲述了她家的故事：她的一位亲戚每次去看她的母亲，都会号啕大哭，但前不久到安宁疗护中心来看她母亲的时候，看到这里的环境和她母亲的房间，不但没有哭，竟然笑了起来，连声说："这里的环境好，你把母亲送到这里来是送对了。"

听了张主任的讲述，让我想起了她送母亲入住时的场景。入住前，她对我们的护理是持怀疑态度的，尤其怕夜间护理不到位，要求晚上能够陪伴，我答应了她的要求。后来我得知，她的家人已经排班准备轮流在安宁疗护病房"值班"了，但第一天晚上"值班"后，她对家人说对这里很放心，晚上不用"值班"了。

她告诉我，退休后最近5年来，一直是她在照顾母亲，晚上休息不好，身边的朋友交往越来越少了，出去聚会和旅游就更别想了。母亲入住安宁疗护中心后，她兴奋地告诉我，现在每天她可以睡5小时，有时间和朋友交往，还可以出去玩了。可见她以前过的什么日子。

看到张主任的变化，我非常高兴，我们不是照顾了一位老人，是照顾了一个家，让他们家属能够过上正常的生活，可以全身心地投入到正常的工作中，参加正常的社交活动，这不就是安宁疗护的“四全”（全人、全程、全家、全队）照护吗？

现在她已经成为安宁疗护的义务宣传员，向她的朋友推荐安宁疗护，并筹划为安宁疗护做点什么。她已经成为安宁疗护的获益者、支持者和推广者了，她笑着说：“希望我以后老了，也可以住到这样的机构来。”

家属的理解和帮助让我们很感动，我们希望有更多的人能够了解安宁疗护，理解安宁疗护，让更多的患者和家庭获益，让生命真正得到全方位的身心照护，让生命更有尊严，让更多的人能够安宁地生活。

［安宁小贴士］

1. 沟通是安宁疗护的一项基本功。

2. 照护好一位患者，解放一个家庭。

纪光伟，2019年7月5日

回家（一）

最近，安宁老人杜女士病情发生了一些变化。7月15日，我再次向她的儿子告知了病情，听取了家属对老人治疗的意见。老人入住4个多月来，家属逐渐接受了安宁疗护的理念，我们很快就达成了一致意见。这是一个非常孝顺的儿子，平时经常会来看望他母亲，他说："我会抽更多的时间来陪伴妈妈的。"

中午，我看见老人的家属在和护理员陈桂菊谈着什么，最后，家属说："19号就麻烦您了。"陈师傅说："不要紧。"当时，我正在忙着其他事情，也没有注意到他们谈着什么。

晚上下班回到家里，我突然想到中午的这件事情，这是一件什么事情呢？我通过询问陈师傅得知："19日，杜女士的儿子想接他妈妈回家看看。上次出门老人就吐了，只能返回病房，所以回家没有成行。他知道母亲的病情，母亲也希望能够回家看看。这次他希望我们能够帮助他和他的母亲完成这个心愿。"

考虑到安宁疗护中心的人员紧张，他不好开口，只有私下和下夜班的工作人员商量，陈桂菊和蒋淑华欣然答应了。陈师傅告诉我："家属有要求，虽然在我们休息的时间，但只要我们能够做到的事情，一定帮助她完成最后的愿望，这也是符合安宁疗护理念的。”

听完陈师傅的一席话，我非常感动，看来安宁疗护的理念已经深入每个安宁人的心里了，她们都在自觉地践行着安宁疗护的理念。

具体情况是，老人一直想回家看看，几周前，家属提前和安宁疗护中心的工作人员联系，做好了准备，家属找朋友一起将老人接回家看看，但一出医院大门，老人就呕吐了，吓得家属只有将老人送了回来。以后，家属又尝试着推老人到院子里转转，但也发生了呕吐。得知老人的病情，儿子非常着急，希望能够尽快完成母亲的愿望。

第二天，我在交班会上给大家通报了这个事情，肯定了两位护理员的爱心。我希望大家一起来帮助老人完成这个愿望。大家积极行动了起来，商量着如何安全地搬运老人，如何防止老人呕吐，如何防止老人发生低血糖，需要带什么物品和食物，都制订了周密的计划。

今天一大早，几位护理员在帮老人穿衣服、搬上轮椅；医生李丽君则在和家属交代路上的注意事项。

8 点 15 分，杜女士终于坐上了回家的面包车。

［安宁小贴士］

1. 回家：满足患者的最后心愿。

2. 送患者回家看看也是安宁疗护的内容。

纪光伟，2019 年 7 月 19 日

回家（二）

今天早上交完班后，我和下了夜班的护理员陈桂菊、蒋淑华一起，为杜女士准备好了简单行装、食品、水和医疗用品，和家属一同护送杜女士回家，以完成她的心愿。

十几公里的路，车程只有半小时，一路顺利，杜女士在护理员的精心照护下，在途中没有任何不适。我们的车开进23街的一个老旧的社区，当车缓缓地停下后，两位护理员跟杜女士说："杜奶奶，到您家了，还记得这个地方吗？"老人高兴地点了点头。

杜女士在大家的共同努力下，连同轮椅一起被抬下了汽车，杜女士坐在轮椅上，缓缓扭头环视四周，她没有笑容，但透过她的眼神，我们不难看出她似乎有些忧伤，也有些紧张。

杜女士家在四楼，由于没有电梯，大家再次合力将她连同轮椅一起抬上了四楼，四个大汉抬着轮椅上楼，楼梯略显狭窄，大家艰难地拾级而上，轮椅时而左歪，时而右斜，确实让人担心。

在爬楼的过程中，我注意到了一个细节，两位护理员一直在逗杜女士开心，以转移她的注意力，缓解她的害怕心理。到四楼后，大家都已经汗流浃背了，几位大汉和我们的护理员的衣服上还被擦了很多墙灰，这是在楼梯转角处沾上的。整个上楼的过程，虽然很艰难，但没有一人喊热、喊累，每个人的脸上都洋溢着笑容，还时不时地开着玩笑。

推开房门，让我看到杜女士的家没有一丝凌乱的感觉，这一定是儿子精心打理过的。好奇心让我走进了杜女士的卧室，首先映入我眼帘的是房间内多处摆放的照片，这些都是杜女士以前的照片，还有艺术照，看来杜女士病前也是“老来俏”啊！

两位护理员把杜女士推进了她的卧室，这个屋子她再熟悉不过了，她微笑着竖起右手大拇指。

考虑到老人的身体，我们建议尽早返回病房。离开的时候，我提议带上她的相册，每当想家的时候，就拿出这本相册给她看看，让她找回过去的“芳华”岁月。

在返回医院的路上，到了老人鼻饲的时间，为了防止出现低血糖，两位护理员在车上将带来的食物和水，从胃管内注入。上午 10 点多，杜女士安全返回安宁疗护中心。

我们无法延长生命的长度，我们可以增加生命的宽度，让生命更有尊严和温度，这是每位安宁人的共同心愿。

［安宁小贴士］

1. 回家的路虽然艰难但不遥远。
2. 在家里回忆过去的芳华，也是一种心灵的慰藉。

罗珊，2019 年 7 月 19 日

暖心的纪念册

现在，很多年轻的父母都会为自己的孩子拍摄照片，记录孩子成长中的点滴，但您见过这样的纪念册吗？也许它更能勾起人们对亲人的回忆。

2018 年 8 月 1 日，张先生及老伴曾女士双双入住安宁疗护中心。张先生年轻时曾在中国人民解放军空军服役，具有军人的气质与毅力。

别看张先生是位老军人，却一点也不古板，他性格开朗，多才多艺，待人礼貌，偶尔还会调皮地记不住人（患有阿尔茨海默病），记不起老伴已瘫痪在床，不能言语。但他每天起身下床，都会到婆婆床前，摸摸婆婆的额头，握握老伴的手，问问老伴怎么还不起床。

张先生每每看到陌生人，都会敬礼与人问好，护理员也十分配合，向张先生敬礼，大家相互问好。张先生总是开心地说："这里真好，有水果吃，还有我最爱吃的肉丸子！"听到张先生这么说，每位工作人员的心里都暖暖的。

张先生是病房里的"开心果"，不仅给工作人员带来了温暖，还给身边的病友带去欢声笑语。不幸的是，这样欢乐的时光却很短暂，6 个月后，张先生因为癌症去世了，2 个月后，曾女士也随他而去，离开了人世。

一时间，病房安静了好多，大家再也见不到张先生敬礼，听不到他向人问好，夸赞肉丸子好吃，看不到他与病友一起唱军歌的热闹场景。

唏嘘之余，安宁疗护中心负责人纪光伟思考着：能为老人做些什么呢？能给老人的子女怎样的安慰呢？

受青杉园养老院为逝去老人做画册的启发，纪光伟决定为老人制作一本纪念册。当他将这一想法告知安宁疗护工作人员时，大家纷纷表示赞同。

说干就干，大家分头行动起来，有的整理文字，有的在手机中找出当初拍摄张先生的照片、视频，护士李静承担的任务最多。纪主任还特意找设计师进行编排设计……小小的纪念册从立意、编写，到印制成册，整整花了4个月的时间。这里面，寄托了安宁疗护中心全体工作人员对老人多少深情啊！

昨天，印刷好的纪念册送到病房了，大家兴奋极了，争相翻阅。

翻开纪念册，首先映入眼帘的是老人当兵时的登记照，那份英气，帅得不要不要的。往下看，有老人弹琴、习练书法的惬意；张先生和曾女士年轻时的军旅生活；过重阳节、过生日的快乐时光；“绝食”，工作人员哄着喂饭的甜蜜；品尝着在美国工作的儿子送来的巧克力……

最令人动容的是，那张每日抚摸病卧在床妻子额头的照片。纪念册不仅仅有照片，中心的工作人员还匠心独运——“你看，角落处几个小小的二维码，扫描后就能在手机上看到张先生生前的视频，尤其是他唱的《军港之夜》。”

纪念册中，还穿插着工作人员撰写的回忆文章。

14页的纪念册，30多张张先生的照片，1000多汉字记录了张先生在安宁疗护的快乐生活，书写着“老兵不死，只是凋零”。

张先生走了，但他的歌声还在大家耳边响起，他的笑容永远那样灿烂。

这样的医患关系，这样的动人故事，在安宁疗护还有很多很多。

拿起这本纪念册，大家突然想到，能否把制作纪念册作为安宁疗护的一项新的服务内容推出？这其实也是丧亲照护的一部分，也是符合安宁疗护理念的。

［安宁小贴士］

1. 一本纪念册是留给家人的永久纪念。

2. 人文关怀贯穿着安宁工作的始终。

谭馨，2019年8月23日

老人去世了，家属却对我说……

昨天下午，患有癌症晚期的王先生去世了。今天下午1点多，我和护士长童玲一起到王先生家去吊唁，受到了家属的热情接待。在为老人上香后，我们和家属进行了简短的交谈。老人的家属说："你们是湖北省第一家安宁疗护中心，做得真的很不错，感谢你们让父亲的最后一段时间走得这样安详。"

在交谈中，老人在外地工作的儿子好奇地问我："父亲入住安宁疗护之前一直疼痛得厉害，为什么我第二次回来的时候，父亲就没有说疼了？"

我介绍了治疗的情况，老人入住的时候，尽管吃了镇痛药物，但药物的剂量不够，对疼痛的控制不满意，疼痛评分常常在5～6分，甚至以上。我们增大了药物剂量后，疼痛有所缓解，但仍然不够，于是我们又增加了一种药物，使患者的疼痛评分下降到了1～2分，有效地控制了症状。

因此，对癌症晚期患者的安宁疗护，治疗重点在于控制症状，如果症状无法控制，患者就无法舒适，家属就无法安宁，我们的工作就是失败的。

王先生家属一个月前从网络上了解了我们，经过实地考察后，决定到我们中心入住，老人是癌症晚期，已经发生全身广泛性转移，经过我们评估，已经是生命末期患者了。老人入住后的当晚就要自行下床，险些摔倒，幸好靠在了床旁，避免了骨折的发生。

事情发生后，我们及时给家属进行了通报，与家属一起协商处理方法，最终决定对老人进行保护性的约束，积极控制疼痛，经过几天的调整，老人再也没有出现这些情况了。

随着老人病情的加重，肺部感染的症状越来越重。由于老人全身骨骼都有转移，拍背的效果不好，吸痰也很困难，尽管治疗后有好转，但几天后又出现了问题，经过了几次治疗后，仍然无力回天。

尽管老人去世了，家属仍多次表达了对我们的感激之情，家属给我们讲述了以前在某医院的住院经历，通过对比，家属深有感触地说：父亲在安宁疗护期间，我们随时可以了解到患者的动态，让我们家属放心和安心地工作。

同时，家属表达了对我们职工的关心，认为大家从事这份工作是不容易的，也是需要呵护的。

我们希望家属能够和我们保持联系，老人去世了，并不是我们工作的结束，而是丧亲照护的开始，尽管这部分服务我们是不收费的，但如果家属有需求，我们也会提供这样的服务。

家属表示，他们会继续关注安宁疗护，也会继续宣传安宁疗护，愿安宁疗护的理念发扬光大，安宁疗护中心越办越好。家属也表示，希望将来他们老了，也能享受安宁疗护的服务。

其实，宣传安宁疗护主要是安宁理念的普及，安宁疗护的理念不仅仅是普通大众，就是许多医务人员也缺乏这样的理念。

正是这样一位位家属亲身体验了安宁疗护服务后，才会认识到安宁疗护的意义。因此，加强对安宁疗护理念的宣传，我们任重而道远。

[安宁小贴士]

1. 症状控制是安宁疗护的精髓。

2. 每一位医务人员都要有安宁医疗的理念。

纪光伟,2019 年 10 月 12 日

安宁疗护，难！难！难！

昨天早上一上班，值班护士告诉我，2 床的患者王女士昨天晚上头摔破了。

早上查房，给患者处理了伤口。我联系了患者的儿子刘先生，告知了病情，家属表示马上赶过来。

家住天河机场的王女士今年 70 岁，9 月在某医院经手术证实为晚期胆囊癌。为了减轻老人的痛苦，儿子找遍了整个武汉市，最后找到了我们中心，得知我们是湖北省第一家安宁疗护中心，他很高兴，很快就入住了。

当时，我正在成都参加安宁疗护的培训，工作人员将患者的情况告诉了我，我意识到这个患者需要做缓和性镇静治疗，由于李金祥教授是这方面国内的顶级专家，我将这个患者的病情向李教授做了汇报，他认为，这个患者需要做缓和性镇痛治疗，也制订了治疗方案。

回武汉的前夜，同事又发来患者的情况，我高兴地说："等我回来吧，我带方案回来了。"一上班，我兴奋地联系患者家属来医院谈话、签字。

但实际情况让我失望，一是患者不接受，认为用微泵后对患者的活动有一定的不便；二是大剂量的"麻精"药品从何处来，有医保的限制，有"麻精"药品的管理规范，这些都是不能跨越的。眼看着患者每天中度的疼痛无法缓解，我只能尝试着让患者住院做缓和性放疗，与家属的谈话也就取消了。

前天晚上，患者又因疼痛下床，由于长期进食很少，导致患者跌倒，这就迫使我不得不紧急约见患者的家属了。

昨天上午 11 点多，我在青杉园查房回来，家属刘先生就已经在等候我了，我和肿瘤科的孟建华主任一起和家属进行了沟通，给出了治疗的方案，希望患者能够在肿瘤科住院进行缓和性镇痛治疗，家属表示希望能够在安宁疗护接受治疗，我们当即联系了医院的有关管理部门后，我们告诉他，这是违规的，医保会查处的。家属又提出是否能让安宁疗护中心派人上去护理。我告诉他，我们的人员也很紧张，无法抽出人来。

经过中午的思考，下午，家属刘先生找到我，明确表示："到安宁疗护中心就是冲着安宁疗护服务来的，如果要到肿瘤科住院，我就转到附近医院，不会舍近求远到这里来了。"他对这些法律和法规也很理解，最后他表示，只要能够承受，他愿意自费为母亲治疗。我为他减轻母亲疼痛的期望深深感动了，也为他舍近求远地寻找安宁疗护的举动所感动，我表示会尽一切努力解决患者的痛苦。送走了刘先生，我立即和医院领导做了汇报，讲述了安宁疗护的尴尬局面。

第二天，院领导告诉我："今天上午，医院就为这个事情开了专题会议，讨论这个问题，尽管目前有困难，我们要全院的相关科室支持安宁疗护的工作，不能让你再跑路了。"听说问题得到了部分解决，我非常高兴，马上给刘先生打电话，告知他解决方案：准备给她用的镇痛药价格不贵，可以自费在肿瘤科住院，这样就不受医保的限制；将需要的镇痛药开出来，接上微泵后从三级医院出院，回到安宁疗护中心继续治疗。刘先生非常高兴地接受了这一方案。

安宁疗护难，我有思想准备；安宁疗护亏损，我有准备；安宁疗护没有人愿意做，我有准备。经过一年多的努力，我都面对了，克服了，解决了。

2017年初，国家卫生健康委的《安宁疗护中心基本标准（试行）》《安宁疗护中心管理规范（试行）》《安宁疗护实践指南（试行）》三个规范性文件出台，到现在安宁疗护工作在全国已经非常热了，但有些地方的相关政策还没有落实到位，这不能不说是让人遗憾的。

安宁疗护运营难，这是众所周知的事情，如果没有政策的扶植和支持，何谈尊重生命？何谈生命的尊严？仅仅靠为数不多的安宁人来苦苦支撑，是难以长久的。

安宁疗护，难！难！难！

［安宁小贴士］

1. 患者家属的呼声：我要的就是你们的服务。

2. 安宁疗护呼唤政策的支持。

纪光伟，2019年11月20日

我要转到其他医院去

今天中午，患者的儿子刘先生给我打来电话，表达了他的不满。原来，我将解决方案告诉他的时候，只是解决镇痛和放疗的问题，随着患者的医疗需求的不断增加，又出现了新的费用，超出了刘先生的预期，他表示，如果是这样，他不如就转到他家附近的三甲医院住院。

面对刘先生的不满，我很能理解，按照他的话说，我找遍了武汉三镇才找到你们这一家安宁疗护中心，但没有医保，我实在难以承受。

他认可我们的理念，认同我们的服务，这是他愿意“舍近求远”地从武汉的西边来到武汉东边的原因。

我跟刘先生解释了相关的政策，答应咨询相关部门，尽量为他解决一些问题。如果他愿意转回附近的医院，我们也会给予帮助。

26 日上午，刘先生给我发来微信：“纪主任，您好！上周接连两次给您添麻烦，并使用了不当的语气和言辞，没有控制好自己的急躁情绪。尤其在周六您生病的情况下打扰您，在这里我诚恳地向您道歉。在我母亲治疗这件事上，我感受到您是真正在将临终关怀事业当成自己的使命在完成，为完成这一使命您付出了超乎常人的时间和精力，再次表达我的感谢。”

看到刘先生的微信，我感到很欣慰。我们就患者的治疗问题，进行了探讨，提出了自己的建议，我们达成了共识。这时，他明确表示，不转院了，就住在这里。

几个月来，老人的疾病一直牵动着刘先生的心，最终他做出了一个理智的选择，尽管我们目前的安宁环境还不尽如人意，但看到我们都在努力，他在彷徨后，还是选择坚定地走下去，成为安宁疗护理念的坚定推广者和践行者。

我们都是探路者，希望在这条曲折的道路上能够留下我们的痕迹。或许我们的探索现在不能获益，但可以为后来者铺平道路，这就是我们的价值所在。

［安宁小贴士］

1. 经济问题是制约我国安宁疗护发展的主要问题。

2. 相互理解，达成共识，才能让安宁疗护艰难前行。

纪光伟，2019 年 12 月 01 日

陪伴是最长情的告白

11 月 26 日，我跟刘先生再次通了电话，告知老人的病情，尽管我的话没有明说，但刘先生已经敏感地意识到，他母亲可能已经到了生命末期。刘先生的工作很忙，通常只能周末过来看望母亲，听了我的介绍后，刘先生立即表示："我马上请假，过来陪母亲。"

晚上，刘先生来到了安宁疗护中心，我们为他铺好了陪伴床，刘先生很感激。他每天在病房里，轻声地喊着妈妈，细心地照顾着母亲，他的每个动作，完全不像一个男子汉的举动，轻柔中包含着对母亲的爱，对母亲的呵护，此情此景，无不让人动容。是啊，生命末期的陪伴，确实是亲情的最好体现。

在病房里，刘先生看到了我们工作人员的工作情况，有时照顾他的母亲常常是几位工作人员一起工作，他们的每个动作，都关系到患者的舒适程度，每个细节都为了尽量减轻患者的痛苦。这些都让刘先生感到满意。

11 月 28 日，我们职工聚餐前想照一张全家福，我邀请刘先生给我们做摄影师，照片拍完后，刘先生表示，找时间他用专业的相机为我们拍摄，我们都没有想到他还是专业的摄影师。后来，他在照片上打上了"安宁疗护纪光伟团队合影"一行字，这一专业的做法表明了家属对我们工作的认可。

这几天，患者的病情稍有好转，国内外的亲戚也纷纷来看望，儿子的陪伴还在继续。让我们共同努力，陪伴患者有尊严地走完生命的最后一程。

> [安宁小贴士]
>
> 1. 生命末期的陪伴，是亲情的最好体现。
>
> 2. 对家属的关爱，也是安宁疗护的工作。

纪光伟,2019 年 12 月 2 日

面对生命最后的遗憾

昨天上午，我正在青杉园查房，病房护士罗珊打来电话："宋爹爹的家属过来感谢我们了。"我立即赶回了病房。宋先生的女儿和女婿给我们送来了锦旗和毛巾，感谢我们对她父亲的照护。

见到宋先生的女儿，我遗憾地说："宋爹爹的病情发展太快了，最后还是留有一些遗憾。"宋女士告诉我："是的，我也没想到父亲走得这么快，有点遗憾，但他享福去了，也没有遗憾。"

宋先生入住安宁疗护已经有一年多了，他是一位慈祥的老人，和我们的关系都很好，我们经常和他打趣逗乐，老人生活得很快乐。

但最近几个月，老人的状态明显变差了，8 月底发生过一次哮喘，经过抢救后挽救了生命，但老人的活动能力下降，记忆力下降，听力下降，看到老人的一系列变化，我们及时和家属进行了沟通，交代了可能发生的风险。

11 月 24 日凌晨，老人再次发生支气管哮喘，尽管经过了一系列的抢救，但老人还是在 1 小时后去世了。面对这样的结果，值班护士张盼却久久不能释怀。为此，我和童玲护士长还多次对她进行心理疏导，我告诉她："许多人都是因为哮喘的急性发作而去世的，可见这个疾病的凶险程度，只要我们尽力了，就不应该愧疚。”

为此，我们也进行了专题讨论，引导年轻的工作人员正确面对死亡，学会从悲伤中走出来，自我疗愈伤口，进而重新起航。

今天家属送锦旗，正好张盼也在上班，我特地拉着她参与了我们和家属的交谈，从家属的言谈中流露出的感激之情，应该是对我们工作的充分肯定。

宋先生生命最后的一段生活，应该是幸福的，我们都把他当作自己的父母一样对待，尽管最后还是离开了，这是生命的遗憾，但他没有痛苦地离去，或许是对家人、对我们最好的安慰。

在生命的最后，安详、平静、无痛苦，应该是我们永远的追求。

[安宁小贴士]

1. 感叹生命的脆弱。

2. 从业人员的心理疏导，是安宁疗护面临的挑战。

纪光伟,2019 年 12 月 5 日

生命的终点，离我的预测只相差 10 小时

昨天上午 10 点 37 分，王女士终于平静地走到了生命的终点。

前天下午 4 点多，王女士的血压已经开始下降了，低至 83/41mmHg，血氧饱和度也测量不出来。我向家属第一次做出了濒死期的预测。我也做出了王女士当天晚上就可能会达到生命终点预测："今夜，生命或将离去。"最后的结果只比我的预测晚了 10 小时左右。

10 月份开始，我身体感到不适，就停止了上夜班。经过一个多月的调整，我自觉好了一些，便准备从 12 月份开始恢复上夜班。但看到王女士病情的变化，看到家属细腻的亲情表露，我决定提前至 11 月 30 日就恢复上夜班。

其实，家属的认知度和沟通都非常顺畅，临终的所有准备都做好了，也放弃了一切抢救，"唯一的希望是妈妈没有痛苦"。我的夜班，从治疗的角度看是没有什么意义的，但作为对生命的陪伴，作为对家属的情感支撑，还是有着积极意义。

经过几天的陪伴，以及和家属的交流，我感到了家属对亲人临终前的症状控制还是有较高需求的。家属拿着临终

表现的文章和我讨论着临终患者的表现和处理。从他的言谈中，我感觉到他是做足了功课的，他能够如此平静地和我讨论这些问题，我感到他已经超脱了，他在追求更高的精神需求。

几天来，我们发现了一个又一个问题，解决了一个又一个难题。如王女士频繁下床，但排尿十分困难，最后终于说服家属给患者插了导尿管，导出了 1400 毫升尿液，缓解了患者的症状。

最后几天，王女士出现了大便失禁，大量粪便污染了床单，护理员不厌其烦地一次又一次地为患者清洗身体，更换床单，确保了患者最后是干干净净地离开的。我们的工作也得到了家属的充分认可和肯定。

下午下班后，我和护士张盼一起来到青山殡仪馆，向王女士做最后的告别，她的儿子刘先生将我们介绍给了他的亲戚，大家一起站了起来，对我们表示感谢，感谢我们对王女士的照护，王女士的妹妹说："你们的工作人员真不错，对姐姐的照顾非常周到，尤其是最后大便失禁，你们的护理员真是不怕脏，清理得干干净净的。"

刘先生跟亲戚们介绍了我们安宁疗护的基本情况和在国内的影响。一些家属第一次听说安宁疗护，就询问我是哪几个字。我一个字一个字地讲给他们听，简单地普及了一下安宁疗护的知识，他们觉得安宁疗护中心真是一个好机构，表示："我们今后都有可能需要它。"他们纷纷要求关注我们的公众号，并且回去介绍给朋友。大家对安宁疗护的热情让我很感动。

离开殡仪馆后，我接到了快递小哥的电话，告知我有快递，值班的同事打开一看，是张先生赠送的锦旗："生生世世安宁，平平安安疗护"。接到这个寓意丰富的锦旗，大家都感慨万千。

王女士有尊严地离世了，尽管她在安宁疗护的 51 天时间里，还有许多遗憾，如享受医保的问题、营养药物的使用等。但这些问题已经引起了有关部门的关注，正在研究解决的办法。

如果有一天，这些问题能够得到解决，我们会记住是通过王女士这个案例解决的。我想这也是她对我国安宁疗护事业做出的贡献，我们会记得她的。

愿天堂没有痛苦，也希望王女士在天堂里能够看到，和她一样的患者在政策的支持下，会得到安宁疗护更好的照护。

［安宁小贴士］

1. 准确预测生命的终点是一件很困难的事情。
2. 每一次安宁疗护服务都是一次推广。

纪光伟，2019 年 12 月 6 日

理念让位于亲情

昨天，我在天门市参加学术会议，接到同事的微信——“范先生去世了”。我立即联系护士长童玲，商量去患者家吊唁的事情，童护士长白天要上班，只能下班后去，我也只有晚上才能回到武汉。于是，我们相约晚上 6 点半在武昌汇合。

6 点 20 分，我们提前会合，来到患者的子女家中，送老人最后一程。我们与家属就患者的最后治疗进行了交流。

这位 90 岁的老人是今年 10 月份入住我们中心的。入住时，家属就表示他们接受安宁疗护的理念，希望在最后能够得到安宁疗护的照顾，有尊严地走完生命的最后一程。但在交谈中，我感觉到家属对老人的感情是很深的，希望他能够自己吃饭，不要插胃管和导尿管，我们按照家属的意愿逐渐去掉了这些管道，但效果并不满意。

随着老人日常生活能力的下降，病情逐渐加重，出现了肺部感染，当我们征求家属的意见时，家属曾想过转到教学医院去，但经过商量后，表示不想再折腾老人了，暂时在安宁疗护中心采取消炎、吸氧和吸痰治疗。经过几天的治疗，效果并不好，最后不得不住院治疗，但家属为了陪伴老人，坚决不进 ICU。

病情在不断加重，出现了消化道出血，上了呼吸机，家属几次找到我们，希望能够回到安宁疗护中心，我们也专门腾出了一个房间，准备老人回来，但最终还是没有回来，留下了永久的遗憾。

应该说，这位老人的家属是明确接受安宁疗护理念的，但在亲情感染下，抱着对生命的最后希望，进行着最后的努力，输液、呼吸机，用尽了能用的医学手段，最后又回归了安宁，尽管老人最后没有回到安宁疗护中心，但我们为他准备的房间，成了家属休息的地方，这一点也值得欣慰。

我与家属进行过交流，无论是否接受安宁疗护的理念，我们都会尽量满足患者和家属的愿望。将来有一天，老人去世了，作为子女是否尽孝了？是否心安理得？这些评判都在自己心里，而不在乎别人的评价。生命末期患者用尽所有的医学手段进行救治，是尽孝；践行安宁疗护的理念，不做过度治疗同样也是尽孝，这是不能用道德来评判的。

晚上 9 点，我疲惫地回到了家中，思考着这个病例，最近，我们在国内首次提出了整合安宁疗护的理念，其实质就是包容，对生命的包容，对情感的包容，让家属不留遗憾，这种包容和融合也是符合安宁疗护理念的。

我们正是这样做的，这个患者实际上就是一个完整的整合安宁疗护的病例。

患者生命末期医疗一直是一个有争议的话题。在我国，因为受传统习惯和孝道的影响，子女都怕背上不孝之名，所以患者在生命的最后时刻，多数都在 ICU 里度过。这种大众公认的死亡方法，尽管满足了子女的“孝心”，但很可能会增加患者的身心痛苦，还会浪费大量宝贵的医疗资源。因此，积极推广安宁医疗的理念，视生命为自然过程，不延长没有质量的生存时间，提倡在家人和亲朋的陪伴下离世，既可以减少患者和家属的痛苦，又可以合理使用医疗资源，应该值得提倡。

［安宁小贴士］

1. 安宁疗护理念的接受是需要时间的。

2. 无论患者最后是否回到安宁疗护中心，做好我们的服务，也是对家属的安慰。

纪光伟,2019 年 12 月 15 日

昨天，我们完成了首例缓和性镇静治疗

昨天上午，89 岁的结肠癌患者罗女士已经非常虚弱了，我再次与家属讨论上胃管的问题。由于不能进食，只能靠输营养液维持，我们一直想给老人上胃管，但家属害怕进食会形成肠梗阻，增加老人的痛苦，而没有同意。我告诉家属，上胃管的目的是在没有形成梗阻前，可以给予无渣的流质饮食，补充能量；如果形成梗阻了，就可以起到引流的作用，减轻患者的痛苦。

家属在犹豫时，患者突然出现了呕吐，这是不是肠梗阻的表现呢？我检查后发现，从体征上看，不支持梗阻。

看到患者出现呕吐，家属才同意插胃管。我告诉患者为什么要插胃管的原因，老人点头同意了。家属说："老人以前一直是拒绝插胃管的，是您的亲和力，让妈妈同意。"插了胃管后，胃管内引流出的液体并不多，证实了没有严重的肠梗阻。

老人患有房颤，入院以来的心率一直在 150 次 / 分左右，最高时达到 200 次 / 分。家属告诉我们，老人心率长期在 150 次 / 分左右，请内科医生会诊，意见也是只能用药物暂时控制。

到了晚上，患者出现了疼痛，心率增快。我们考虑是否为疼痛所致，请肿瘤科会诊后，决定给患者使用静脉微量注射泵进行缓和性镇静治疗，通过视频会议与家属沟通后，表示同意使用。晚上 7 点多，给患者用上了微泵，晚上 8 点，患者已经安静入睡了，心率也一度降至100次/分左右。家属对这样的疗效是非常满意的。

其实，静脉微量注射泵的应用并不是什么新的东西，也没有很高的技术难度，就是将药物精准、定量、匀速和持续地泵入体内，从而增加患者用药的安全系数和有效浓度。但对于我们中心来说，这是第一次尝试。

尽管2个月前，我到四川大学华西第四医院学习了静脉微量注射泵这一技术，但回来后在实际操作过程中遇到了药物准备、患者及家属知情同意等诸多困难，我们只有一个一个地去解决，才能最终实现安全有效的治疗。

今天早上交班，值班护士告诉我们，昨天一天患者的胃管内引流出的液体是1300毫升，这说明患者还是存在不全性肠梗阻，而引流后是可以缓解患者的不适。这次的静脉微量注射泵治疗或许并不十分完美，但从效果来说，我们的每一点努力，是能够让患者和家属肯定的。

或许是今天晚上，或许是明天，将会是这位老人生命的终点，我决定留下来，与家属一起陪伴着老人。

安宁疗护，我们永远在路上。学习、思考、探索和实践，努力减轻痛苦，维护生命的尊严。

[安宁小贴士]

1. 症状控制不仅仅是镇痛。

2. 微泵的应用也有效缓解了患者的疼痛。

纪光伟，2019年12月17日

生死两相安：带着微笑送别母亲

几天前，89 岁的罗女士去世了，当我赶到医院的时候，几位家属迎了上来和我握手，其中还有一位从外地赶回来的女儿，感谢安宁疗护中心对他们母亲的照顾。

由于前期有很好的交流，我尝试性地问了一句："老人去世了，家属都要哭一阵子，你们怎么没哭呢？"

罗女士的一位女儿告诉我："我们为妈妈做了所有的事情，看到她以前活着非常痛苦，没有质量，我们很难受。现在，看到她没有痛苦地走了，与父亲团圆了，我们为什么要悲痛呢？我们应该高兴。"

确实，她母亲入住安宁疗护中心的时间虽然不长，但每天都有家属日夜陪护，外地的女儿每周都要坐高铁回来陪伴母亲，这样的亲情确实让人动容。

通过多次的交流，我得知他们子女四人对母亲非常孝顺。母亲患有多种疾病，长期卧床，他们照顾了母亲十几年，满足了母亲的所有心愿。这次是因为结肠肿瘤，疼痛、出血、梗阻，母亲非常痛苦，在某医院住院，医生告诉他们已无能为力了，便让出院。

在医生的要求下，他们打听到了我们这里，家属咨询时是我接待的。家属一眼就看中了我们中心，拿着我的名片就去原来的医院办了出院手续。

在办出院的时候，他们告诉医生将会把母亲转到安宁疗护中心。起初，医生不相信还有这样的机构，但当家属拿出我的名片时，医生主动要求拍照并说：“今后有这样的患者，我会转给他们的。”

老人已经一周没有进食了，入住安宁疗护中心后，只能进行静脉营养治疗，随着病情的加重，疼痛也越来越厉害了，患者的额头在出汗，心率在增快，肢体烦躁地舞动着……看到患者如此痛苦，家属焦急万分。我们与家属沟通后，决定给患者用强效镇痛药。在配药的过程中，女儿抚摸着母亲的额头说：“妈妈，再等 10 分钟，您就会不痛了。”患者不能说话，但点头表示知道了。20 多分钟后，患者额头的汗没有了，心率变慢了，安静地入睡了。

在安宁疗护入住期间，缓和性镇痛和胃肠减压，极大缓解了患者的症状。女儿感激地对我说：“看到母亲的疼痛，我心急如焚，现在好了，妈妈不疼了，我也安心了。”看到患者安静了，看到家属的感激，一种职业的自豪感和成就感油然而生。

家属告诉我们，办完母亲的事情后，过段时间她会来当志愿者，会给我们带来专业的摄影师，拍摄我们病房和工作人员的工作情况。这是一个感恩的家庭，我们也需要社会各界人士给予我们支持。

如何面对生死，这是我们应该思考的问题。生前尽孝，死后从简，这是我一贯的观点。

今天，一位社会工作者赞扬了我们安宁疗护工作的伟大。他的总结更让我佩服：“我们哭着来到这个世界，你们的工作是让生命的最后笑着离开，功德无量啊。”说得真好啊，生老病死是自然规律，任何人都无法改变，但减少痛苦，让生命有尊严地离开，是我们可以做到的。

这句话，让我想起了这个故事，让痛苦的生命得到缓解，让活着的生命心安理得，这就是生死两相安，这就是安宁疗护的魅力所在。

[安宁小贴士]

1. 笑对死亡是死亡教育的成功。
2. 亲情的陪伴让子女没有遗憾。

纪光伟，2019 年 12 月 27 日

安宁疗护病房里的婚礼

新年上班的第一天，罗女士的长子朱先生来到病房，想接母亲回家参加孙子的婚礼，但又怕老人感冒。

听了朱先生的想法后，我提出了建议：老人的体质比较弱，目前天气较冷，加上目前武汉市出现了不明原因的肺炎，外出是有风险的。

我建议让孙子和新媳妇一起到病房看望奶奶，给老人敬茶，一方面有利于老人的身体健康，又可以体现孩子们对老人的尊重，我们可以记录下这组镜头，作为尊老、爱老、敬老和孝老的教材。

朱先生觉得这个意见不错，答应马上就回去安排。我请护理员把病房整理了一下。中午 12 点 20 分，我刚躺下休息，就接到了朱先生的电话，新郎和新娘马上就到了。我们立即做好准备，迎接新人的到来。

我刚起床，门铃就响了。我打开门，记录下了这欢快的时刻——在病房里，孙子和孙媳妇给奶奶献茶，奶奶则掏出红包，递给了孙媳妇，孙子和孙媳妇拉着奶奶的手，问候着老人的身体，罗奶奶拉着他们的手，久久不愿松开，其亲情表露无遗。

离开前，罗女士还不忘另外一个孙子，问："你什么时候结婚？"孙子笑着说："快了，快了。"

我们记录下了这温馨的时刻。其实，严格地说，这并不是一场完整的婚礼，只是婚礼的一部分。通过新人来到病房看望奶奶，体现了这个家庭敬老、爱老的传统，这是中华民族美德的体现。

88 岁的罗女士因患多种疾病，不能行走，一个月前入住安宁疗护中心，起初老人每天左下肢疼痛难忍，日夜不能休息。经过检查，我们发现老人是膝关节滑囊炎，经过口服药物、外敷药物，配合红外线治疗，老人的疼痛已经完全缓解了。对于高龄老人，缓解痛苦症状对于提高生活质量，维护生命的尊严，无疑是有着重要意义。

我们祝愿老人能够健康长寿，期待下一个孙子婚礼的到来。

[安宁小贴士]

1. 病房里的婚礼是很好的安宁疗护理念普及。

2. 病房里的婚礼也是一次尊老、敬老、孝老和爱老的教育。

纪光伟，2020 年 1 月 2 日

春节前，我们收到了“全家福”

再过两天，我们将迎来农历新年。

昨天，我们收到了来自山东省的照片，这是周健女士委托黄英英女士为我们洗的照片。

昨天交班会后，大家在一起翻阅着照片，欣赏着专业摄影师的作品，久久不愿离去。

去年 12 月，89 岁的罗女士身患多种疾病，已经进入终末期了。在某医院住院时医生告诉他们：“我们已经无能为力了，你们出院吧。”

在医生出院的要求下，他们打听到了我们这里，家属咨询的时候是我接待的，家属一眼就看中了我们中心。12 月 12 日，子女将老人送了过来。

入院后，我们给患者进行镇痛和插胃管辅助治疗，缓解了患者的痛苦症状，让患者能够安静入睡。9 天后，患者安然离世了，他们微笑着送别了母亲。

家属告诉我们，办完母亲的事情后，后期她会来当志愿者，会给我们带来专业的摄影师，拍摄我们病房和工作人员的工作情况。

2019 年 12 月 29 日下午 2 点，周女士如约来到了安宁疗护中心，她们母子三人一起给我们赠送了锦旗，并请了专业的摄影师黄英英来到安宁疗护，周女士委托黄女士为我们拍照。我因为做手术没有下台，2点半才回到安宁疗护中心，摄影师已经开始工作了。

由于当天有部分职工休息，拍摄只完成了一部分，我们相约再次拍摄。1月5日，我让下夜班的同志晚一点走，这样我们可以再拍一张全家福。早上8点多，周女士和黄女士又带着沉重的摄影器材，再次来到安宁疗护中心，为我们拍摄出了一张满意的全家福，又分别为职工拍摄了登记照和工作照。回去后，她又将每一张照片进行处理和修饰，取得了良好的艺术效果。

春节前夕，我们收到了这份特殊的礼物。当我们将照片更换后，给人一种焕然一新的感觉。

谢谢周女士的爱心，谢谢黄女士的无私奉献。这些平凡而感人的爱心故事将激励着安宁人更加努力地将自己的工作做得更好。

［安宁小贴士］

1. 全家福是家属对安宁疗护的感谢，也是对安宁疗护的认可。

2. 这些平凡的爱心故事激励着我们努力前行。

纪光伟，2020年1月22日

“我们要求增加费用！”

今天早上，91 岁高龄的王女士的子女来到安宁疗护中心，了解了老人的病情变化后，主动提出来：“我们要求增加费用。”

王女士患有多种疾病，每天服药十几种。最近几天，老人开始出现幻觉、躁动等精神症状，几天前，因为上厕所而摔倒，由于老人因病长期服用激素，因此，外伤后皮下瘀斑比较明显。

从昨天早上开始，王女士就出现精神不好，为了寻找原因，做了相关检查，提示白细胞计数升高和血糖降低，给她做了相应的处理，调整了相关治疗。但下午又出现了低血糖，经过紧急处理后，病情得到了缓解。

晚上，老人又出现了多次病情变化，并出现烦躁、伤人的行为，工作人员一直坚守在岗位上，确保了老人的安全。为了兼顾其他老人的照顾问题，工作人员只有将王女士的病床推到护士站，既可以照顾其他老人，又保证了王女士的安全。

在王女士闹腾得最厉害的时候，她不停地用手拍打着工作人员的手，为了保证老人的安全，护理员王玉娥任由老人拍打，确实让人心疼。没有办法，我们只有联系内科医生和家属，希望能够住院治疗。

昨天晚上，安宁疗护中心的工作人员度过了一个不眠之夜。早上交班时，内科医生为老人开了住院证，不知道是累了，还是药物起作用了，老人逐渐安静了。这时家属赶到了，听说了昨天晚上的经过，家属非常感谢："你们解决了我们的大问题，我们年纪都不小了，实在没有精力照顾母亲了。"

在和家属的交谈中得知，儿子已经70多岁了，她最小的女儿也快60岁了，她告诉我："多少年来，晚上她都是在客厅休息，不敢好好睡觉，怕母亲要出来上厕所发生意外。"我问她，第二天怎么办？她告诉我："白天就是昏昏沉沉的。"

家属有照顾老人的经历，知道其中的艰难，理解我们的工作，所以才会提出主动增加护理费。我明确表示，不会增加费用，工作必须到位，能够为家属解除后顾之忧，让老人平安，这是我们的目的。

这是一个少有的家庭，也是第二位提出增加费用的家庭，其实，这本身就是对我们工作的肯定。这个家庭每次探视都严格遵守特殊时期的探视规定，给我们留下了深刻的印象。

目前，养老行业纠纷不断，已经伤及养老人的心了，今天这位家属的举动，无疑是对我们最大的安慰。

养老人难，养老人累，养老人的责任重大，这是不争的事实，养老行业的现状已然限制了养老事业的发展。将来谁来做养老？将来谁来给我们养老？已经成为人们广泛思考的问题，希望能够引起有关部门的关注。

家属经过协商后决定不再住院折腾老人了，就在安宁疗护病房进行治疗，不在乎费用，并愿意承担一切可能发生的后果。

面对这样的家属，我们能有什么话说？只能认真做好工作，通过对老人的照护来回报家属的信任。

这是养老行业逆境中的一丝春风，温暖了我们的心田。

[安宁小贴士]

1. 照护一些生命末期患者是很困难的。

2. 家属主动要求增加费用体现了对安宁疗护工作的认可。

纪光伟，2020 年 8 月 5 日

我为什么做安宁疗护，答案终于来了

今天上午，我的老师、同事——李修和主任正式入住安宁疗护了。

我和李主任同事十几年，他教给我很多知识，我们一起抢救过许多患者，结下了深厚的友谊。我们也曾在老师家吃过饭，师母的烹饪手艺绝对是一流的。

他退休后，我们的交往少了很多，但他只要有需要帮助的事情，一定会找我处理。随着年纪的增大，老师的能力逐渐下降，行动也比较困难了。

一周前，他打电话给我，要入住安宁疗护，我很高兴地答应了，家属也联系我多次。

几天前，家属打电话给我说李主任半夜突发疾病，已经上了呼吸机了，突如其来的变故，让我无所适从，一种不祥的预感在我心中升起。

昨天晚上，家属给我打电话，说他可以脱呼吸机了，但非常烦躁，无法照顾，李主任的老伴还是想到我这里来，并且表示马上就要来。我说只要病情稳定就可以。我希望她们能够过来看看，进一步商谈，家属说："不用看，妈妈相信你。"

师母的信任让我十分欣慰，我们商定今天办理入院。

上午不到 11 点，120 救护车在家属的陪同下，将李主任送入了安宁疗护病房，老师的情况并不好，意识恍惚，身上插了几根管子……这个场景让人看着确实很难受。

我跟老师交谈了一下，似乎交流没有什么障碍，但我问他："我叫什么名字？"他竟然不知道。当我说出我的名字后，他重复了一遍，算是记得我了。

护士长童玲和几位护理员一起给老师检查身体，更换了已经打湿的衣服，将他接进了病房。由于前期的交流，加上家属的信任，与家属的沟通完全没有障碍，很快就办完了相关的手续。我最后告诉她们：老师的生存时间可能不会太长了，我们会尽全力维护他的尊严，陪伴他走完生命的最后一程。

经过一中午的观察，老师的情况还不错，比较安静，完全没有家属说的狂躁行为，是不是因为到了他希望到的安宁疗护中心，是不是到了学生所在的科室，让他感到安宁了？如果是这样，我将十分欣慰。

从事安宁疗护工作两年半，经常有人问我，为什么要做安宁疗护？是啊，做了30多年的外科医生，在执业生涯的最后3年时间里，毅然"放弃"了自己的专业，去从事一个全新的，没有人愿意做的专业，这是为什么？今天是给出答案的时候了。

为什么要放弃外科，而选择面对生命末期的患者？我给大家的答案是——"我没有放弃外科，依然在为自己心爱的专业工作。"我看到很多生命末期的患者忍受没有生存质量的痛苦，我希望能够改变这样的现状，只不过是多了一个专业罢了。

其实，在我心中还有一个小九九，就是考虑到自己，考虑到亲人、朋友未来的养老问题，通过自己的工作，为亲人和朋友提供晚年的服务，这种牺牲是值得的。

在和工作人员聊天的时候，我提出："将来我不能动了，会选择自己工作过的科室。"我的护士告诉我："将来您不能动了，我来照顾您。"听到这样的话，我感到十分欣慰，也感觉自己选择了这份非常艰难的专业是值得的。

这就是我的终极答案。

为了我们的明天，我希望有更多的人能够关注安宁疗护。

［安宁小贴士］

1. 安宁疗护能够真正实现生命的安宁。

2. 今天对别人的帮助，就是为了自己最后的尊严。

纪光伟，2020 年 8 月 11 日

安宁疗护中心传来爱的声音：来生，我还要和你相伴同行

前天，刚入院一天的李老师的情绪不稳定，我联系他的老伴，告知了病情。他老伴说："我相信你，一切听你们安排。请在他明白的时候告诉他，来生，我还要和他相伴同行。"

由于疫情的原因，我们目前还是封闭状态，家属不能随意探视，我只有在病床前通过视频与家属通话，在视频中，这对相濡以沫 60 年的夫妻相互倾诉衷肠，场面十分感人。李老师说："老魏，你好！我们在一起 60 年了。"他想用不灵活的手指做出一个"六"字，但遗憾的是，变换了几次都没有成功。在视频的那一头，老伴因为耳朵不好，听不见这边的讲话。只是不停地说："我想你，你好好治疗，过几天我来看你。""等你好了，我接你回家。""下辈子，我还要和你相伴同行！"看着两位老人都非常激动，我只有终止了视频。

前天，老人的情况一直不稳定，两次出现了生命体征的变化，为了防止可能出现的意外，我们特批家属来探视一下。昨天上午，老伴在孙女的陪同下，来到了安宁疗护中心，在做好防护后进入了病房，她们带来了过去的照片，和他分享了往日的幸福时光。

她们是第一次进入安宁疗护中心，这里安静、温馨和清洁的环境给她们留下了深刻的印象。

是啊，幸福的时光总是短暂的，也可能这是他们最后的见面，我实在不愿意“破坏”这个温馨的画面。在她们走出病房后，他老伴又转身回去：“我要再看他一眼。”

在我的办公室，我跟她们再次交代了病情，并告之患者随时都可能发生生命危险。

昨夜，患者又出现了躁动，在我们更换了药物后，他终于平静地入睡了。

终末期患者的舒缓治疗，我们做到了。

昨天平安地度过了，今天会怎样呢?

我们只能祝福，只能努力，让生命安宁，让生命更有尊严。

[安宁小贴士]

1. 过去的照片，分享往日的幸福时光。

2. 让生命安宁，是我们努力的方向。

纪光伟，2020 年 8 月 14 日

他成为我中心第一个接受安宁疗护服务的医务人员

今天上午 9 点 27 分，我的老师、同事和朋友，外科主任医师李修和走完了他 81 年的路程，在安宁疗护中心去世，这是在我中心第一个接受安宁服务的医务人员。

与李主任共事是在 20 世纪 80 年代后期，他为人随和，友善，在我们面前从来不摆架子，在手术中，他总是手把手地教我们，当我们操作不规范的时候，他总是耐心地教导我们。在他的指导下，我们一起合作完成了多篇学术论文和多项科研课题。

无论在医疗中，还是在生活中，他谦和的态度让我们可以和他进行平等地讨论，以至于胆大的同事在生活中敢于给他起外号“老和尚”“坏头头”，但大家绝对没有半点不尊重他的意思。尽管我从来不敢喊他的外号，但他这种平易近人的态度给我留下了深刻的印象。

8 月 11 日，李主任入住安宁病房后，尽管生命体征基本稳定，但病情仍然不稳定，有许多症状需要控制。他在外院是用咪达唑仑等药物，静脉推注控制症状。入住后，我们应用口服药物控制症状，获得了满意的效果。

每天晚上，在他烦躁的时候，我和他聊天，回忆过去的往事。通过视频与家属见面，极大地缓解了他的焦虑情绪。他的家属说，没有想到在安宁疗护病房，他会这么安静，或许是药物的作用，或许是一种信任。

今天早上 5 点，我接到电话，李主任的病情有变化，我赶紧开车来到医院，李主任看到我后，点了点头，我意识到生命的终点即将来临了，立即通知家属，将他的治疗进行调整，按照临终患者的水化要求，停用了许多液体，以减轻临终患者的痛苦。

早上 8 点，我查房的时候问他：“今天我来陪您，您放不放心？”他微笑着点了点头，这是我和老师的最后交流。

经过调整，李主任安然入睡，上午 9 点 20 分，他平静地走完了他人生的最后一段路程。

安息吧，我的老师、同事和朋友。

[安宁小贴士]

1. 对生命末期的患者，在控制好症状的前提下，人文关怀可以缓解患者的焦虑情绪。

2. 对生命末期的患者减少输液可以减轻痛苦。

纪光伟，2020 年 8 月 16 日

我还是想给父亲用胃管

昨天，70 多岁的刘先生在女儿的陪同下，来到安宁疗护中心，探望他 97 岁的老父亲。

两个多月前，刘先生经人介绍来到安宁疗护，给我们讲述了他照顾父亲的经历，这么多年来，一直是他在照顾，现在他也 70 多岁了，照顾 97 岁的老父亲确实力不从心，只能托朋友介绍入住安宁疗护中心。

听完刘先生的讲述，让我十分心酸，70 多岁的老人本身就需要照顾，还要照顾 97 岁的老父亲，确实是够艰难的。我们立即将刘老先生接进了安宁病房，让刘先生可以得到解脱。

但是刘老先生在安宁的第一天并不顺利，可能是到了一个新环境，他不吃饭，还吐口水、掐人，照顾起来十分困难。跟家属联系后，我们想用药物来控制症状，但老人的防备心理很强，就是不吃药，没有办法，我们只能将刘先生再次请来安抚他，但没有任何效果。

经过几天的适应，老人也缓和下来了，身上的压疮也基本愈合了，家属非常满意。

但最近一段时间，刘老先生不张嘴吃饭，精神也变差了，工作人员想方设法地喂他吃，就是喂不进去，护理员多次跟我反映，我们也用了输“营养液”等方法都没有效果。

我们也多次联系家属，征求是否需要插胃管。家属明确表示不想插胃管，一切顺其自然。但我还想和家属进行沟通，并完善法律手续，就约了昨天前来交谈。

早上 9 点半，刘先生在女儿的陪同下，如约来到了安宁疗护，让他们了解一下老人的情况，介绍了老人目前的情况和可能发生的后果；安宁疗护的理念及我们提倡的整合安宁疗护理念。

我们特别提出，安宁疗护对于终末期的患者是不主张插胃管的，但我们认为，整合安宁疗护的理念更加宽广，包容性更强，满足家属的心愿，实际上也是安宁疗护工作的一个部分。因此，无论家属做出什么样的选择，只要不留遗憾，都是合理的，经过交谈，刘先生最后还是决定给父亲插胃管。

刘先生在老父亲的留置胃管知情同意书上签下了自己的名字。工作人员给刘老先生插上了胃管，操作很顺利，老人也很安静，看不出有任何痛苦。

给生命末期患者插胃管，这是国内许多安宁疗护机构的通行做法，尽管不符合安宁疗护的理念，但符合我国的国情。送走了刘先生父女，我在想，目前在我国，由于受传统文化的影响，能够完全接受安宁疗护理念的人并不多，这可能需要很长时间来普及这个理念。在我们的工作中，可以采用更包容的整合安宁疗护理念，引导家属接受。同时，还要做好服务，满足家属的需要。

安宁疗护的运营难，推广理念更难，我们这一代人，可能会是先驱者，推广的任务任重而道远。

什么时候，安宁疗护不再整合了，我们的生命质量才会得到实质性的提高。我们的安宁疗护要赶上世界先进水平，还有很长的路要走，还需要我们不断努力。

［安宁小贴士］

1. 70岁的老人照顾97岁的父亲，是温馨的，也是苦涩的。

2. 满足家属的愿望就是让家属不留遗憾。

纪光伟,2020年9月4日

细心的护理员发现老人一惊人的变化，避免了一次重大意外的发生

今天下午 1 点 45 分，我正在办公室的电脑前工作，护士潘娜来到我的办公室，说 16 床李先生腹部突然出现了一个包块，请我去看看。我想，怎么可能会突然出现包块呢？我来到了李先生床前，护理员陈桂菊正在给老人擦洗身体，她告诉我："中午 12 点，我给老人翻身的时候，肚子还是平的。现在突然出现了一个包块。"

我检查患者后发现其右上腹可触及一个 7 厘米 ×10 厘米大小的包块，有一定的活动度，有搏动感，听诊可闻及血管的搏动。我脱口而出"腹主动脉瘤"。但转念一想，腹主动脉瘤一般在左侧，怎么会出现在右侧呢？来不及细想，赶紧给患者做检查，我联系了 CT 室，急诊 CT 提示为腹主动脉瘤。会不会是主动脉夹层引起的？放射科医生看片后，确认为主动脉夹层引起的。

我立即联系家属，要求进行紧急住院治疗。回到病房，我安排给患者做好监护，等待家属联系住院。但主动脉瘤为什么会出现在右侧呢？带着这个问题，我再次来到了放射科，向放射医生求教，他们认真分析了影像资料后认为，这是一例在主动脉分叉处的夹层，血液从右侧髂总动脉的内膜

撕裂处进入主动脉中膜，使中膜分离，向上沿主动脉长轴方向扩展形成主动脉壁的真假两腔分离状态，有可能会造成腹主动脉的移位。

下午 4 点 10 分，家属给老人办理了住院手续，安全入住医院了。我一颗悬着的心终于落地。我知道，老人后面的治疗还会遇到很多困难和风险，我们祈祷他能够平安。

腹主动脉瘤是一种比较凶险的疾病，一旦破裂几乎没有任何抢救的时间，主动脉夹层的进展可能会缓慢一些，但发生破裂也是没有时间抢救的，死亡率是 100%。因此，早期发现、早期治疗与个人的临床经验有着密切关系。

本例患者是由护理员首先发现异常情况，及时报告后获得了及时诊断，避免了一次重大意外事件的发生。我们知道，医生查房只能根据患者的异常情况进行检查，不可能每天检查全身的情况。生命末期的患者往往会出现交流障碍，只能通过照护者了解病情，护理员是和患者接触最多的人，护理员能否及时发现病情的变化，与责任心和观察能力是分不开的，也与安宁疗护中心的培训和规范管理分不开。经过研究，我们决定给予陈桂菊经济奖励，并号召大家向她学习。

[安宁小贴士]

1. 经过细致的护理发现了重大病情变化。

2. 主动脉夹层的及时处理规避了可能发生的风险。

纪光伟，2020 年 09 月 07 日

大雨中的安宁情

昨天，武汉市下了入夏以来最大的一场雨。上午11点多，我和纪光伟主任一起冒着大雨来到刘先生的家中，对去世的刘先生表示哀悼。

刘老先生入住安宁疗护中心2个多月，于昨天凌晨1点10分去世，老人家属情绪很悲痛，但是他们对安宁疗护工作人员在老人生命最后的陪护和治疗非常感激。当得知我们会上门祭奠的时候，家属一再谢绝："你们够辛苦的了，就不要上门了。"

昨天上午，区民政局的一个重要会议要求中心负责人和安全人员都必须参加，中心负责人纪光伟不顾夜间加班的疲劳，在参加完病房早上的交班和处理完病房医嘱后，又赶去参会。

11点开完会后，外面已经下起了大雨，我和纪主任只能共打一把雨伞。站在路边叫不到出租车，我们只能改坐公交车。下车后，还要走很长的一段路，我们的衣服和鞋子全都被雨水打湿了，纪主任怕我淋雨，他自己的背后全被雨淋湿了，我拿起了手机拍下了他的背影。

我们找了半个小区才找到刘先生家，刘先生的孙女在门口看到我们时，惊讶地说："这么大的雨，纪主任昨天晚上没休息，您还赶来，看你们衣服都淋湿了，辛苦！辛苦！"

转头朝楼上喊她父亲："纪主任和护士长来了。"刘先生的儿子从楼梯上快步走下来握着纪主任的手，感动地说："说了不让你们来，晚上就没有休息好，白天又下这么大的雨，你们的工作真是做得太细了。"

在老人家里，我们为老人上香，送了花圈，与家属进行了交谈，他们对我们冒雨前来祭拜表示感谢。刘先生对父亲在最后时刻没有受到太多痛苦，向安宁疗护中心的工作人员表示感谢。

刘老先生已经 97 岁了，他的儿子也已经 70 多岁了，随着刘老先生的病情发展，从今年 2 月开始，他已经完全不能表达，也认不清自己的家人了。他 71 岁的儿子照顾父亲也感到力不从心。

刘老先生入住安宁疗护中心后，家属定期探视，发现刘老先生能配合我们工作人员正常吃饭，也是感动不已。刘老先生平时在家里是吃一口，吐出来一口，每次吃饭要费不少时间，吃完饭后，地上、衣服上到处都是饭菜的痕迹。

安宁疗护中心护理员每餐都把饭打成糊状，在耐心地慢慢地喂刘老先生，虽然老人经常吐得衣服或地上到处都是，工作人员从不抱怨，大家都说，刘老先生是安宁疗护中心年龄最大的老人了，希望他能活到 100 岁。

随着刘老先生的病情加重，逐渐处于昏睡状态，每日都需要氧气吸入、心电监护、静脉输液治疗，几次在死亡的边缘徘徊。

昨天凌晨，刘老先生去世了，家属看到刘老先生安详的面容，对安宁疗护工作人员心里充满了感激。

近两年来，我中心一直坚持在老人身故后上门进行祭拜，对家属进行心理安慰。

离开了老人的家，在我们回去的路上，我问纪主任：“您今年就要退休了，还这样辛苦，值不值得？”纪主任说，能得到家属对我们工作的认同就是值得的。

在回去的车上，我想到安宁的工作人员对刘老先生的付出，家属对我们的感激，觉得确实是值得的。

［安宁小贴士］

1. 安宁疗护的主要负责人坚持上门吊唁，体现了对生命的尊重。

2. 丧亲照护是安宁疗护与普通医疗的不同点之一。

童玲，2020 年 9 月 11 日

一场特殊的告别仪式

昨天中午 12 点 30 分，安宁疗护中心举行了一场特殊的告别仪式。

王先生因不能进食 10 余天，于 7 月 10 日由家属送到安宁疗护中心，经过工作人员的精心护理，王先生终于又开始吃饭了，得知这一消息，家属万分喜悦，对我们的工作给予了充分肯定。

但由于是生命末期的患者，随着病情加重，我们多次与家属沟通并告知病情，征求家属的意见，是否住院治疗，家属经过考虑后，选择了在安宁疗护中心进行舒缓治疗。

昨天上午 8 点 58 分，他终于走完了 68 岁的人生。临终前，我们按照疫情防控的要求，在做好防护后，让家属到病房对患者进行了最后的陪伴，满足了家属的最后愿望。

王先生去世后，我们得知他已经办理了遗体捐献手续，我被他的这一举动深深感动，为此，我们经过商量临时决定为王先生举行一个特殊的告别仪式。

中午，安宁疗护的职工自觉地放弃了休息时间，等候着红十字会的工作人员来接受遗体。中午 12 点多，红十字会的工作人员来了，办理了相关手续。

此后，我们举行了遗体告别仪式，我简单地回顾了王先生 2 个月来在安宁疗护照护和治疗的过程，让他有尊严地离去，也给了家属以安慰。我提议向王先生的遗体三鞠躬，感谢他对医学事业做出的最后贡献。

在等候红十字会工作人员的时候，王先生的夫人对亲属介绍说："老王在安宁疗护2个多月来，得到了很好的照顾，身上没有破溃，没有异味，这是不容易的。在他生命的最后，我守候在他身边，看着他安详地离去，没有任何痛苦，十分安详。"

王先生的妹妹对我说，他的二哥也是生命末期患者了，他也准备到安宁疗护中心来，只是哥哥想待在家里，但家人已经无力照顾了，她们正在慢慢做工作。

听到家属的评价，我十分欣慰，让逝者有尊严，让家属有安慰，这正是我们的工作。

王先生用遗体捐献诠释了生命的意义，这是值得我们尊重的，也是我没有想到的，他也成为安宁疗护中心第一位遗体捐献者。

［安宁小贴士］

1. 用遗体捐献来诠释生命的意义，值得尊重。

2. 生命末期患者的身上没有破溃，没有异味，是我们追求的目标。

纪光伟，2020年9月22日

老人住进了养老院，家属执意要请我吃饭

昨天中午，一位九旬老人终于住进了青杉园养老院，家属执意要请我去吃饭，被我婉言谢绝了。

早上，谢艳老师就联系我，等一下有一位老人要做入住前的检查，需要我开具检查申请单，我一看，检查的项目不少。我再一算，这个检查费用不少啊，家属能接受吗？由于要去青杉园查房，我就按照她的要求开了检查申请单。

上午 10 点多，我查完房，回到办公室，正准备工作的时候，又接到了她们的电话，邀请我再去会诊。我过去一看，在青杉园的接待室围满了家属，有八九个人。谢老师告诉我，这些都是刚准备入住老人的家属。刚刚在给老人进行护理体检的过程中发现全身多处大面积瘀青，左手畸形，双下肢肿胀，骶尾部及髋部伴有压疮，整个会阴部皮肤浸渍发红，非常担心后期有纠纷，想请我来诊断一下。

我了解了病史，这是一位 90 岁的老人，子女在家照顾了十几年，现在实在没有能力照顾了才送到养老院来。工作人员告诉我，老人的心率一下 40 次 / 分，一下 80 次 / 分，血氧饱和度 80% 多，但有时可以到 90% 以上。检查发现老人神志恍惚，不能正确交流。全身有多处的皮下出血和青

紫，怀疑有多处骨折，正在等检查的结果。

在老人的检查结果出来后，发现全身有 6 个部位、十几处肋骨骨折和股骨粗隆间骨折，有许多是陈旧性骨折，面对如此复杂的老人，是否会引发纠纷，是我考虑的主要问题，如果家属甩包袱，我们怎么办？还有就是老人身上的伤，究竟是怎么形成的，会不会有虐待？

我们现在的养老环境，如果有不良的家属遇到这样的机会，正好乘机讹一笔。想到这里，我不寒而栗，提出举行一个与家属的沟通会。

在院方的安排下，我们和家属开始了沟通，首先是我从专业的角度介绍了检查情况，提出了关于老人的心脏、骨折、皮下瘀青和出血的问题，并对老人生存期进行估计。这时医院的副院长、骨科专家方礼明来到了养老院，告诉家属，这位患者有右股骨粗隆间骨折，是可以手术的。家属虽然明确拒绝了手术，但家属对院长为一个普通患者亲自到养老院诊疗的举动很感动。

接着，我跟家属们一起分享了我的观点，骨折手术和不手术的风险，让家属充分了解情况，同时，我分析了瘀青和瘀斑形成的原因：血液疾病、外伤，根据我对这家人的态度，虐待老人是不可能的，最大的可能还是老人摔跤引起的。

家属完全同意我的分析。他们说："我们都 70 多岁了，照顾了十几年，现在照顾不动了，由于不专业，老人也经常摔跤，这是送母亲来的原因，其实，把母亲送过来，我们心理都不舒服，心里空荡荡的。"

照顾她的家属还特别提出来，股骨粗隆间的骨折是新鲜的，不是陈旧的，她给我讲述了当时的情景——半个月前，她抱母亲如厕时摔倒了，两个人面对面地坐在了地上，母亲就再也不能走路了。看得出来，她的心情是非常内疚的。

我告诉他们，照顾 90 岁的老人是非常困难的。由于老人行动缓慢和骨质疏松，发生意外和骨折是很正常的事情，你们年纪这么大了，自己都是需要照顾的人，还要照顾老母亲，让我十分感动。至于骨折的发生，也是没有办法的，希望你们不要自责，兄弟姐妹之间更不要埋怨，就是在我们这里，也是有可能再次发生骨折的。不过，你们现在送到养老院来，让她获得专业的照护可能对她更好。听了我的话后，照顾老人的子女如释重负，其他家属也表示理解。

接下来，我告知家属老人可能发生的情况和应对措施，希望知道家属的态度。家属非常理解也接受风险，表示愿意承担相应的风险。青杉园也表示同意接收这位老人入住。

在家属签完字后，我起身告辞，家属盛情邀请我出去吃饭，我谢绝了，这时时针已经过了 12 点。

回到办公室，我的心情久久不能平静。

关于家属的思考：七旬子女照顾九旬老人，这是我今年遇到的第二例了，在我国，随着老龄化社会的加重，这样的故事还会发生，一个自己都需要照顾的人，还要去照顾自己年迈的父母，这是一种幸福，还是一种痛苦？我想，两者兼而有之吧。

关于机构的思考：青杉园养老院受疫情的影响，已经少了昔日的热闹，但这个团队仍在努力坚持和拼搏，是他们用细致的服务践行着青杉园精神。当接到这位老人入住请求时，她们上门进行评估，今天又进行了认真的体检，发现了如此多的问题，为今后的工作提供了极大的方便。我们专业的判断、细致的服务、良好的沟通，取得了家属的理解和配合，建立了初步信任关系。

关于社会的思考：随着养老纠纷的增多，养老机构都在进行风险防范，但如何进行风险防范，确实是一个难题。像本文这样专业的判断，在很多养老机构是做不到的，其结果要么老人不能入住，要么带着十几处骨折入住，很容易引发纠纷。

我们的养老行业应该向何处去？我找不到答案。养老环境再不改变，将来可能无人做养老，但愿我是杞人忧天。

这是一次成功的沟通，大家都明白，这位老人的生存期可能不会太长，但我们希望老人在青杉园能够得到很好的照护，这也是对生命尊严的维护。

今天早上，我询问了值班人员，老人昨天晚上在专业的照护下，睡得很好，很安静。

［安宁小贴士］

1. 多处外伤和多处骨折是对我们专业能力的考验。

2. 一个自己都需要照顾的人，还要照顾年迈的父母，这种社会现象应该引起关注。

纪光伟，2020 年 10 月 13 日

昨夜，这里是安宁的

今天早上的交班会，夜班护士张盼说：“昨夜，这里是安宁的。”为什么要这么说呢？这个故事要从前天说起。

前天下午，护理员发现74岁林先生的小便是红色的，便马上向护士长童玲反映。童护士长马上通知我去处理，查了尿常规后，发现有红细胞和白细胞，考虑为前列腺增生所致的血尿。

经过与家属沟通后，给予左氧氟沙星口服，并嘱多饮水。家属对于我们的诊断持怀疑态度，因为患者以前从来没有出现过类似的问题。

昨天早上，患者的尿液已经清亮了，说明出血已经停止了。但一直到中午，患者没有小便，这引起了我们的注意，下午1点多，尽管我们多次给患者喂水，但还是没有尿液，我和童护士长再次检查了患者，发现患者的躯体皮肤感觉明显减退，膀胱区的叩诊呈鼓音。

患者的饮水量并不少，6个多小时没有小便肯定是有问题的，我们给患者申请了彩超检查，结果提示膀胱充盈可，内有低回声的沉积物，诊断为前列腺增生。诊断明确了，有前列腺增生和膀胱的低回声沉积物和（或）絮状物，这两个原因都可能导致尿潴留的发生。

怎么处理？这是一个可以观察的患者，同时家属也不愿意接受有创的治疗。为此，我请教了泌尿外科医生，他的意见是手术治疗，同时插导尿管冲洗，如果不及时处理，可能会发生感染和发热。

我将专家的意见转述给家属，建议住院治疗，家属的意见是在我们这里观察，同意导尿。但何时导尿？目前膀胱的尿液还不足以到需要处理的时候，但如果现在不处理，就需要晚上处理了，将会折腾很多人，也会增加患者痛苦。

这时已经快到下班的时间了，经过与家属联系，决定在下班前给患者做导尿，导出了 350 毫升尿液，同时进行持续膀胱冲洗，给患者做完治疗，离下班的时间只有 10 分钟。

从严格的意义上说，这位患者并不是生命末期的患者，这也是我们在整合安宁疗护理念下，为卧床患者提供的扩大服务，实际上是对安宁疗护工作的一种延伸。

其实，昨天的导尿也并不是必须做的治疗，因为患者没有尿潴留的症状和体征，是有观察余地的，但从一天的观察看，患者很可能不能自主排尿，尿潴留只是时间的问题，同时，患者膀胱内有明显的低回声沉积物，说明膀胱是需要冲洗的，因此，插导尿管是一个合适的治疗，昨天下班前的处理，避免了夜间可能出现的问题，如人手少，物品准备困难，也避免了折腾家属。

今天早上，我遇到家属便问：“昨夜睡得安宁吧？”她笑着说：“确实很安宁，很放心。”听到这句话，我感到很欣慰。让患者安宁，让家属安宁，让病房安宁，也让医护安宁，这是我们的服务理念，也是安宁疗护的理念。

在今天的交班会上，护士张盼的交班让我真正感到：我们做到了。

[安宁小贴士]

1. 患者是否插导尿管，是一个技术问题，也是一个人文问题。

2. 让患者安宁，让家属安宁，让病房安宁，也让医护安宁，是我们的服务理念。

纪光伟,2020 年 11 月 13 日

不舍的告别

昨天是我们为纪光伟主任提前过的生日，纪主任的生日其实是今天，由于今天是周六，人员不足，所以我们提前为纪主任庆祝了他 60 岁的生日。

对于纪主任这个生日，我们工作人员早就提前准备了，大家一起商量买什么样的蛋糕，订什么样的菜品，在哪里吃，等等。

中午 11 点半，等护理员阿姨给老人喂完饭，我们开始了庆生活动，我们十几位工作人员围着纪主任，调皮地给纪主任戴上寿星帽，唱着生日歌，一定要他许个愿再吹蜡烛。我们还准备了一桌丰盛的午餐，大家对纪主任纷纷送上了生日祝福，也对他的退休依依不舍，纪主任对大家祝福表示了感谢。

纪主任说："在安宁，和大家一起三年，这三年来，有感动，有困难，有心酸，有高兴……但是大家都一起渡过了。三年来，见证了大家的成长，见证了安宁的发展，是让人欣慰的，安宁疗护是一个有爱的大家庭。"说到这里纪主任有点哽咽了，眼角开始有了泪水，他怕被我们发现，很快又和我们开起了玩笑。

看到这里，我心里很不是滋味，纪主任在这里的三年，像大树一样庇佑着我们，有问题总是想尽一切办法解决，有脏活累活他总是第一个上，无论是对老人，还是我们工作人员，都呵护备至，他是我们安宁团队的带领者，守护者，赢得了社会、医院、社区、医务人员、患者及其家属的一致好评。

其实，昨天一整天，我们全体职工的心情都是不好受的，纪主任将退休的消息，我们不敢告诉患者及其家属。昨天早上我问纪主任，今天公众号上推什么文章？他说发昨天修改好的那一篇，那是他退休前的最后一篇修改的文章了，明天就不写他是编审了，听到这里，我好难过，心里有一种说不出的感觉。

吃完午饭后，大家在一起合了影，按照安宁的惯例，我们的护理员阿姨应该坐在“C 位”，这是纪主任在安宁疗护定下的“规矩”，也是安宁文化的组成部分之一，他的这一微小改变，让我们的护理员感受到了尊重，有了职业的荣誉感。但是今天是纪主任的生日，也可能是我们最后一次和他合影，所以大家强烈要求他今天必须坐在中间。在我们的要求下，纪主任不得不接受了，这是三年来他第一次坐在“C 位”。

3 年的安宁疗护创业，在纪主任的引领下，在工作人员的努力下，我们从小小的、不知名的养老院，到被各种媒体关注，频繁登上各地学术讲坛的安宁疗护中心；从病床住不满，到一床难求；从员工的离职，到现在大家团结一心……每一步都少不了纪主任，还有他在安宁无数个日日夜夜的付出，每年大年三十到初一的陪伴，我们都看在眼里，疼在心里。

离别总是伤感的，在未来的日子，我们安宁疗护的全体工作人员希望您健康快乐，幸福美满，越来越好。也希望您能常回来看看，安宁永远是您温馨的家。

[安宁小贴士]

1. 生日＋退休，是一种不舍的告别。

2. 3 年的艰苦创业，安宁文化已经结出硕果。

李静,2020 年 11 月 28 日

纪主任回来了

很久没有写文章了，上次写的离别文章我很难过，一直很想写点什么，但是找不到头绪，也不方便打扰纪主任，也不敢写，怕自己写得不好。今天终于可以开心地写一篇文章了。

今天是安宁疗护新的一天。一大早，黄英主任就来到办公室，打开灯，开好暖气，护士长童玲和我昨天就订好了迎接的鲜花放在办公室里，一切都准备就绪，等待着纪光伟主任的回归。

因为纪主任退休了，退休了以后，他回去休息了一段时间，但是我们这里还是很需要他，所以就邀请他继续回来工作。

我们并没有把纪主任要回来的消息告诉病房里的老人和其他工作人员，想给大家一个惊喜。

早上 7 点 50 分，纪主任来到病区，大家都说好像听到了熟悉的声音。

当纪主任穿着工作服走到护士站，大家看到后，都高兴地鼓掌欢迎他回来。

随后，我们一起开晨会，这种感觉很熟悉，大家显得非常自然，并没有陌生的感觉。纪主任还是像往常一样问着老人的病情，给我们讲述着安宁疗护和养老的知识。

当走到王女士房里，王女士高兴地和纪主任握手表示欢迎。当走到陈先生床边，陈先生激动地说："纪主任，我好想你呀。"当走到李奶奶房里，李奶奶激动地流着泪说，"纪主任，你终于回来了。"走到刘女士身边，刘女士像见到老朋友一样招呼着纪主任坐下，要给他讲讲最近发生的事情。

大家对纪主任的回来既高兴又激动，特别是童玲护士长，在纪主任不在的这段时间，承担了很大的压力，纪主任回来了，我们有了领头人，有了庇佑的大树，各方面的工作都能顺利地开展，这是值得高兴的。

纪主任离开的这段日子，我们常常手忙脚乱，不知所措。现在一切步入正轨，我们希望安宁疗护的明天会更好，一天更比一天好！

［安宁小贴士］

1. 领头雁的回归，缓解了工作的压力。

2. 从各方面的反应看，纪主任的回归给予工作人员和患者极大的心理安慰。

李静，2020 年 12 月 25 日

凌晨 2 点的电话铃声

今天凌晨 2 点 8 分，值班护士张盼给我打电话，一位 86 岁的老人去世了，已经通知家属来处理后事。

按照惯例，死亡证是可以在第 2 天开的，但为了减少家属的奔波，我们一般当时就出具死亡证。而半夜这个时间正是睡眠时间，谁都不愿意出去。我犹豫了一下，还是决定到医院去。

在医院，我开好了死亡证，工作人员也给老人穿好了衣服，我开车将家属送到殡仪馆，办理完了相关手续，先将家属送回家，最后才自己回家，这时，时间已经是凌晨 5 点多了。

家属非常激动地说：“您真是帮了我们的大忙，否则我们明天又要折腾一次。”

折腾自己，不折腾家属和患者，这一直是我们的服务理念。送去世的老人最后一程，满足家属的心愿，一直是我们努力的方向。

这项服务虽然很小，却得到了家属的好评，赢得了家属的充分肯定。

这位患者的家属说：“你们这是在积德，谢谢您！我们太需要这样的安宁服务了！”

去年 3 月份，他家有一位老人就是在我们这里去世的，在老人病情加重了以后，他们决定住院进行治疗，但最后还是没能够挽救老人的生命。

在安宁疗护入住的几个月时间里，他们亲眼看到了安宁疗护的工作人员是如何工作的，尤其是当老人有巨大的压疮，一个多月时间，就被我们换药治愈，让他们非常欣慰。

有了这一段经历以后，他们更加认识到了安宁疗护的意义，所以这一次，这位老人病情加重以后，他们出于信任，再次选择了入住安宁疗护。当他们的亲人病重，同样选择了在安宁疗护。

确实，做安宁疗护工作没有很多的收益，我们在维护生命的尊严，提高生命质量的同时，也确实是在积德，为自己积德，为自己的后人积德，这是一件功德无量的事情。

[安宁小贴士]

1. 半夜开出死亡证，避免折腾家属。

2. 送去世的老人最后一程，满足家属的心愿，一直是我们努力的方向。

纪光伟,2020 年 12 月 31 日

来自海口的电话，让我下班到患者的家中

昨天上午，社区的黄英主任给我打来电话，一个晚期癌症的患者急切想入住“安宁”，询问我有没有床。我告诉黄主任：目前已经没有床位了，但可以加床。

不一会儿，我接到了一个海口的电话，这是患者女儿的电话，她告诉我，她准备乘坐今天晚上 7 点的飞机回武汉，到家可能晚上 10 点多了。

电话中，我初步了解了患者的病情，发现胰腺癌 10 个月，没有手术，目前希望能够缓解症状。了解了家属的需求，沟通也比较顺畅，但她女儿的最后一句话，引起了我的注意：“她现在呼吸困难，是否需要用氧？”我询问了患者的住址，决定晚上下班后到患者家去看看。

晚上 7 点，我来到了患者的家中，患者的妹妹打开了门说：“您是纪主任吗？”我说：“您的家人从海口给我打电话，让我来看看。”“知道，知道，她打电话说了的。”

房间很简单，但很干净、温馨，室内的温度很高，有 20 多摄氏度。我走进患者的卧室，患者马上跟我打招呼。我询问了病情，做了简单的体检：恶病质，呼吸平稳，可以平卧，皮肤轻度黄染，腹部膨隆，移动性浊音达腋前线，考虑

有大量的腹水，插有导尿管。患者说，当时社区医生考虑是尿排不出来引起的，导尿管是昨天插的，但缓解症状不明显。

我为患者做了疼痛评分，觉得患者目前用强效镇痛药效果比较满意。了解了患者的情况后，我感觉患者的情况还可以，目前的黄疸不重，考虑胰体尾部肿瘤的可能性大，暂时不需要输氧。

晚上 9 点 10 分，当海口的飞机降落在天河机场，患者的女儿就接到了我的微信留言，我向她告知了检查结果和我的初步判断。

在我 37 年的医生生涯里，上门看病无数次，但到这位患者家上门的意义不同，这是一位肿瘤晚期患者，上门，一方面是为了病情的判断，另一方面因为疫情防控的要求，患者暂时无法入住，需要对病情进行专业判断，这些是家属无法做到的。如果是我们的判断失误，导致患者发生意外，我们是会感到内疚的。

如果患者出现了明显的呼吸困难，我们就要及时让家属送到其他医院就诊，这样就可以避免延误病情。有了专业的判断，我们可以做到心中有数。在未来几天里，我们还将追踪患者的病情变化，以确保患者入住前的安全。

因为这位患者已经进入生命末期了，更需要我们给予关怀，应该说，有医生上门，对于患者是一种安慰。

在国外，这样的患者是属于居家安宁疗护范畴的，有专业的团队定期上门提供服务。但在我国，目前安宁疗护还处于起步阶段，各方面的配套还不完善，实施居家安宁疗护还比较困难，但我们应该尝试，一步一个脚印地践行安宁疗护的理念。

“积土成山，风雨兴焉；积水成渊，蛟龙生焉。”我们坚信，只要我们努力探索，会让更多的生命得到安宁服务，安宁疗护的明天也一定会更美好。

［安宁小贴士］

1. 入住前的评估是一项很重要的工作。

2. 上门评估可以提前发现问题，及时得到处理。

纪光伟,2021 年 1 月 12 日

宁可折腾我们，也不要折腾患者和家属

昨天晚上，一位患者高热39.6℃，经过检查，诊断为肺部感染，经过一夜的治疗，早上的体温还是38℃多。家属不愿意住院，也没有时间来，经过沟通后，家属比较理解，一切都由我们代劳。

交班后，我们除了处理日常工作外，还要忙着给这位患者制订治疗计划，请专家会诊，所需要的药物门诊没有，又要想办法调药。

中午，我告诉大家尽快吃饭休息，下午一点半将有两位患者入住，要做好接待工作。

下午一点半，两位患者如约来到了安宁病房，我们按照事先准备好的预案，安排工作人员一条线地完成了患者的检查工作，挂号、开单、缴费、检查，都有我们的工作人员陪同，不让患者走回头路。还有一位胰腺癌的患者需要加做彩超定位，准备做腹腔穿刺，在患者定位的同时，我们联系了肿瘤科的医生准备穿刺置管的器械，当患者回到安宁病房的时候，我们的穿刺物品已经准备好了。为患者做了腹腔穿刺置管，引出了腹水，患者的腹胀症状得到了缓解。

下午3点多，患者的所有入住手续和需要治疗的项目都已经完成，不到2小时，我们几位工作人员跑前跑后，有的抽血，有的缴费，有的去预约检查……有条不紊地完成了入住工作。看到我们繁忙的工作，家属非常满意。家属跟我说：“一下午，我看到您都在忙碌。”我告诉她：“我们一直推崇宁可折腾我们自己，也不要折腾家属，这是我们的服务理念。”

下午 4 点 30 分，快到下班的时间了，我在下班前的查房中，看到昨天开始一直高热的患者出汗了，我赶紧叫护理员为患者换衣服、擦汗，避免患者受凉，我拿来体温枪，患者的体温已经降到 37.1℃了，心率也正常了，看来问题有望解决了。

从昨天的高热患者，到今天的腹水患者，这两天，我们一直在折腾着自己，但让患者和家属得到了安宁，这是值得欣慰的。

安宁疗护中心收治的患者多数已进入生命末期，患者都存在着生命末期的生存痛苦，能够早一点缓解患者的痛苦是我们心愿。同时，家属的焦虑情绪，也会影响患者的心情。那么，接待患者的时候，在不违反原则的前提下，积极简化或优化流程，为患者提供优质服务，或许不能马上缓解患者的痛苦，但对于患者和家属也会是一种安慰。

［安宁小贴士］

1. 减少对患者和家属的折腾，可以提高他们的就医感受。

2. 生命末期的患者有多种痛苦症状，积极做好症状控制，是提高患者舒适度的关键。

纪光伟，2021 年 1 月 14 日

凌晨一点半，手机响了起来

今天凌晨 1 点 30 分，手机铃声将我从梦中惊醒，我翻身抓起了手机，一看是科室的电话，慌乱中我接通了电话，原来是一位患者因频繁下床上厕所，不小心将引流腹水的腹腔引流管拔了出来。我告知值班护士，穿刺针眼会流水，加压包扎，暂时不需要做进一步处理，等待穿刺针眼愈合后再做处理。同时安抚好患者，如果患者情绪不稳定，我早上会赶到医院的。

这是一位前两天入院的晚期胰腺癌伴大量腹水的患者，入院后我们立即做了腹腔穿刺置管，引流了腹水，缓解了患者的症状。第二天早上，患者就吃了半个包子和大半碗稀饭，这是一次不错的进食，患者很满意。

上午，我们将院外带入的导尿管拔除了，在院外，医生考虑是尿潴留引起的腹胀，但导尿后，患者的症状没有缓解。这个导尿管只会增加患者的不适。拔除了导尿管，患者的感觉好了一些，但患者的性格比较倔强，任何事情不愿意麻烦别人，这样就增加了下床发生摔倒和拔除腹腔引流管的风险，为此，我专门和患者交代了注意事项，但还是出现了问题。

放下电话，我想现在夜深人静，都已经进入了深睡眠状态。我怕白天事情多忘了，现在发微信，家属可以白天看。

就立即给患者的女儿发微信，希望她做母亲的工作，减少下床的风险。没想到她女儿马上回复了。我问她为什么还没有睡，她告诉我：睡不着。

夜间的电话都是急事，而我这个年纪，夜间接电话后的睡眠就更差了。退休前，我要求工作人员晚上 10 点前发微信，10 点后打电话。在我退休的那个月，我可以一夜不醒，睡眠非常好。再就业后，我仍然要求工作人员按照原规定执行。不到一个月的时间，半夜已经接了 2 次电话了，能够解决问题，还是感到很欣慰的。

相比之下，患者和家属承受的痛苦和压力更大。如果我们的工作能够为他们解决一点问题，我们的付出是值得的。

今天，患者的置管针眼已经不渗腹水了。血液化验结果出来了，我们将会对治疗进行调整，还会再次做腹腔穿刺置管引流。

[安宁小贴士]

1. 减少下床和妥善保护可避免意外拔管。

2. 腹水引流是缓解生命末期患者症状的有效方法。

纪光伟,2021 年 1 月 16 日

今天，我再次为患者流泪

今天，我与一个晚期癌症患者的家属进行了一次沟通，沟通中，我和患者的丈夫都流下了眼泪。

这是一位生命末期的癌症患者，疼痛和腹水折磨得患者痛不欲生。入住后，经过腹水减压，患者的症状得到了明显缓解。春节临近，患者在外地的女儿回到了武汉，患者希望和女儿一起度过最后一个春节。为此，她女儿征求了我的意见，在电话中，我告诉她患者的病情可能会逐渐加重，可能发生的问题无法预料。

女儿知道病情，希望患者能待在医院，但女儿的意见遭到了患者的强烈反对。为此，我今天和患者的老伴进行了一次交流。

我告知了患者目前的状况，随时都可能发生肿瘤的破裂，回去后，将很可能无法再次入住。为了说服老伴，我讲述了晚期肿瘤患者在最后时刻的故事。讲到动情处，触景生情，我和患者的老伴都流下了眼泪。

患者的老伴对我们的工作给予了充分肯定，并给我讲述了他的亲身体验："前几天半夜，我扶老伴上厕所，不小心将东西碰掉了，听到了响声，护理员王玉娥立即赶到病房，问有什么事情。在得知没有事情后，一直坐在我们病房门口，一边观察病房，一边注视着我们，准备随时提供帮助。

由于患者在厕所的时间较长，她一直在门口坐了一个半小时，让我很感动。你们的服务真的很到位。”

他表示，现在希望患者不回家，但无法跟她说明病情。我说：“如果您不好谈，我来谈。”这位老人流着眼泪说：“谢谢您，我不忍心告诉她。”我含着眼泪表示尊重他的意思，如果有需要，我会随时提供帮助。如果回家，我也会上门为她进行服务，但会受到很多条件的限制。老人双手合十，千恩万谢地离去了。

刚谈完话，他女儿的电话来了，她告诉我，还是希望母亲不要回去，但她已经在着手请保姆了，因为她知道母亲的性格，也为了满足她最后的心愿。

面对生命末期的患者，我们有很多无奈，除了流泪，再就是满足患者的最后心愿，这也是安宁疗护的理念。能为生命末期的患者多提供一点帮助，是我们安宁人应尽的义务。

［安宁小贴士］

1. 家，永远是最温馨的地方。

2. 满足患者的愿望也是对生命的尊重。

纪光伟，2021 年 2 月 1 日

这一次，护理员对病情的判断比我准确

昨天下午 3 点多，护士长童玲让我去看 7 床的老人，这是一位 86 岁的女性患者，说腹部疼痛难忍。

由于老人患有阿尔茨海默病，平日也经常喜欢呻吟，所以对她的呻吟往往没有引起注意，但这一次是真的痛，护理员发现情况后，马上就跟童护士长汇报了。

我检查了患者，腹部平软，但下腹部正中压痛明显，叩诊呈实音，询问护理员得知今天患者的小便量比较少，我考虑是否为尿潴留所致，决定给她插导尿管，这时老人一直喊着要大便。

我们赶紧插了导尿管，引出了 200 毫升的尿液，但患者的腹部仍然不能按压，看来这不是患者腹痛的原因，是否有其他的原因呢？

我准备给患者做些检查，看看是什么原因引起的腹痛。正当我在开彩超申请单的时候，护士长童玲在病房喊我，说不用做检查了。我到病房一看，护理员王玉娥在护理员陈桂菊的配合下，为患者掏出了大量的大便。

看到这一大堆大便，心想患者的问题解决了吗？在护理员清理完大便后，我检查了患者的腹部，患者说不疼了。

我的申请单没有开完，护理员就解决了患者的问题。这一次，护理员对病情的判断比我准确。

回顾这个患者的表现，患者一直说下腹部正中耻骨上区疼痛，这个部位是膀胱的部位，大便引起的疼痛一般不会出现在这个地方，唯一的解释就是老年人的反应不敏感，对于疼痛的定位不准确。

幸亏两位护理员的及时处理，免除了患者外出检查的折腾，也快速解除了患者的痛苦。

安宁疗护中心经过 3 年时间的运营，整个团队都在不断成长，专业能力也在不断进步。护理员的技术经过几年的努力，也取得了很大的进步，并多次发现了患者的重大病情变化，为我们后续处理提供了第一手的资料。

昨天这个病例，也体现了护理员的专业性，我看到王师傅娴熟地为患者掏着大便，没有任何怨言，迅速地解除了患者的痛苦，这是一种职业精神，也是长期工作锻炼的结果。

看到这样的场景，看到团队的成长，让我感到很欣慰。我总是说：没有完美的个人，只有完美的团队。在完美团队建成之日，就是我真的可以退休之时了。

［安宁小贴士］

1. 细致的观察有助于快速找到病因。

2. 没有完美的个人，只有完美的团队。

纪光伟，2021 年 2 月 3 日

大年三十，我们做的最有意义的一件事情

今天是大年三十，下午我来到病房，准备查房，给夜班的职工发红包，与大家共进晚餐。

一到病房，护理员蒋淑华就跟我说，吴先生一天没有吃东西了，这样下去会饿死的，好可怜。

这是一位重型颅脑损伤的患者，手术后呈植物生存状态，医院认为没有治疗的意义了，他的家中有两位老人曾入住我们中心，对我们的理念和服务非常认可，家属将他送到了这里，患者带着胃管和导尿管。

在沟通中，我们得知，家属是能够接受安宁疗护理念的，放弃抢救、放弃插管，也可以接受任何后果。

吴先生入住后一周，就出现了高热，血压和血氧饱和度下降，经过治疗，病情得到了缓解，但护理员告诉我，患者的大便呈白色果冻样，考虑到患者在院外长期使用抗生素治疗，是否有霉菌感染，经过化验大便，发现了霉菌孢子，证实了我的想法。

昨天，患者自己拔了胃管，我们多次想插胃管均遭到了患者的抵抗，最终失败。为此，我和家属通报了情况，家属的意见是既然是他自己拔出的，就随他的愿望吧，这样的生

存也没有实际意义，我也同意家属的意见。

预计患者的生存期只有几天了，我和家属商量了后事，也安排了殡葬服务。但今天患者的情况出现了变化，生命体征稳定，患者有主动说话的意愿，尽管听不清楚，但他的眼睛可以找人，可以点头。我边拍视频边问他，是否想吃饭，他点头。吃饭就要插胃管，他点头。他似乎还是有求生的愿望。

我把视频发给家属，觉得还是应该插胃管，经过与家属的沟通，家属同意再试试。我们几位工作人员做好了准备，开始给患者插胃管，但同样遭到了患者的抵抗，插得非常困难，好几次都没有成功。没有办法，我自己亲自尝试，插了2次，也失败了。后来，我缓慢地将胃管插入鼻腔，等待患者适应，在他不反抗的时候再启动，终于获得了成功，大家都非常高兴。

这是一例非常难插的胃管，患者的意识并不完全清楚，力量非常大，容易出现反抗，常需要几个人控制，加上患者经常出现屏气，给我们的操作带来了极大困难。我是运气好，“碰”进去了。

插完胃管后，我在思考，今天这个操作是否符合安宁疗护的理念？安宁疗护的理念是对生命末期的患者不提倡插胃管，从这个角度看似不符合安宁理念，但这个患者的状态没有恶化，相反有向好的趋势。患者可以点头表示同意，无论是有意识的，还是下意识的，我们都应该给予尊重。与家属的沟通也取得了家属的同意。

每一个生命都有生存的权力，应该得到尊重，我们每一个人都应该敬畏生命。我想，今天我们的做法至少是符合整合安宁疗护理念的，护理员最朴实的一句话：我们不能看着他饿死啊！充分表明了大家对生命的敬畏和尊重，说明大家都在践行整合安宁疗护的理念。因此，我想说，这是我们今天做的最有意义的一件事情。

[安宁小贴士]

1. 每一个生命都有生存的权力，应该得到尊重。

2. 对生命的敬畏和尊重，说明大家都在践行整合安宁疗护的理念。

纪光伟，2021 年 2 月 11 日

在晨会上，我分享了这个内容

在最近的 4 天内，科室去世了三位患者，工作人员心理上的压力增加。在今天的晨会上，我跟大家分享了如何看待安宁疗护患者的去世，如何调节自己的心情。

安宁疗护中心入住多数是生命末期的患者，按照国内的标准，他们是生存期小于 6 个月的患者，最近去世的三位患者都是符合这个标准的，生存期最短的一位患者是入院仅仅 14 小时就离世了，这种情况是属于正常死亡，大家应该以平静的心态面对这样的事情，随着安宁疗护运营时间的延长，这样的事情很可能会是常态化，工作人员应该学会自我疗愈，经过调整，第二天能够以崭新的姿态重新起航。

我们的安宁疗护中心是由养老院转型而来的，按照整合安宁疗护的理念，我们兼顾着一部分养老的功能，随着我们安宁疗护的发展，工作的侧重点将会逐步发生转移，这部分养老的功能将会逐渐削弱，甚至消失，这是安宁疗护发展的需要。国内某安宁疗护机构，每天会有 3～4 例患者死亡，因此，安宁疗护机构发生的死亡人数是会明显高于养老机构的，目前的死亡人数增多，是安宁疗护发展的必然趋势。

从去世患者家属反馈的情况来看，家属对我们的工作是给予了充分肯定的。有一位从教学医院转诊来的癌症晚期患者的家属，看到妈妈的症状得到了明显缓解后跟我说：“我这辈子做得最正确的一件事情，就是把妈妈送到了安宁疗护，减轻了我们的压力，让妈妈得到了更好的照顾，减轻了她的痛苦。”

其实，家属的评价是对我们工作的最好肯定，我们要继续做好服务，让生命末期的患者能够得到很好的照护，有尊严地度过生命的最后阶段。我们不应该感到有压力和伤痛，而应该感到欣慰，是我们的工作让他们走得更安详。

最后我宣布，现在春暖花开了，为了缓解大家的压力，在不影响工作的前提下，我们近期准备组织大家到东湖梅园或樱园去赏花，此举得到了大家的赞同。

今天的班前 5 分钟培训，能否达到目的，我不得而知，但对于安宁疗护从业人员的慰藉，应该引起我们管理者的高度重视，这也是安宁疗护建设中必然会遇到的问题。这一问题能够得到妥善解决，才会使安宁疗护机构更加成熟。

只有队伍健康了，我们才能更好地践行安宁疗护的理念。

[安宁小贴士]

1. 让生命末期的患者有尊严地度过生命的最后阶段。我们不应该感到有压力和伤痛，而应该感到欣慰，是我们的工作维护了他们的尊严。

2. 只有队伍健康了，我们才能更好地践行安宁疗护的理念。

纪光伟，2021 年 2 月 22 日

感谢你们让我母亲安宁地离世

今天上午 11 点，我们都在病房忙碌着，办公室的电话响了，我接起电话，原来是几天前已经去世的朱婆婆家属在安宁疗护门口打来的。

我赶紧到门口开门，见朱婆婆的女儿和外孙女拿着一面锦旗走了进来，锦旗上写着“医术精湛品德优，服务热忱如亲人”，原来他们是专程过来感谢我们的。

这时，纪光伟主任和童玲护士长也过来了，家属欣慰地说：“感谢你们，让我母亲在这里得到了好的照护，在这里安宁地离世。”

家住汉口黄石路的朱婆婆是一位骶尾部有巨大压疮长期卧床的患者，入住安宁疗护中心之前，一直是由女儿照护，由于女儿没有专业的护理知识，导致了压疮的形成，她在家自己给患者换药，结果压疮面积越来越大，出现了大量的渗液和难闻的恶臭。家属无从下手，四处联系，但没有医院愿意接收，当得知我中心愿意收治时，家属于今年 1 月 1 日迫不及待地将患者送了过来。

在病房，创面的恶臭味扑面而来，在病房外都可以闻到，我们不得不让她入住单独房间，以免影响其他患者。我们的护士顶着恶臭给朱婆婆骶尾部压疮进行了清创换药，为了保持老人的舒适和创面的干燥，有时一天要换几次，但医保规定，每天只能收一次换药的费用，但为了患者我们只能亏本换药，有时连材料费都收不回来。

经过半个多月的换药，创面清洁了很多，恶臭味已经消失了。家属探视时没有闻到臭味，感到很欣慰，朱婆婆的女儿感慨地说："专业的事情还是需要专业的人来做"。

几天前，患者在睡梦中去世了。去世时，尽管压疮没有愈合，但创面清洁、纱布干燥，让患者能够保持干净和感到舒适。

尽管这位患者入住安宁疗护中心仅仅只有50多天，在我们的努力下，症状得到了缓解，患者得到了舒适，家属得到了安慰，让我们践行了安宁疗护的理念，维护了生命的尊严。

家属在办完丧事后，给我们送来锦旗，这是对我们工作的充分肯定，让我感到欣慰。正是一位位家属们的肯定，构建了我们的安宁品牌；正是他们的口口相传，让我们艰难地坚持着送走一位位生命末期的患者，维护了他们生命最后的尊严。

[安宁小贴士]

1. 专业的事情还是需要专业的人来做。

2. 我们艰难地坚持着，送走了一位位生命末期的患者，维护了他们生命最后的尊严。

李静，2021年2月25日

在生命末期，是否应该选择安宁疗护

2月24日上午，我和纪光伟主任一起来到周女士家中，对周女士的去世表示哀悼。因为家属住处离医院比较近，我和纪主任选择步行到老人的家中。

86岁的周女士自22日上午从院外转入到第二天中午去世，实际入住安宁疗护中心只有25小时。她是因下肢动脉粥样硬化导致的动脉血管闭塞，引起下肢坏死。患者入住时，全身水肿，双下肢大面积水疱，创面在不停地渗液，左足五个脚趾到脚底已呈深黑色，右小腿的水肿导致小腿与大腿几乎一样粗。

双侧髋部和背部还有4处压疮，右侧躯干明显比左侧水肿加倍，整个右手已经肿胀到不能弯曲的地步，衣服的袖子都脱不下来了。患者背部有脊柱弯曲，不能正常平躺，在换药的过程中，我们2名护理员，2名护士不停地为老人调节体位，希望能让她舒适，我们将患者身上湿透的敷料取下来，换上干燥的消毒敷料，整个换药过程花了一个多小时。

家属告诉我们，患者已经十几天没有进食了，仅靠静脉营养支持。由于大量输液加上疾病的原因，导致了老人全身出现了高度水肿，入住的时候已经是临终状态了，静脉输液都很困难。

纪主任检查了患者后，按照安宁疗护的原则制订了治疗方案，尽量保持创面干燥，及时清理患者的排泄物，尽量确保患者舒适；喂流质饮食，不输液；给予吸氧，对症处理。不上心电监护，不用胶布固定，以免对皮肤造成损伤。

由于病情太重，患者于第二天中午去世了，她走得十分安详。患者去世后，我们通知了家属，为患者擦洗身体、穿寿衣等。

在患者的家中，我们为患者上香，送了花圈。与家属进行了交谈，家属对我们前来祭奠表示感谢。在交谈中，周女士的儿子对母亲在最后时刻糟糕的身体状态感到十分痛苦，他告诉我们，母亲每天输注了大量的液体，全身都出现了水肿，患者自己十分痛苦，我们家属看着也十分难受。家属多次要求减少输液，但医生认为，不能进食的患者每天输液量必须达到 2000～2500 毫升，故没有采纳家属的意见。

尽管家人们一直在坚持治疗，治疗也延长了母亲的生存时间，但反而让母亲遭受更长时间的病痛折磨。如果家属更早选择安宁疗护，让母亲最后能少些痛苦，安详地走是不是对母亲更好些？当他们最后决定放弃的时候，是医生的建议让他们知道了安宁疗护，他们毅然选择了这里。

纪主任对家属最后的决定表示了肯定，许多患者家属在患者已经没有治疗意义的情况下，还坚持对患者进行治疗，其目的是延长患者的生命，实际上是延长了患者的痛苦。如果能够让患者安详地走完生命的最后一程，才是对老人最好的孝顺。

在回医院的路上，我和纪主任继续讨论，家属的期望值和对安宁疗护文化的认可，是我们实行安宁工作的起点，如何让百姓接受安宁疗护的理念，还有很长的路要走。中国传统文化中的生死观已经刻在骨子里，现在能接受安宁理念的人还是不多，我们在安宁疗护的推广上任重而道远。

此外，医护人员是否具有安宁疗护的理念也非常重要。虽然本例患者家属不了解安宁医疗，但他们知道大量输液已经造成了患者肢体的广泛水肿。其实，对这类患者减少或停止输液是符合安宁疗护原则的。如果医生有安宁疗护的理念，也可以减轻患者不适。因此，加强医护人员的安宁疗护理念的培训迫在眉睫，应该纳入医学继续教育中，让每位医护人员都有安宁疗护的知识，才能更好地服务患者。

［安宁小贴士］

1. 应该加强面向临床医务人员的安宁疗护知识培训。

2. 让患者安详地走完生命的最后一程，才是对老人最好的孝顺。

童玲,2021 年 3 月 1 日

安宁疗护的第一次死亡讨论

2月24日上午，安宁疗护中心举行了第一次死亡讨论，这是在护理部王正红主任的提议下进行的。

23日上午，王护士长给我发来微信，询问我们是否有死亡讨论制度，她认为："对于死亡的患者在护理上、心理上的照护，以及与家属的沟通等诸多方面进行一个复盘，看是否有做得不够的地方。恕我直言，如果这个团队只依赖于您一个人去沟通，肯定是不够的，需要您教大家学会沟通。"

其实，临床科室在患者去世后进行死亡讨论，这是医学上的常规，我在外科工作的时候，也会定期举行这样的讨论。从事安宁疗护工作后，面对的都是一些临终的患者，家属往往都放弃了抢救，这样的死亡讨论是否有意义？这是我几年来一直在考虑的问题。

2019年，我到四川大学华西第四医院姑息医学科学习，多次参加了他们组织的死亡讨论，对每一位死亡的病例进行分析，总结工作中的经验，找出其中的不足，让我认识到，对生命末期患者的死亡讨论和总结也是有意义的。死亡讨论主要是在医生中进行，但我们的情况不一样，他们有十几位医生可以进行探讨，而我这里就只有我一个"光杆司令"，我跟谁去讨论？跟护士一起讨论，跨专业了。因此，在我的犹豫中，这个事情就拖了下来。

这次王护士长提出后，又迫使我思考这个问题，要想提高安宁疗护的质量，死亡讨论是应该进行的，为此，我设计了一种新的讨论形式，医生、护士和护理员一起讨论，从各自的角度，围绕身、心、社、灵四个方面进行分析，让大家共同提高。

我和童玲护士长商量后，正好当天去世了两位患者，我们决定从第二天就开始讨论，为了不对日常工作有太大的影响，我们商量每天讨论一个案例，同时，当天我就在工作群中通知大家提前做好准备。

24 日，我特意邀请了王正红护士长参加了我们的讨论。交班后，我首先讲述了死亡讨论的意义，是为了总结工作，找出问题，以便在今后的工作中更好地为患者服务。

74 岁的王先生是一个月前外出锻炼中跌倒造成颅脑损伤，在某医院做了颅骨钻孔血肿清除术，手术后患者呈植物生存而转入我中心。入院初期，患者有明显的躁动，不配合护理员翻身，不配合护士的口腔护理，甚至自己拔除胃管，这让我们对患者是否是植物状态产生了怀疑，经过一段时间的适应后，患者可以部分配合我们的工作了，但后期出现了严重的肺部感染，病情反复变化，最后安详离世。

在讨论中，首先是护理员讲述了在护理这位患者中的感受，我们几位护理员都被这位患者打伤，她们知道这是疾病引起的，并没有介意。在护理员的精心护理下，患者后来可以进行简单的沟通，说明了心灵关怀的重要性。

护士则从护理的角度对患者的病情进行了分析，他的痰比较多，且有恶臭味，经常会自己拔出胃管，家属从开始的要求维持治疗，到后来要求不插胃管，这一变化说明家属逐渐接受了安宁疗护的理念。大家就患者的治疗和护理中存在的问题进行了深入探讨。

我在发言中，回顾了患者的治疗情况，分析了在治疗和护理中的情况。我认为，这是一个典型的安宁疗护病例，这位患者在生命的最后是得到了较好照护的。这位患者的几位亲人都是在我中心去世的，说明她们很早就接受了安宁疗护的理念，对我们的工作给予了很大支持和充分的信任，可以说是我们长期积极推广安宁疗护理念的成果。

在生命的最后，如何处理患者的情况，如何满足患者家属的需要，涉及了伦理学的问题。我与大家分享了伦理学的基本要求，并要求大家应用到实践中去。

最后，我请王主任做了点评。她认为，安宁疗护的死亡讨论是一个好的开端，对于我们护理人员对危重患者的病情观察和判断，提高护理人员的自我素质是有好处的。希望大家能够按照安宁疗护的理念，将安宁疗护工作做得更好。

医生、护士和护理员一起进行死亡讨论，可能在全国还是第一次，这次讨论与传统的死亡讨论不同，内容不仅仅是医疗方面，还涉及护理、心理和生活护理，将生命末期的患者作为一个整体来进行照护，而不是各自为政，充分体现了对生命的身、心、社、灵的照护，这样的讨论模式探索是有意义的，它完美地诠释了安宁疗护的“四全（全人、全程、全家、全队）照护”。

由于我们的讨论才刚刚开始，还有许多不完善的地方，在短短的一周时间内，我们已经进行了三次这样的讨论，从讨论的参与程度来看，已经超过了我们的预期，尤其是护理员对身体照护中的讨论，让我们颇有启发，我们将会进一步完善，丰富讨论的内容，让这一讨论成为整合安宁疗护理念的一部分。

［安宁小贴士］

1. 护理员参加的死亡讨论，在国内开了先河。

2. 及时总结经验，有利于我们提高照护质量。

纪光伟，2021 年 3 月 2 日

往返 150 多公里，只为接一位癌症晚期患者

今天到汉南区纱帽街去接一位癌症晚期的患者。早上 8 点半，120 的师傅就开车出发了，我也随车前往。

从白玉山到汉南区纱帽街，一个在武汉的最东面，一个是武汉的最西面，我们从三环到四环，再到京港澳高速，仅单程距离就有 80 公里左右。这么远距离接患者，对于安宁疗护还是第一次。

在三环线上遇到了堵车，好在不严重，但对向车道严重拥堵。一路上，我们就开始筹划着返程的路怎么走，为此我们设计了几套方案。

上午 10 点整，我们准时到达了患者家中。这是一幢老旧房屋，患者家住五层，楼道十分狭窄，我为担架下楼捏了一把汗。在患者家中，我先对患者进行评估：癌症晚期，情况比较差，频繁呕吐。我们在准备的过程中，工作人员几次停下来等待患者呕吐。

做好了准备，办完了相关手续，我们开始搬运患者，两位担架工很熟练地在狭窄的楼道搬运着，每次转弯都让我很担心，好在有惊无险，患者安全地上了救护车。

在返回的路上，司机师傅打开了暖气，为患者保暖；遇

到不平的路段，放慢速度，每一项操作都彰显了人文关怀。

上午 11 点半，患者来到了医院，由于我们提前做好了准备，患者来院后直接进入了 CT 室，做完胸部 CT 后，就进入了安宁疗护的隔离病房，进行核酸采集和抗体检测，整个过程流畅，既减少了对患者的折腾，也减少了家属往返跑的时间，家属对此很满意。

在我和家属的沟通中，我问家属，折腾这么远来入住安宁疗护中心值不值？家属的回答是：武汉市就这一家，值！确实，在上周家属在我办公室的咨询中，家属很认可安宁疗护的理念，他们的目的就是希望在生命的最后时段，能够减少母亲的痛苦，当时家属就表示回家做母亲的工作，如果母亲同意，就会送过来。第二天，家属就告诉我准备下周一入住。

在武汉市这个 1000 多万人的大都市里，20 多张床的安宁疗护确实是一个稀缺资源，但遗憾的是，能够完全接受安宁疗护理念的人并不多，这就需要我们大力推广安宁疗护的理念，让更多的生命末期患者能够享受安宁服务。

中午，安顿好患者，回顾了今天上午的工作，也引发了我的思考：一上午，6 位工作人员，往返 150 多公里；安宁的工作人员顾不上吃午餐，为了一位生命末期的患者，值不值？看着患者进入了温暖的房间，看到家属满意的笑容，我觉得值。

任何一个生命，都有自己的尊严，我们帮助生命末期的患者提高生存质量，减少痛苦，是对生命的尊重，是功德无量的事情。通过我们的工作，来逐渐提高中国人的生命质量，这是每个安宁人应尽的责任。

在淅沥沥的小雨中，我看到路边的油菜花开了。这是春天的景象，也是生命的萌动。维护生命的尊严，安宁的春天在哪里？

[安宁小贴士]

1. 减少对患者和家属的折腾是我们的服务理念。
2. 稀缺的安宁疗护需要更多人关注。

纪光伟，2021 年 3 月 8 日

这一夜，
我再次对生命进行了思考

昨天晚上 10 点 30 分，值班护士张盼给我打来电话，告诉我 89 岁的张先生病情发生了变化，我立即通过微信指挥用药抢救，同时，通知了家属，并驱车赶往医院。

这是一位高龄的阿尔茨海默病和脑梗死后遗症患者，年轻的时候他是非常优秀的，曾经获得过很多荣誉。今年春节还可以自己行走，但因脑卒中卧床后，情况直线下降，每天在家里闹腾，家人实在是有心无力了。在亲戚的介绍下，患者入住了安宁疗护中心。

入住的时候，老人还可以做简单的交流，情况还算可以。由于这位患者的亲戚不久前也是在我们这里去世的，家属对我们的服务比较满意，有了这层信任的关系，与家属的沟通是比较顺畅的。

入住以后，张先生剧烈地摇床，四处丢东西，有点像"大闹天宫"。我们与家属沟通后，给予了小剂量的镇静药物来控制症状，但疗效不满意。

随着病情的加重，患者迅速出现了意识障碍，喝水呛咳，食物含在口中，不能下咽。我们怕是药物引起的副作用，在服药一天后，就停药了，但病情没有任何缓解，显然

不能用药物的作用来解释。

这种“断崖”式的病情变化，往往让很多人接受不了，按照我们创立的整合安宁疗护的理念，我们与家属进行了沟通，询问家属是否同意插胃管，家属经过商量后，决定不插胃管，只要求进行胃肠外营养支持治疗。他们跟我谈起了琼瑶的故事，我知道，这一家人是接受了安宁疗护理念的。

我要求工作人员按照安宁疗护理念，做好患者的最后护理工作。昨天早上查房的时候，张先生就出现了呼吸急促，我立即安排上心电监护和吸氧，让患者的呼吸情况得到了改善，同时，向家属告知病情，让家属有了充分的思想准备。

晚上 11 点多，我到了病房，家属也陆续到来，我给家属介绍了患者的最后情况，家属平静地接受了死亡，并对我们的工作给予了充分的肯定。

接下来，我们商量了患者的身后处理问题。在征得家属的同意后，我安排值班人员给老人擦洗身体和穿寿衣，对老人进行了最后的告别，同时，我们为家属提供了殡葬服务，今天下午，我们将会去老人家中送花圈，进行祭奠。

今天凌晨 1 点多，送别了老人后，我躺在床上，怎么也睡不着，感叹着生命的脆弱，生命的无助。一位这么能干的人，在老去以后为什么会出现那么多的行为异常？在生命的最后时段，病情为什么会变化得那么快？我们将来是否也会这样？

这些疑惑再次引发了我对生命的思考：我们应该怎样度过生命的最后时光，我们应该怎样维护生命的尊严？

凌晨 5 点，我给我的同事，也是这位去世老人的亲戚发了微信，分享了我的思考。两个月前，她的母亲也是在我们这里去世的。

在短短的几个月时间内，她目睹了两位老人的离去，心情很沉重。她告诉我："对我们老去的未来更加忧心忡忡。"

是啊，今年以来，我们已经有尊严地送走了 11 位患者，每一位患者的离去，都得到了家属的感谢，这说明社会上这种需求还是很大的，但知道和能够到我中心来的患者还是很少。更多的生命末期患者是如何离世的？这是值得我们关注的话题，因为这不仅是对他人生命的关爱，也是对我们明天的关注。

[安宁小贴士]

1. 我们应该怎样度过生命的最后时光？

2. 我们应该怎样维护生命的尊严？

纪光伟，2021 年 3 月 15 日

在患者家里，家属的一番话给了我信心

昨天下午，我和童护士长一起去张先生家中祭奠，家属热情地接待了我们，他们对老人最后时刻在安宁疗护得到了较好的照顾表示感谢。我们在给老人上香后，家属将我们介绍给了他的朋友。

几位朋友听了介绍后，惊奇地说："原来身边还有这样的机构，我们一直不知道。"我们向他们介绍了安宁疗护中心是湖北省第一家专业照护生命末期患者的机构，今年以来，已有11位生命末期的患者在安宁疗护中心走完最后一程，维护了生命的尊严。

其中一位中年男子说："我母亲在家卧床，一直是我们4个子女轮流照顾，还请了一个保姆，一个月4500元。如果有你们这样的机构，我考虑把母亲送到你们这里来。"还有一位女士也说："我母亲也是卧床，我也考虑要送到这样的地方去。"我们跟他们留下了联系方式。

回来后，我查阅了记录，我中心从2018年10月份开始，对家里设有灵堂的去世患者上门进行祭奠，已经有2年多时间了，昨天是我们上门的第27家。我们去过最远的地方是东西湖新官渡，这是武汉的最西边，往返100多公里，应该说，这样的成本是比较大的。

提供这样的服务，我们或许在全国是第一家，其目的是对逝去生命的尊重，对逝者家人的安慰。尽管这是一项很小的服务，却赢得了广大家属的好评。2 年多的坚持也是不容易的，我们多数是利用自己的休息时间完成的。

昨天的祭奠让我们有了意外的收获，不仅推广了安宁疗护理念，让更多的人知道了安宁疗护服务，我们还意外地收获了两个潜在客户。

确实，家属和他朋友的一席话，让我们感到了社会对安宁疗护的巨大需求，如何让更多人知道安宁疗护理念，享受安宁疗护的服务，是值得我们思考的。

两年多的上门祭奠服务，让我们有了意外的收获，这是让我始料未及的。看来，任何事情只要坚守，就会有收获，也让我增强了坚持做安宁疗护的信心。

[安宁小贴士]

1. 到患者家中祭奠，除了是对逝者的尊重外，也是对安宁疗护的推广。

2. 到一位逝者家中祭奠容易，坚持做几年是需要毅力的。

纪光伟，2021 年 3 月 16 日

高血钾控制了，但我忘不了几天前的那一幕

3 月 19 日，化验结果提示，刘女士的血钾化验结果为 5.7mmol/L，我们揪着的心终于可以放下了，但我忘不了几天前的那一幕。

3 月 16 日中午 11 点 25 分，我接班后巡视病房，刚走进刘女士的病房，发现她没有精神，我问她有什么不好的，她说她不舒服，全身没劲。我伸手一摸，她脖子上全是汗，她刚刚输注了胰岛素，我的第一反应就是发生了低血糖，马上就去拿血糖仪给刘女士测血糖，结果为 3.2mmol/L，考虑为低血糖。我立即呼喊医生和护士过来帮忙，并按照低血糖抢救流程进行处理，我跑到治疗室去拿了一只 50% 的葡萄糖给刘女士喝下，又跑到值班室去拿了一颗我自己的牛奶糖给她含着，这时工作人员都围了上来，在大家的共同努力下，几分钟后，刘女士的症状就得到了缓解。

后来我一看，中午刘女士的饭还放在桌子上，我就问奶奶怎么不吃饭，她说她没胃口，不想吃，我还是耐心地劝她吃一点，不吃身体哪有劲啊。可劝了半天，她还是不吃，因为平时刘女士有点挑食，是素食主义者，一点肉都不吃，有时候饭菜不合胃口，吃几口就倒掉了，我们总是跟她开玩笑

说：“您天天不好好吃饭，以后万一低血糖晕过去了怎么办，以后抵抗力也不好，年纪大了熬不住的。”没想到才过几天，刘女士真的发生了低血糖。

中午跟刘女士说半天，终于在我软磨硬泡下，她才愿意吃饭了，我就马上拿起饭碗去喂，刚开始还是不愿意多吃，只吃两口说吃不下去，我就像哄小朋友似的，最后一口了，终于把饭吃完了。没想到在喂饭的过程中，纪主任中午没有去休息，于是拍下了我喂饭的照片。

刘女士是一位86岁老人，由于长期饮食习惯问题，导致了身体出现了严重的营养不良。最近，我们发现有低蛋白血症、贫血、肾功能不全、酸中毒、高钾血症和低钠血症。

在这些异常中，高钾血症是最危险的，3月15日，血钾6.2mmol/L，化验室报了危急值，我们就开始使用葡萄糖、胰岛素和利尿剂治疗。

3月16日是第一天治疗，在交班会上，纪光伟主任反复交代了使用葡萄糖加胰岛素治疗的注意事项，强化了我们观察治疗后变化的意识。

在平时，为了防止患者出现低血糖，我的柜子里一般都备有糖，那天终于派上用场了，让我很欣慰。

但是刘女士的治疗并不顺利，第二天，血钾上升到了7.2mmol/L，化验室再次报了危急值。有着30多年行医经验的纪主任意识到，这随时可能发生心搏骤停，他紧急联系了家属，希望能够尽快将老人送相关科室住院治疗。家属出于对我们的信任，同时也不愿意再折腾老人了，选择在我中心进行治疗，并愿意承担一切后果。

家属的充分信任，让纪主任很感动，他决定按照安宁疗护理念，做好症状控制。在他的执业生涯中还没有遇到过这么高的血钾，他调整了治疗方案，并增加了纠酸治疗，让患者的病情得到了初步控制。

我们知道，对于高龄老人，是随时可能出现意外情况的，而且刘女士的治疗还没有结束，风险也没有完全消除，我们会继续努力，认真做好患者的照顾和治疗，努力提高患者的生命质量，维护生命的尊严。

［安宁小贴士］

1. 透过现象看本质。

2. 对高龄老人，有效地控制高血钾是符合安宁疗护理念的。

潘娜，2021 年 3 月 21 日

清明节的这三天

今天是清明节小长假的最后一天，上午，我到昨天去世的老人家中祭拜后，开始盘点我这三天的经历。

前天（4 月 3 日）是小长假的第一天，科室的同事告诉我，大前天下午从鄂州转入的患者出现了昏迷，又是一位病情突变的患者。

4 月 2 日上午，一对母子来到安宁疗护中心咨询，这是一位患肌萎缩侧索硬化（俗称渐冻症）12 年的患者，家人将他送往鄂州养老院照顾，随着病情的加重，这样的照顾难度越来越大，最近因肺部感染在鄂州住院，病情稳定后，准备转回武汉照顾，家属了解情况后，决定马上转过来。

下午，当患者转入的时候，我看了资料认为患者的病情没有得到控制，还需要继续治疗，随时可能出问题，但家属仍然坚持入住我们这里。

今年我们已经收治了好几例这样的患者，不是“一日游”，就是“几日游”，尽管我知道这是安宁疗护“渐入佳境”的标志，是符合安宁疗护运作规律的，因为生命末期的患者，居家照护是最舒适的，不到生命的最后，不到家属无法照顾的时候，家人一般不会送到我们这里。在西方国家也是在生命的最后几天，才送到机构度过生命的最后时光。因此，我们这里的患者死亡率高是一个正常情况，我们希望有更多生命末期患者能够享受安宁疗护的服务。

今年已经去世了 14 位患者，尽管每一位家属最后都是感谢的，让我们有了一点点成就感，但当一个个生命如此迅速地离去，带给我的“挫败感”依然是存在的。我要做好自我调整，更重要的是还要负责做好团队成员的疏导工作。看来，我还需要历练。

前天下午 4 点多，在微信上处理完科室的工作后，已经疲乏了，我不得不关上电脑，徒步到东湖绿道去放松一下自己。我走在华侨城东方里的小街道上，这里的人少，漫步在这里，可以游玩，可以看风景，很是惬意。

走过了街道，来到了湖边，吹着湖风，看着湖景。我忽然感到身上出汗，腿有点发软，我意识到可能是出现了低血糖，赶紧返回，找到一家餐馆，吃了点东西，症状很快缓解。经过这一折腾，我也没有了兴趣，便回家继续打开电脑工作。

每天面对疾病和死亡，都是一些不愉快的事情，自己的心情自然也会受到影响。说好了要每天“洗澡”，第二天重新启航的，这是我在科室经常对职工说的话，目的是为她们解压，但我忽然发现，说起来容易，要做起来真的是很难啊。

昨天早上，我乘坐医院的班车到医院查房，看患者，发现昨天昏迷的患者竟然清醒了，可以说话，可以吃饭，一切都“正常”了，这突如其来的变化，我还真有点不适应。

清明是父亲的生日，他去世 13 年了，这几年我不大提起，但我始终记在心里。昨天查完房，我到菜场去买了几个菜，想去陪妈妈吃顿饭。平日总是妈妈做饭，昨天我下厨做了几个菜，妈妈夸奖道：“做得比我好，色香味俱全。”

中午休息了一下后，我打开电脑，还是想记录这段清明的故事，没想到又接到了医院的电话，那位渐冻症患者突然不行了，我立即开车赶往医院。

又是一次“过山车”式的变化，让我的小心脏几乎崩溃了。工作人员告诉我，3 点钟患者还解了大便，我们清理完后，还和患者说话了，不到 1 小时就去世了，这就是生命末期患者的特点。

我安慰家属，开死亡证，协助家属处理后事，工作人员在为患者进行擦洗和穿衣，这些工作完成后，我安排家属进行了最后告别。

患者入住仅仅只有 2 天时间，由于我们与家属进行了充分沟通，交代了病情随时可能出现危险，家属比较平静地接受了现实。

当我送走了患者的遗体，回到家中，已经是晚上 7 点半了。匆匆吃了点东西，打开电脑继续撰写着《清明情思》。

今天上午，我来到了患者家中，亲自给患者书写了挽联。在敬香后，我和患者的老伴交谈了起来，她说：“我们是听很多人说你们的服务好，才毫不犹豫地来到你们这里。两天的时间尽管短了一点，但我们对你们的工作还是很满意的。”

离开了患者家，我开始梳理着这三天发生的事情，思考着安宁疗护的未来。三年来，在大家的努力下，安宁疗护已经成为医院的一张名片，每一个安宁故事都叙述着我们为维护生命尊严所做出的努力，这些故事已经在社会上广为流传。

然而，无论是白天还是黑夜，我尽我的能力，每天应对着不同的事件，尽管累，但我心甘情愿，毕竟我们是在做有意义的事情。看着一位位患者安详地离去，看着家属满意的评价，我们觉得是值得的。

但我深知，人的精力是有限的，工作不是生活的全部，这样的状况终究不是长久之计，我不知道我在维护生命尊严的道路上，还能够坚持多久，还能走多远。

[安宁小贴士]

1. 长期的安宁疗护工作，工作人员必须要学会自我疗愈。

2. 安宁疗护病房的死亡病例增多，患者在安宁疗护病房的时间缩短，这应是安宁疗护需要面对的现实情况。

纪光伟，2021 年 4 月 5 日

晚上 10 点，我接到一个电话

昨天晚上 10 点，我正在电脑前聚精会神地校对着书稿，一个电话的铃声吓了我一跳，这个时候的电话多半不是好事。我拿起手机一看，是我的同事打来的，她的一位朋友打电话咨询她，母亲因为宫颈癌出现昏迷，在某教学医院 ICU 住院，医生跟他交代病情，癌症晚期出现腹水、肾功能衰竭，需要做肾脏透析，如果积极治疗，可能还能够活半年时间，如果不积极治疗，可能只能活 1～2 周。家属不知道该怎么办？

我静静听着同事的诉说："她住院 2 天花了 3 万多，家里已经花了 100 多万了，他还想带妈妈出去玩一趟，顺便找找偏方，不想这样就放弃了。"我知道，在电话的那边，同事正在等着我的意见，而我不知道应该说什么。

我明白，同事这个时间段给我打这个电话的意思，因为我在从事安宁疗护工作，但此时我不能表明我的态度，因为家属还抱有希望，期待着奇迹出现。

思考了一下，我只能表示了一个原则性的态度，家属要继续治疗，就按照家属的意见办；如果家属有新的想法，我们再联系。

放下了电话，我陷入了沉思，这是我国绝大多数家庭的共性做法，"生命不息，化疗不止"。对生命末期的患者而言，尽管这些治疗往往都是无效的，不仅达不到预期的效果，还可能增加患者的痛苦，有时并不能延长患者的生命，甚至还可能缩短，同时，这些没有意义的治疗也浪费了大量的医疗资源，增加了家属的经济负担。但大多数的患者和家属都抱着一线希望，不遗余力地去寻找偏方，期待奇迹的发生。

对于这样的患者，明智的家属应该选择进入安宁疗护来进行症状控制和生活照护，但遗憾的是，目前能够接受这样理念的人并不多，许多人宁愿在期待奇迹的过程中痛苦去世，也不愿意平静地在安宁疗护病房离世。

大众的这种传统生死观是几千年形成的，要想改变这种现状，需要我们加大普及安宁疗护理念的力度，提高大众对疾病和死亡的认识，自觉接受安宁疗护的理念，让生命末期的患者，在最后能够有尊严地离世，做到生死两相安。

［安宁小贴士］

1.“生命不息，化疗不止”的理念要改变。

2. 对生命末期的患者而言，没有意义的治疗不一定能延长生命，同时还可能增加患者的痛苦。

纪光伟，2021 年 4 月 25 日

一个来自公安县的求助电话

今天上午，我接到了一个浙江的电话，电话那头，一位女士急切地说："我是一个安宁疗护的志愿者，向您求助。"

这是一个湖北省公安县的胡启芬女士打来的电话，她的父亲因肺癌晚期并脑转移，剧烈的疼痛无法得到缓解，她的内心万分焦急，通过微信公众号的后台得知了我的电话，就打来了这个求助电话。

经过沟通，我得知胡女士掌握了一定的安宁疗护知识，看到父亲的疼痛没有得到缓解，就开始寻求帮助。

她告诉我："父亲住院 5 天了，医院每天就是打针消炎，疼痛没有得到缓解，要是回农村，我能在哪里买得到镇痛药？今天早上医生还说要做化疗。"

"看到父亲疼痛烦躁不安，我像个迷失方向的孩子，我想请您给予指导。"

她想到我这里来，我告诉她，到我这里来是可以，但太远了，现在的方法很多，建议她和医生沟通后再说。

上午 10 点，她再次打来了电话，让我和他们的医生进行沟通。在沟通中，医生也答应使用微泵镇痛，但采用什么泵，可能出现了分歧，毕竟还是要考虑价格的因素。这是一个偏远农村的癌症患者，我们在制订治疗方案的时候，一方面要考虑效果，另一方面还要考虑价格和维护的问题。

治疗有了着落，胡女士非常高兴，她说："兜兜转转 5 天才沟通清楚，感恩纪叔叔。"我可以想象，胡女士的心情是多么高兴。

一上午的沟通，解决了患者的治疗问题，患者的症状有望得到控制，让我很欣慰，其原因有三点。

一是，社会上有人在自发地普及安宁疗护知识，让我很欣慰，胡女士接受过这样的培训，应用到自己的生活中，让自己的亲人得到了帮助，这是功德无量的事情，但遗憾的是这样的培训还太少，像胡女士这样能接受安宁疗护理念的人并不多。

二是，基层医院有能力进行安宁缓和医疗了，让我很欣慰。其实，在许多医生、患者和家属眼里，"生命不息，化疗不止"的理念是根深蒂固的，如何改变这样的现状，还需要我们共同努力。为什么有的医院可以做安宁缓和医疗，但家属不知道呢？这或许因为信息不对等，也或许因为沟通方式存在着问题，值得我们深思。

三是，当遇到问题的时候，家属学会了求助，让我很欣慰。胡女士关注了我们的微信公众号，当问题得不到解决的时候，寻求专业人士的帮助，让问题得到了解决。这是她日积月累形成的，如果每个人都有这样的知识，这样的途径，当遇到问题的时候，就可以及时取得专业的帮助。

大家知道，如果在生命的最后，有尊严、有质量、无痛苦地离世，是我们每个人都希望的结果。

这也就是为什么国家要大力发展安宁疗护的原因，但几年来，安宁疗护在全国开展的情况并不令人满意，其主要的原因就是“缺钱、少人”，制约了安宁疗护的发展。

应该说，安宁疗护具有很广阔的市场，但愿意从事这个专业的人员不多，加上理念的普及不够，家属缺乏这方面的知识和资源，导致大量的患者并没有得到真正的安宁疗护服务。

要改变这一面貌，需要我们全社会的共同努力，构建一个良好的安宁疗护环境和氛围，只有这样，我国国民的生命质量才能得到质的飞跃。

[安宁小贴士]

1. 民间有人在自发地普及安宁疗护知识。

2. 基层医院有能力进行安宁缓和医疗，可以推动缓和医疗的发展。

3. 家属在遇到问题的时候，学会了有效地求助。

纪光伟,2021 年 5 月 6 日

当患者发生噎食，我们该怎么做

昨天中午，我接班后，像往常一样巡视病房，没有发现异常后，回到护士站填写护理日常记录。

大概半小时后，突然听到孙奶奶在房间大声呼喊："小沈，你快来看一下杨先生怎么了？"我立刻放下手上工作跑到孙女士的病房。一进门看到杨先生嘴唇青紫、两眼向上翻，孙女士着急地说："刚刚喂了蛋黄，他就出现这种情况，我马上意识到是发生了噎食，必须立即采取急救措施。"

我赶紧扶杨先生，想让他先坐起来，可由于杨先生脑卒中后偏瘫，身体僵硬，我一时无法将他扶起，同时我想到海姆立克急救法，但我没有做过，而且一人难以实施。孙女士年事已高，亦无法协助我。情急之下，我大声呼喊："护士长，赶快过来！"由于是中午休息的时间，我怕护士长在值班室休息听不到我的呼叫，赶紧让孙女士到护士值班室喊护士长帮忙。

我深知时间的宝贵，救人刻不容缓，我按照规范使出全身力气艰难地扶起杨先生后，紧急实施救助，一只手扶着杨先生，一手使劲按压其腹部，反复不停地按压。

很快，护士长童玲和护士李静闻讯赶来，她们连工作服衣服都没有扣好便投入了抢救中。看见情况紧急，童护士长立即放下床的护栏就跳到床上，娴熟地使用了环抱、握拳、挤压一气呵成。同时，指挥我准备吸痰装置，叫李静准备吸氧装置。

在护士长反复地挤压后，听到杨先生咳了一声，口里有黄色的分泌物，我赶紧用吸痰器吸出口腔内痰液，并吸出了少量固体蛋黄。

童护士长反复地拍打着杨先生的背部，帮助他排出呼吸道的食物。这时，李静已经为杨先生吸上了氧。不一会儿，杨先生的嘴唇及面色慢慢红润了起来，大家悬着的心终于放了下来。

病房里出现噎食，是我工作中第一次遇到，让我惊出了一身汗。

对于老年人，由于吞咽反射减弱，随时可能发生噎食。因此，我们在喂食的时候，一定要注意预防。

[安宁小贴士]

1. 失能老人的喂食一定要注意观察。

2. 海姆立克急救法是每位照护者都应该掌握的技能。

沈丹，2021 年 5 月 19 日

当一个个生命走完了最后一程，留给我们的思考是什么

今天上午，我得知公安县的胡先生已经于昨天下午去世。

5月6日，他的女儿给我打来求助电话，她告诉我，父亲患有晚期肺癌，疼痛一直无法控制，她要寻求安宁疗护，希望能够减轻父亲的痛苦。

医生一直要给她父亲做化疗，她是有一定安宁疗护知识的人，知道化疗已经没有任何用了，但她不知道如何缓解疼痛，使用了口服强效镇痛药后，出现了频繁呕吐。由于患者在医院住院，我让她和医生进行沟通。

一个多小时后，她又给我打电话，要我和医生沟通，当地的医生已经答应给她父亲使用微泵镇痛治疗了，他们的分歧在于，医生想用蛛网膜下腔的泵，理由是容易管理，费用将近2万元。家属考虑费用后，想用静脉泵或皮下泵。我建议医生结合患者的经济情况使用静脉泵。

下午，“微泵”使用后，患者很快就安静入睡了，家属非常高兴。第二天，呕吐也停止了，家属就将父亲接回了农村。这是一个很偏远的农村，我知道，这一回去，可能就难以再回来了。

患者回到农村，基本没有进食。我知道，生命已经倒

计时了。我经常和家属交流病情的变化，从家属发来的视频看，患者还是很痛苦的，没有氧气，没有输液，这些在偏远的农村都是无法解决的。我希望家属能够给患者湿润一下嘴唇，被子盖得薄一点，或许会缓解一点不适。

医生告诉她，“微泵”一般只能维持10天左右，我这才知道，患者使用的可能是自控镇痛泵。她最担心的是，10天后，她到哪里去弄这些药物。到医院就必须要住院，这么远的距离父亲折腾不起。她就尝试关闭一下“微泵”，但关闭后，父亲就出现了明显的疼痛，不得不又打开。父亲希望“安乐死”，我告诉她这是违法的，我们不能做。

从17日开始，患者出现了腹部增大，尿少，同时，由于没有翻身，已经开始出现压疮。我又指导她如何给老人翻身，并建议使用利尿剂，估计这都难以实现了。

又一个生命离去了，尽管我们和家属做出了努力，也缓解了患者的部分症状，但患者的临终状态依然是比较痛苦的。

他女儿给我留言：“如果早几天与您联系，父亲就不会受那么多的苦！安宁疗护，您是癌症疼痛患者在这个世界最大的福祉！我在父亲入院第六天就开始不停寻找可以帮助他镇痛的方法，直到遇见您！感恩纪叔叔关心与鼓励，永世难忘您的大恩。”

这个案例是我众多安宁疗护案例中的一个，却带给我深深的思考。

维护生命尊严不易　维护生命的尊严，说起来很容易，但落实到具体问题上，就暴露出了困难。

经济难：对于一个偏远的农村，受经济条件的影响，在生命的末期，要花钱控制症状，对于收入不高的家庭而言，是有困难的。

照护难：对于生命末期的患者，按照农村的习俗都是希望在家里度过最后的时光，但是家中的条件有限，加上家属没有照护的技能，压疮的形成只会增加患者的痛苦。这就是为什么国外大力开展居家安宁疗护的原因，他们有多学科团队，定期上门服务，保证了居家照护的质量。

医疗难：生命末期患者症状的控制是一个主要任务，在家庭里，只能使用口服药物，静脉用药或泵入药物，一般是很难做到的。没有进行症状控制，就不能称为安宁疗护，更无法维护生命的尊严。

安宁疗护的普及难 尽管国家非常重视安宁疗护工作的开展，但是安宁疗护的推广和普及也是艰难的。

临床医生接受难：在临床工作中，具备安宁疗护知识的医务人员并不多，那种生命不息，治疗不止的现象仍存在，一方面是理念的问题，另一方面是经济的问题。因此，在医学教育和医学继续教育中，开展安宁疗护教育和培训势在必行。据笔者所知，目前我国高等医学教育中，还没有安宁疗护的课程，也没有这方面的教材。一些院校开设了选修课程，但很难进行系统性培训。但今年华中科技大学同济医学院首先在护理博士班开设了安宁疗护课程，尽管课时不多，毕竟是一个开端。

面向大众推广难：受中国传统孝道影响，子女们对自己父母的治疗不管效果如何，都会竭尽全力，否则，就会背上不孝的罪名。但是，这样的孝道如果让父母遭受更大的痛苦，是不是更大的不孝呢？因此，我们应该积极推广安宁疗护理念，逐渐改变人们的观念，对安宁疗护的健康发展是有着重要意义。

2015 年经济学人智库推出的全球死亡质量报告中，在 80 个国家中，我国大陆位居第 71 位，我国大陆的死亡质量与世界平均水平是有着较大差距的。我们认为，提高我国国民的死亡质量，维护生命的尊严势在必行。尽管这条路走得很艰难，只要我们能够坚守，总会逐渐进步的。我相信，总有一天，安宁的春天是会到来的。

[安宁小贴士]

1. 维护生命尊严不易。
2. 生命末期患者的治疗难、照护难。
3. 安宁疗护的普及难。

纪光伟，2021 年 5 月 22 日

亲人去世了，家属还要和我谈安宁疗护

今天上午，一位去世患者的家属来结账。这本是一个例行公事的事情。但结完账，患者的家属却没有离去的意思，兄妹俩和我谈起了安宁疗护。

他们的母亲不久前因为突发高热、昏迷，在光谷的一家医院住院，经过各项检查，没有发现明确的病因，也没有确诊，只是发现患者的全血细胞减少，白细胞只有 1800×10^9/L，曾经怀疑过脑炎，但 CT 没有证实，因为病情的限制，腰穿检查也失败了。每天只能在重症监护室打着昂贵的抗生素和营养支持，每天的花费上万元，体温依然在 38～39℃，病情没有任何好转，为此，家属在网上查到了我们机构，他们经过电话咨询和实地考察，最后决定入住我中心，在入住前经过了充分沟通，了解了家属的需求后，我们决定收治这位患者。

5 月 27 日下午，我们接到了光谷这家医院的电话，告知病情很重，询问我们是否知道病情，是否准备接收这位患者。为了慎重起见，我给患者的儿子打了电话，在电话那头，患者的儿子着急了："你们是不是不收了？我们正在上救护车！"我告诉他，不是不收，是再次交代病情。

为了减少危险，让患者尽快进入病房，我赶到了医院的医技楼门口，等待着救护车，当救护车进入医院后，我立即引导120工作人员进入病房，迅速安排好了患者。

患者的生命体征还基本稳定，但比较烦躁、不停地出汗。了解病情后，我与家属再次进行了沟通，告诉他们，这个患者可能不会生存很长时间，随时可能出现危险。家属对此非常理解，只希望母亲能够走得安详。

晚上，我留在病房观察这位患者的病情变化，对患者进行着症状控制，同时护理人员做好了患者的生活照顾，及时为患者擦汗，更换衣服，保证患者的舒适。

护理员提出，患者的头发较长，出汗后患者很不舒服，我们在和家属沟通后，给患者剃了头，这样患者出汗后容易清理，增强了患者的舒适感。

第三天的凌晨，患者出现了血压下降，经过处理后无效，最后安然离世。

今天，家属办完了丧事，来到我中心结账，他们认为这样的机构在武汉市真的太少了。家属得知我是一个外科医生，为什么愿意做这个事情，一定是有什么事情触动了我。

是啊，这是我一直没有说过的故事，我给他们讲了我在外科遇到的八旬老母照顾四旬儿子的伤心故事，还有精神病患者在颈项部发生直径达15厘米的巨大痈，导致皮肤巨大缺损，这些患者没有医生愿意收治，最后在我们这里治疗的，让生命有了尊严。

其实，在我的职业生涯中，这样的案例还有很多，他们同样需要得到关爱。尽管当时我还不知道安宁疗护，但这种在骨子里透出来的对生命尊严的关注，或许是我愿意做这个不被待见职业的原因吧。

家属问我："护理员一定很难请吧？"确实，护理员干着最脏的活，做着最伟大的事情。我讲述了我们如何尊重护理员的故事，也给他们展示了，我们宣传墙上护理员站"C位"的照片。

当他们得知我们是武汉市，乃至湖北省第一家安宁疗护机构时，他们认为武汉市应该多一些这样的机构，这样的市场需求太大了。我希望他们今后能够继续关注安宁疗护，共同维护生命的尊严。

家人去世了，家属还在关注安宁疗护，让我很欣慰，但我希望更多没有安宁疗护需求的人，也能关注安宁疗护。只有全社会都来关注安宁疗护，我们的生命质量才能得到提高。

[安宁小贴士]

1. 让安宁疗护成为生命末期患者的家。

2. 希望有更多目前没有安宁疗护需求的人，也能关注安宁疗护。只有全社会都来关注安宁疗护的发展，我们的生命质量才能得到提高。

纪光伟，2021 年 5 月 31 日

一份让我泪奔的工资单

今天，我无意看到了一位护士的工资单，一个月的总收入 2453.8 元，这让我很难受。

每个月的最后一天，是大家盼望发工资的日子，也是检验我们工作成效的日子。但是，我们最近两个月的经营情况确实不能令人满意，我们经过了年初的死亡高峰后，现在收治患者非常困难，出现了“只出不进”的怪现象，入住患者少了，我们的收入也自然下降了。探究原因，可能有三点。

经济不景气　近两年，许多人的收入明显减少，或者失去了工作。每个家庭都会算这笔账，不到万不得已的时候，是不会送患者到机构的。这也是最近我们去世患者突然增多的原因。尽管我们的收费略高于其他养老机构，但我们的服务是物有所值的。其实，一位全失能的患者，费用是由护理费、床位费、餐饮费组成。其中餐饮费要支付给食堂，相比请一个全职保姆，我们的收费不贵，而且护理质量是有保证的。

对生命的理解不同　很多咨询者考虑较多的是费用，而很少考虑生命的尊严，说明我们的生命教育是不高的。

护士作为安宁疗护的主力军，为维护生命的尊严作出了巨大的贡献。对于护士的素质要求是很高的，以前认为，安宁疗护的护士只是做一些基础的工作，经过几年的实践，我们发现这个观点是错误的，安宁疗护的护士除了基础的护理工作外，还需要做以下工作。

管道和造瘘口的护理 三年来，我们的护士从事过所有的管道护理，包括胃管、导尿管、腹腔引流管、脑室引流管、胸腔引流管、PICC、CVC，以及肠造瘘和膀胱造瘘等。

服务的病种广 三年来，我们覆盖的病种有内、外、妇、儿、肿瘤、精神、感染和康复等科室，有些疾病是笔者从医38年来，从未听说过和遇到过的，这对于我们的知识和技能是一个极大的考验，也促使我们在不断地学习，力争成为学习型的科室。

技术操作多 我们从事的护理操作涵盖临床上所有的护理操作。压疮换药是护士的工作，但巨大压疮的换药往往是护士难以完成的，必须由医生完成或指导完成。我们经过三年多的努力，现在我们的护士可以完全胜任任何复杂创面的处理，一些巨大的压疮在她们的手下愈合了。护士的技能提高了，给患者的护理和治疗提供了方便。

充当了半个医生的角色 由于没有医生愿意从事这项工作，长期以来就我一个“光杆司令”，许多医疗工作都是由护士完成。病历书写、病程记录，都是由护士记录，最后我来进行修改。授权护士完成一些常规的处理。这些都是在目前状况下的一种权宜之计，护士承担了一些本不该承担的责任。

是半个护理员 由于护理员的人手不够，护士也常常作为护理员使用，一日三餐，由于喂饭的患者较多，所有的当班护士都会到病房去给患者喂饭；当给患者洗头的时候，护士会帮助洗头和吹头；在患者翻身的时候，尤其是夜班，护士要协助翻身。

是患者的管家 在安宁疗护，我们提出的理念是：宁可折腾我们自己，也不要折腾患者和家属。因此，为患者挂号、交费、取药，接送患者检查，为患者收快递、清理生活用品，已经成为例行的工作了。

参与病房的管理和家属的沟通 在安宁疗护，每一位护士都要参与病房的管理，承担和家属沟通的任务，这对于护士的能力和技巧是一个极大的考验。

参与安宁疗护的宣传工作 我们每一位职工都承担着安宁疗护的宣传，所有的职工，包括护理员和卫生员，都为公众号写过文章。大家都在积极地推广安宁疗护理念。许多护士从不会写，到写得不错，最后被主流媒体刊用。正是因为大家的努力，才能让我们引起了国内的关注。

然而，看着我们护士的坚守，我们护士的努力，她们为维护生命的尊严付出了巨大努力，有时候她们的付出与回报不成比例，面对她们的坚守，我无言以对。

尽管我们的职工还在坚守，但这是不可持久的。为此，我想大声疾呼：我们在维护生命的尊严，谁来维护我们的尊严？让安宁人能够体面地生活？

我认为，这样的安宁疗护是不可持续的，应该引起有关部门的高度重视，要提高中国人的生命质量，维护生命的尊严，必须得到社会各方面的支持和关爱，首先要解决从业人员的生计问题，如果从业人员都不能稳定，何谈生命的尊严？何谈死亡质量？

［安宁小贴士］

1. 从业人员有体面的收入，才能更好地维护生命的尊严。

2. 开展安宁疗护，仅仅靠情怀是不够的。

纪光伟,2021 年 6 月 1 日

今天到医院，就是为了这事

今天是周末，早上我接到病房的电话，有位患者因病情变化，与家属沟通后，家属同意转入医院住院治疗，一切都处理妥当了。但我觉得还是要去一趟医院，和家属进行一次沟通。

这个周末，因为90多万字书稿已经进入了关键时刻。平日因为工作忙，每天只能完成4～5页的校对任务，要在校稿、原文和翻译之间来回核对，时不时还要查阅资料和重新翻译，工作量很大。500多页的书稿校对工作已经持续了一个多月时间了。

一个难得的周末，我可以全身心地投入进来了，为此，我推掉了朋友邀请我外出游玩，谢绝了外面的一切活动。

昨天早上，我从6点起床，一直校对到晚上11点多，完成了31页的校对；今天上午又完成了14页的校对工作，后面还剩120页需要完成，但我决定去一趟医院。

这是一个长期卧床的患者，已经在我们中心入住近一年了。由于长期卧床，会发生呼吸道感染，经过住院治疗后好转，但最近住院后感染控制的时间越来越短了，这一次连一周时间都不到。家属的孝心，我很感动，但是按照安宁疗护的理念，这样的治疗是不值得提倡的。由于家属的工作也很忙，来探望往往都是晚上，我们的沟通往往是电话和微信，很难面对面沟通。今天听说家属要来医院，我也到医院去和家属沟通一下。

早上 10 点，当我来到医院的时候，患者已经转到 ICU 了。我一边在病房处理医嘱，一边等待家属的到来。

不一会儿，家属来了，他们对我的到来很诧异：今天您不是休息吗？我告诉他们，我是专程来等他们的，家属很感动。我介绍了这几天患者的治疗情况，并对患者的预后做出了自己的判断，对他们的孝心表示了敬佩，但同时，我认为患者没有生活质量，这样下去只会让患者遭受更多的痛苦，建议进行症状控制，让她有尊严地走完最后一段历程。我也通过我的亲身经历，讲述了面对这样的患者，我们应该怎样做。

这时，房间的空气仿佛凝固了，许久，家属没有任何表示。慢慢地，我看到家属流泪了……几分钟后，家属问我，我们应该做什么？我告诉他们："陪伴，做好症状控制和准备后事。"

对于后事，家属并没有心理准备，他们问我，应该如何准备。我告诉他们应该如何准备，我们可以提供什么服务，如果有需要，可以联系我们。

家属告诉我，这个事情还要和家人商量，商量好了会告诉我们的。

11 点 25 分，我开车回家了。今天花了 3 小时到医院，为了和一位患者的家属沟通，应该说，这个患者的家属是不接受安宁疗护理念的，收治这位患者是因为我们的整合安宁疗护的理念。今天实际上就是一次安宁疗护理念的推广，这位患者通过我们一年多的照护，让家属感受到了安宁疗护的服务，也开始受到了安宁疗护的影响。

今天的沟通尽管家属没有表示接受安宁疗护的理念，但实际上家属的内心是有感触的，并且已经开始考虑后事了，从这个意义上说，今天的目的达到了。

受中国传统生死观的影响，人只要是活着，就是王道。至于生命的质量和尊严，却很少有人考虑。所谓“好死不如赖活着”就是这个道理。如果在生命的最后，放弃抢救，不做侵入性的治疗，就会被周围人认为是放弃治疗，是不孝。

因此，我总是跟家属说：老人总是会离去的，在老人离去后，抢救到底是尽孝，放弃最后的抢救也是尽孝。无论别人说什么，您最后的选择，您是否问心无愧？只要您的心是静的，就足够了。不要在乎任何人的评价。我知道，我的表述已经偏离了安宁疗护的理念，但是根据我国民众目前对安宁疗护的认知水平，我们只能这样做。

其实，三年多的安宁疗护之路，让我感到很艰难，因此，我们建立了整合安宁疗护理念，这是一条结合中国国情的“中庸之道”，兼顾不同人群的需求，满足不同理念人群的要求。

要提高我国人民的生命质量，推广安宁疗护的理念迫在眉睫，但难度同样也是存在的。如何走出一条适合中国国情的安宁疗护之路，是我们需要思考和探索的问题。

［安宁小贴士］

1. 每一位家属都不愿意放弃最后的努力。

2. 整合安宁疗护理念让家属感受到了安宁疗护的服务，也开始受到了安宁疗护的影响。

纪光伟,2021 年 6 月 6 日

有空我也要来做志愿者

昨天中午，一位生命末期患者病情出现了变化，经过抢救暂时挽回了患者的生命，当我与家属沟通病情的时候，家属告诉我，她整天都是提心吊胆的，每天都在煎熬中度过。

其实，我不是第一次遇到这样的问题了，经常有家属会这样对我说。每天这样过山车式的病情变化，没有哪个人能够承受得了。因此。我的经验是征求家属的意见，我们可以不通报病情，等患者去世后，再直接通知家属，但多数家属还是选择要我们通报病情。这位家属吐槽后，认为自己目前还能够承受，还是选择要我们通报病情。

最后，她表示以后有时间会参加志愿者工作的，家属的这一表态，让我很吃惊，这是一位不接受安宁疗护理念的家属，入住近一年时间，她慢慢地从不接受，到现在逐渐接受，并认可安宁疗护的理念。按照她的话说，就是接受任何事情都需要过程，她表示会把这一理念传递下去。

回顾这位患者，入院时已经没有意识，属于植物生存状态，在院外带入的铜绿假单胞菌感染，定期发作，每次住院治疗病情控制时间越来越短，最后只能控制几天时间，不仅患者毫无生存质量可言，家属也备受煎熬。

确实，我们究竟应该如何对待生命末期的患者，是有着巨大分歧的，这种分歧不仅来源于传统孝道的影响，还源于医务人员治疗第一的观念。对于生命末期的患者无谓地延长没有质量的生命，尽管是符合医疗原则的，但是不符合安宁疗护理念。不仅增加了患者和家属的痛苦，还浪费了宝贵的医疗资源，这是不值得提倡的。

应该说，这位患者是不应该收在安宁疗护机构的，但在整合安宁疗护理念的指导下，我们采取包容的态度，也收治这样的患者，让他们也能享受安宁疗护的服务，包括身体照护和症状控制等，在治疗中，让家属逐渐接受了安宁疗护的理念。

这位家属的转变就是一个最好的例子，我相信她不仅仅接受了安宁疗护理念，而且还会成为安宁疗护理念的传播者，这正是整合安宁疗护的目的所在。我们相信，经过我们的不懈努力，会有更多的人接受安宁疗护理念，对于提高生命的质量是有着积极作用的。

我们将继续探索安宁疗护的理论和实践，为走出一条中国特色的安宁疗护之路而努力奋斗。

［安宁小贴士］

1. 生命末期的患者家属心情都是矛盾的，谁都希望能够出现奇迹。

2. 整合安宁疗护理念让更多的人接受了安宁疗护。

纪光伟，2021 年 7 月 1 日

一位去世患者的家属说：“太需要死亡教育了”

今天上午，我和童玲护士长一起驱车往返100多公里，到江夏殡仪馆，对昨天晚上去世的张女士进行祭奠。

68岁的张女士是前天下午入住的患者，她因长期的糖尿病，并发了肝、肾、心、脑功能障碍，在武汉某三甲医院治疗，最近又出现凝血功能障碍，表现为穿刺点出血、皮下出血等。医院的医生认为已经没有治疗价值了。

6月初，她的女儿托朋友联系了我，想入住我们中心，但一直没有来。两周前，患者的女儿联系了我，当时我正在南宁讲学，我请她联系护士长。

到7月29日，我们第一次见到家属，了解了病情，也知道了家属的需求，与家属的沟通很顺畅，家属是可以接受安宁疗护理念的，只希望妈妈的最后一程能够安详和无痛苦。

初步的沟通，我们达成了共识，相约30日上午，家属将患者转到我中心，但由于患者当天在医院还有治疗，一直拖到下午3点才来到我中心。这让我隐约感到家属似乎还期盼着奇迹的发生，我明确地告诉他们，没有奇迹发生。

我检查了患者，患者带有胃管、导尿管和氧管，神志不清，对疼痛的刺激没有反应，右侧肢体上绑着弹力绷带，家属告诉我，这是因为抽血后，止不住血，才加压的。全身有 6 处压疮和多处皮下瘀斑，导尿管内引流出淡红色的尿液。

我与家属交代了病情，并告知目前的凝血功能障碍很可能会引起消化道的大出血。一旦出现大出血，就可能会导致患者的死亡。家属理解这一风险，知道随时可能会发生死亡，故不同意做抽血和创伤性抢救。

但在查手指血糖的问题上，几位家属产生了分歧，我建议一天只查 3 次餐前的血糖，但有一位家属坚持要查餐前、餐后的。我告诉家属，多测一次血糖，就可能会增加她的出血的风险。我们不能按照常规的方法来检查，这位患者对血糖只需了解一个大概就足矣。

最后，在患者女儿的坚持下，家属们接受了我的意见。这次沟通尽管也很顺利，但家属们的不同意见，让我感到家属还没有完全接受现实。

31 日上午，患者的病情还比较稳定，我们还尝试着能不能停氧，但后来发现还是不行。患者随后又出现了血便，最后血压逐渐降低，经过药物治疗无效而去世。这位患者入住我中心刚刚超过 24 小时。

本来与家属沟通得很好，家属也已经做好了死亡的准备，但家属接到病情加重的电话时，表示不能理解。当他们来到病区，听说患者已经去世了，这位知性的女儿号啕大哭起来。

面对家属的情绪，我无言以对，静静地填写着死亡证，让家属发泄一下，等女儿稍微平静一点后，我告诉她："您已经尽力了，您母亲走得很平静，对她来说是一种解脱，对您来说可以开始新的生活。”她说：“道理是这个道理，但做起来很难。”

当殡仪馆的车子来到门口，我目送着遗体上车后，她的女儿伸出手来，握着我的手说：“谢谢您，纪主任。”我陪同着她去开自己的车，她说：“中国太需要死亡教育了。我早就应该把妈妈送走的，是我自私，认为妈妈只要活着，我就可以喊妈妈……”

送别了家属，我久久不能平静。“我们太需要死亡教育了！”这是一位知识女性发自内心的呼喊。

确实，从我几次和她的交谈中，我就感觉到这位言语不多的女儿内心世界是非常复杂的。从朋友联系我，到最后患者入住，前后经历了近两个月的时间。其实，这两个月时间，对于家属来说是一种煎熬：治还是不治？或者说，救还是不救？严格地说，这个时间可能还不止两个月。患者转入我中心的那一天，家属坚持要做完当天的治疗，其实家属还在坚持。

尽管医院的医生已经多次建议不要治疗，甚至断水，断食，这是女儿绝对不能接受的，这也是促使她进入安宁疗护的主要原因。尽管院外的医生已经做了很多工作，家属也接受了现实，但在感情上还是过不了这个坎。尽管她能够接受死亡，但当死亡降临的时候，她又痛苦万分。因此，她发出了“我们太需要死亡教育了”的呼声。

受传统的生死观影响，许多人认为，好死不如赖活着。只要还有一口气，不管有没有质量，就要维持。其实，这对于患者而言，需要遭受更多的痛苦，是不人道的。要改变中国人这种传统的孝道，就需要进行死亡教育。

很多人面对死亡很恐惧，也很痛苦。

笔者认为，进行死亡教育是非常有必要的，我们应该提倡：living well，dying well（好好活，好好死），树立正确的生死观，要普及安宁疗护理念，减少不必要的治疗，杜绝过度治疗，这样才能真正提高国民的生命质量，增加幸福感。

［安宁小贴士］

1. 对生命末期的亲人，是在医院继续治疗，还是进入安宁疗护，确实是一个两难的选择。

2. 普及生命教育势在必行。

纪光伟，2021 年 8 月 1 日

惊心动魄的 10 分钟

今天上午 11 点多，工作人员正在病房给患者喂饭，我在办公室听到了护理员的大声呼叫："护士长，快来。"

办公室距离病房有 20 多米，这么清晰的呼叫声，一定是发生了什么大事情，我赶紧起身跑向病房，只见护士长童玲已经跪在患者的床上，从背后挤压着患者的腹部，用海姆立克急救法进行抢救，护士潘娜，护理员王玉娥、韩带明分别在拍打着患者的背部，搀扶着患者的身体，呼喊着患者的名字。

噎食！职业的敏感让我迅速确定了诊断，时间就是生命，我立即指挥着抢救工作，时间在一分一秒地过去了，患者的食物仍然没有吐出，嘴唇已经出现发绀了。这时护士长的体力已经不支了，我赶紧跳上病床，接替了护士长的工作，反复地挤压着患者的腹部，一次，两次，三次……情况依然没有好转。

为了防止患者跌下床，身材瘦小的王师傅一直固定了患者的身体，为抢救工作提供了方便。经过了几分钟的抢救，情况依然不乐观，情急之下，护理员韩带明用手指去抠患者的口内食物，被患者咬了一口，鲜血顺着她的手指流下，我们都无暇顾及。这时护士长童玲拿来了一个压舌板，我立即喊道："用压舌板按压，刺激患者呕吐。"

经过大家的努力，患者终于缓过劲来，青紫的嘴唇开始红润了，患者也可以说话了，他开口的第一句话是：我又可以活了。

我这才嘱咐护士帮助韩师傅处理伤口，当我走出病房，才发现我已经满身大汗了，时间是 11 点 20 分，抢救的时间是什么时候开始的，我们没有机会看，估计有 10 分钟左右。

这是一位 80 岁的阿尔茨海默病的患者，平时护理员喂饭，患者吃得还可以，但今天突然发生了噎食，说明高龄的患者是随时可能发生噎食的。尽管噎食有时候是不可避免的，但我们在喂食的过程中一定要注意观察，我们也发生过几次类似的情况，但都没有这一次严重，往往是拍拍背，抠出口腔内的食物就缓解了。几个月前，童玲护士长就用海姆立克急救法抢救了一位 86 岁的噎食患者。

今天这位患者尽管很严重，但我们发现及时，人员充足，当班的 6 位工作人员，有 5 人参与了抢救。面对持续的抢救，没有明显效果，我们不停地变换抢救方法，让我们的努力终于得到了回报，患者救活了。

事后，大家感慨地说，看着患者嘴唇发乌了，我们都认为救不过来了，没有想到，我们还是成功了。看着韩师傅受伤的手，我心疼地说："韩师傅，受苦了。"她说："没有什么，只要患者平安就好。"

这是一只训练有素的队伍，面对突发情况能够上得去，做得好，救得活，不愧为生命的"守护神"。

当我们给家属打电话，告知了今天发生的情况，家属非常感谢我们及时的抢救，也理解这一意外情况的发生。

老年人发生噎食是很常见的情况，应该引起家属和护理人员的注意，有的时候噎食是难以预防的。

今天虽然抢救成功了，但不能保证每一个噎食患者都能抢救成功。只要我们尽力了，就不会留有遗憾。

[安宁小贴士]

1. 过硬的急救技术换来了患者的生命。

2. 团队协作助力抢救成功。

纪光伟,2021 年 8 月 31 日

九旬老人突发腹痛，准确判断换来及时救治

昨天下午 3 点，我接到青杉园养老院刘淑芳老师的会诊电话：她们有一位 90 岁的男性患者，长期卧床，有语言表达障碍。3 天大便未解，使用开塞露两次也没有排出大便，但老人的饮食正常，也没有痛苦的表情。

昨天下午，刘老师发现老人的腹肌紧张，体温 37.8℃。作为有丰富经验的外科护士，她意识到很可能是外科急症，立即请我会诊。检查发现患者有明显的沟通障碍，腹部检查发现呈板状腹，全腹压痛，反跳痛明显，肠鸣音消失。肛诊发现直肠是空虚的，没有大便。

这让我想起了我读书的时候，老师讲腹膜炎的时候说的三句话："舌干如稻草，腹壁硬如板，腹腔静如坟。"很显然，这个患者是符合后面两条的，随着医疗技术的发展，"舌干如稻草"的情况，在我的执业生涯中几乎没有遇到过。

这个患者诊断腹膜炎是无疑的，但是什么原因引起的，由于老人的沟通障碍，而无法确认。我提出尽快给患者做彩超或腹部 CT，做 CT 是最快、最简单的诊断方法。

护士刘淑芳和谢艳一边和家属沟通，一边将患者送到了 CT 室，在家属没有赶到的情况下，及时启动了绿色

通道。

我也赶到了 CT 室，配合她们将老人搬到了检查设备上。CT 检查提示，胃扩张；胆囊明显增大，有多发性结石；升结肠明显扩张。考虑为急性腹膜炎，急性胆囊炎，及时将患者收住院，从会诊到住院，仅仅用了半小时的时间。

外科急诊行手术治疗，证实为急性坏疽性胆囊炎，胆囊多发性结石，让患者得到了及时治疗。

这是一次成功的抢救，从这个病例中，我们感到青杉园养老院的工作人员认真负责，及时发现了老人出现的问题，彰显了医养结合的优势。

医院医养结合的绿色通道，在患者家属没有到医院，没有缴费时，已经将患者安排住院了，为患者的救治赢得了宝贵的时间。

作为一位 90 岁的长期卧床老人，身体的反应逐渐降低，对于疼痛的表述和反应都是比较差的，养老院的护士和护理员能够发现患者的变化，及时联系专业医生进行诊断，充分体现了她们的专业性，应该为她们点赞。

我国已经进入老龄化社会，高龄老人逐渐增多，如何照顾好这类老人，确实是摆在我们面前的难题。如果这位老人在一家普通的养老机构，其后果可能是不堪设想的。

老年疾病的早期发现，早期诊断，早期治疗，必须要有专业的知识，专业的精神和专业的判断。因此，医养结合是我国养老行业发展的方向，应该大力提倡和推广。

［安宁小贴士］

1. 对有语言表达障碍老人的诊断是对医生水平的考验。

2. 及时应用影像技术，有助于做出正确的诊断。

纪光伟,2021年9月23日

为了满足家属的一个心愿

昨天下午，我和童护士长一起来到青山殡仪馆，对去世的张先生进行祭奠。

家住赤壁市的张先生因患晚期肺癌，经过5年的治疗后，仍然发生了全身转移。22天前，他的儿子在网上查到安宁疗护中心，在咨询的时候，我们沟通得很顺畅，家属知道父亲的病情，希望能够减轻痛苦，同时，他在新疆工作，其夫人在武汉，为了让父亲能够得到更好的照顾，就将父亲转到我中心进行治疗。

患者入住的时候，因为下颌骨的转移，已经形成了窦道，吃东西会引起剧烈的疼痛，在院外插胃管维持患者的生命。我尝试着给患者的窦道进行换药，但剧烈疼痛让患者无法忍受，按照患者和家属的意见，我们只能进行表面的敷料更换，而无法了解窦道内的情况。同时，给患者服用了镇痛药物，以缓解患者的症状。

护理员精心的护理，当患者希望从口腔进食的时候，护理员不厌其烦地慢慢喂饭，但发现进食的疼痛让患者无法进食的时候，又改用胃管注入食物。患者希望下床上厕所，但已经步态不稳了，每一次都是护理员搀扶着他上厕所，直到他最后无力下床了。最近几天，患者的情况逐渐变差，前天早上，患者说话已经不清楚了，我们及时联系了家属，但他的儿子已经回到了新疆的工作单位。上午 9 点多，患者的血氧饱和度开始下降，呼吸道出现了明显的喘鸣声，我意识到患者已经进入了临终期。这时，患者的儿子也开始买机票赶回武汉。患者的儿媳妇也从武昌赶来，希望我们能够维持到他儿子回到武汉。

下午 1 点，他的儿子在航班起飞前还在跟我打电话，探讨如何想办法能够维持到他回来。但是，尽管我们做出了努力，下午 1 点 30 分，患者还是去世了。

这时，他儿子在喀什的飞机刚刚起飞。当患者的儿媳妇来处理后事的时候，跟我提出了一个要求，能否将遗体放在病房里等他儿子来看父亲最后一眼。然而，他儿子的飞机晚上 9 点才能到武汉，赶到医院处理完后事，很可能已是第二天了。

面对家属的要求，我犯难了，按理说，患者去世了，应该尽快将遗体转移到殡仪馆。但面对家属的这一要求，在这个特定的情况下是合情的，我们应该满足家属的最后愿望，但会给我们的工作带来一定的影响。经过考虑后，我答应了家属的要求，安排将遗体放置在一个单间，考虑到天气炎热，将房间的空调打开。同时，我放弃了下班，一直在医院等候家属的到来。

8 点 55 分，飞机在武汉降落了。晚上 10 点多，患者的儿子赶到了病房，见了父亲最后一面，我跟他介绍了老人临终时的情况，基本上没有痛苦，喉部的喘鸣声很少，走得比较安详，家属对此表示感谢，并感慨地说，武汉市这样的机构应该更多一点。接着，我们一起协商处理了患者的后事，当遗体转移到殡仪馆的车上时，时间已经到了晚上11点半了。

为了满足家属的一个心愿，我们等候了近10小时，尽管对工作有一定的影响，也影响了我们下班，但能够满足家属最后的心愿，这是符合安宁疗护理念的。

我想，我们每一件小事，都应该要践行安宁疗护的理念。事不在小，只要我们将每一件事情，每一项服务都能做到极致，我们是会赢得市场、赢得家属肯定的。

[安宁小贴士]

1. 对生命末期的患者，不做彻底的换药，是可以减轻痛苦的。

2. 满足家属的合理要求，也是安宁疗护的工作。

纪光伟，2021年9月24日

一张温馨照片背后的故事

昨天下午，我在安宁疗护的家属群中，看到徐女士的家属发的一张照片和一段留言——又一次被安宁疗护给感动了，依依不舍，谢谢安宁给予的爱。

这张照片是家属探视离开后抓拍的，记录了我们的护理员和家属告别的场景。我认真看了一下，这张照片很温馨，展示了我们安宁疗护和家属之间融洽的关系，尤其是照片的主人公不是我们医务人员，而是两位护理员，这就更难能可贵了。

86岁的徐女士已经在我们这里入住3年了。她的亲家是我中心建立时入住的，几个月后去世了。

又过了一段时间，徐女士在家摔跤了，导致股骨颈骨折，某医院认为她不适合做手术，家属就将老人送到我中心，经过评估，我们认为老人还是有可能做手术的，这样对老人的生存质量可能会有一定的帮助，在我们的联系下，徐女士在我院骨科做了股骨头置换术，缩短了卧床的时间，提高了生命质量。

但随着老人的年事已高，情况逐渐变差，几次出现了生命危险，被我们成功地救治，家属的感激之情溢于言表。

昨天下午，徐女士的儿子、儿媳和女儿一起来探望老人，护士李静接待了他们，她跟家属介绍老人的情况：最近吃饭变差了，喂饭需要很长时间。家属知道情况的变化，对我们的工作表示感谢。由于病房还有治疗工作，最后由护理员褚小兰和曾翠华陪同着家属探视。

探视结束后，家属准备离开了，两位护理员与家属挥手告别。这一温馨的场景被徐奶奶的儿子抓拍到了，他感慨道：又一次被安宁疗护给感动了，依依不舍，谢谢安宁给予的爱。

其实，这是我们安宁人工作的常态，只是没有人记录罢了。服务患者，让家属满意和放心，一直是我们奋斗的目标。

或许我们做得不能尽如人意，但我们一直在努力改进。我们会在维护生命的尊严，提高生命质量的道路上一直走下去，让每一个生命都能得到安宁。

［安宁小贴士］

无数的感动来源于工作中，这是安宁疗护的常态。

纪光伟，2021 年 10 月 2 日

安宁疗护的理念这么好，为什么不多成立几个

昨天下午，某教学医院的护士张女士将她的母亲送到了我中心，安顿好老人，目睹了我中心的工作后，张女士感慨地说："安宁疗护的理念这么好，为什么不多开几家？"

"多开几家？"我苦笑着反问道。"因为不赚钱，谁愿意做亏本的买卖？"

"可是市场的需求很大啊。"

"你们医院为什么不做安宁疗护？你们医院的一张床每个月赚多少钱？您母亲一个月交多少钱？"

我连续地问了几个问题，张女士似乎明白了。

我告诉她，就是这样低成本的运营目前也非常艰难。我跟她讲述了国庆节这三天的事情。

10 月 1 日，一位仙桃的肺癌晚期患者家属预约第二天送到我们中心来，因为患者不愿意，最后没有来。

你们确定昨天下午来入住时，我又接到另外一个电话，也是迫切要求入住的癌症晚期患者。在我赶往医院的路上，接到了这个家属的电话，患者因为病情变化已经送到其他医院去了。

三天来，我们接待了三位咨询的家属，只有你们一个人

住了。这就足以说明安宁疗护的市场现状。这三位患者，尽管都是癌症晚期的患者，第一位可能还没有进入生命末期，患者自然是拒绝的。后两位患者，都是进入生命末期了。因此，患者和家属不到最后的时刻，是不会将患者送到安宁疗护病房来的，其原因一是安宁疗护没有进入医保；二是防疫原因，家属不能探视和陪伴；三是不接受死亡。这三大原因是制约安宁疗护发展的主要原因。

张女士的母亲患有严重的肺部疾病，今年6月又诊为癌症晚期，为了让母亲能够得到更好的照顾，她四处打听这样的机构，最后她的同事介绍了我们机构，她经过了认真调查，并打了几个电话咨询后，才决定把母亲送过来。

记得一个多月前，她来到我中心，当时我们正处在疫情防控的封闭期，一定给张女士留下了非常不好的印象，她可能再也不会到我们中心了。

没有想到，前天，她再次联系我了，再次提出想送母亲过来入住。我想，一定是病情发生了变化。

昨天我看到患者时，患者已经不能平卧，端坐呼吸，病情已经很严重了。而且全身多处皮肤出现了溃破，经验告诉我，这可能是生命末期患者的表现了。

当我结束工作，回到家中已经是晚上6点半了，这是我昨天第二次到医院。

据资料显示，武汉市每年的死亡人数达5万人左右，这里面有相当一部分是需要进入安宁疗护的。但我们作为武汉市的唯一一家安宁疗护中心，25张床却长期处在“吃不饱”的状态，这不得不说是一个奇怪的现象，也体现了安宁疗护运营的艰难。

不知道，我还能够坚持多久。我们希望这一现象应该引起有关部门的重视，加大对安宁疗护的扶植力度，让这一行业能够维持运转。否则，尊重生命，维护生命的尊严，就是一句空话。

[安宁小贴士]

1. 经济问题是制约安宁疗护开展的重要因素。

2. 需求和供给的矛盾，是安宁疗护发展的痛点。

纪光伟,2021 年 10 月 4 日

千里转运“植物人”

昨天晚上 19 点 30 分，一位佛山的“植物人”经过救护车的千里转运，终于安全抵达了安宁疗护中心。我专程从家中赶到医院，和护士长童玲及工作人员一起接待了患者。

这是一位八个月前因脑梗死和脑出血在当地行手术治疗的患者，尽管挽救了生命，但患者是植物状态。经过了这么长时间的照顾，子女对病情已经有了一定的了解。由于他们是武汉人，就萌发了想把母亲转回武汉的想法。

她女儿的同事介绍说我们中心不错，她们两位同学家中的老人就是在我们这里离世的。因此，一个月前，她的子女来到我中心咨询，在交谈中，我感到子女是可以接受安宁疗护理念的，但对于长途转运的风险表示担心。家属答应回当地评估一下风险。

国庆节前夕，家属再次给我打来电话，决定在国庆节期间将母亲转运回武汉，我们商定了具体的时间。同时，我们也在科内布置做好相关的准备工作。

今天早上 6 点，佛山的救护车准时发车，沿路上我们保持着联系，了解了救护车的进程，中午 11 点 28 分，到了株洲；下午 4 点 14 分，进入湖北了；5 点 15 分，到了崇阳；6 点 15 分，进入武汉市；7 点 30 分到达了我院。和预计的时间差不多。

我们所有值班的工作人员一起帮助救护人员将患者转移到我们的病床上，检查患者，办理相关的手续，完成了这次千里的转运工作。

今天一天的工作繁忙且紧张，但因为我们又为几位患者提供了安宁服务而感到愉悦。同意患者出院同样也是安宁服务，因为患者是明白的，她有权利选择自己适合的地方，如果强制性要求她住在这里，患者不安宁，家属不安心，这是与安宁疗护理念相违背的。

[安宁小贴士]

1. 落叶归根是中国的传统习俗。

2. 患者安宁，家属安心，是我们的追求。

纪光伟,2021 年 10 月 6 日

生命末期的患者为何总是反复地“折腾”

前天，一位晚期肺癌合并严重慢性阻塞性肺疾病患者出院了，这位患者从入院到出院仅仅只有两天时间。

应该说，这位患者的入住，患者和家属是有充分思想准备的。今年 6 月，患者诊断为晚期肺癌，治疗效果不好。8 月份，某教学医院的医生建议她到安宁疗护中心治疗。患者的家属来到我中心咨询。

随着时间的推移，患者的病情逐渐加重，已经不能平卧了，但她经常反复无常，几位家属轮流都无法照顾她。无奈之下，家属再次联系我，于 10 月 3 日入住我中心。

我见到患者的时候，她蜷曲坐在床上，呼吸急促，无法平卧，在床上的移动非常困难。胸部 CT 发现除肺癌外，肋骨和肩胛骨已经出现广泛性转移，我意识到这位患者已经属于生命末期了。

我们召开了家庭会议，与家属就患者的治疗和护理问题进行了讨论，达成了共识。考虑到患者是生命末期，我们承诺在不违反疫情防控的前提下，增加了家属探视。

但家属离开后，患者就不配合治疗了，不愿意上心电监护，自己拔出导尿管……为了减少对患者的“约束”，我们没有上心电监护，以增加患者的舒适感。

第二天，患者就闹着要回家，要见家属，我们安排家属来安抚，经过安抚，达成了协议。但家属一走，患者就又“闹”了起来，我们只能建议家属将患者接回去，但未果。

第三天，患者出现不吃东西，摔手机和收音机等异常情况，我们再次与家属沟通，家属仍然希望做工作，让患者住在安宁疗护。我们认为，患者的意识是清醒的，她有权利选择自己适合的地方，如果强制性要求她待在这里，患者不安宁，家属不安心，这是与安宁疗护理念相违背的。最后，家属只能将患者接回家，在我中心入住时间仅仅只有 50 小时。

当患者听说要回家的消息，不知道有多高兴，临走的时候，露出了灿烂的笑容，完全看不出是一个生命末期的患者。

生命末期的患者以这种方式离开安宁疗护中心，让我们感到很遗憾。从事安宁工作 4 年来，这是让我最沮丧的一位患者，其原因不是我们的工作没有做好，是患者不接受，不合作，我们的工作无法开展。

患者的家属告诉我们，患者像这样已经不知道折腾了多少次了，来回不停地辗转往返于家和医院之间，我们都没有办法，只能随她的意愿了，面对患者的这些表现，引发了我的思考。

生命末期的患者需要家人的陪伴：对生命进入倒计时的患者而言，家人的陪伴是非常重要的，一方面是患者的需要，有亲情的陪伴，可以给患者安慰，也是对生命尊严的体现；另一方面，对亲属来说，最后的陪伴是亲情的体现，也是在家人去世后，对亲属的一种疗愈。

患者的“折腾”或许就是身体不适的表现：在生命末期的患者，往往都会有许多身体不适，及时解决这些不适，是减少“折腾”的主要方法。如果不能缓解患者的这些症状，我们的任何努力可能都是徒劳的。

患者的“折腾”或许就是为了引起关注：生命是美好的，每个人都有生存的欲望和生存的权力，因此，一些重病的患者不断地“折腾”就是为了引起人们对他的关注，让他能够继续生存下去。如果我们能够及时地发现和处理，有助于减少患者的“折腾”。

患者的“无礼”可能就是为了不给亲人留“念想”：在笔者的观察中，许多生命末期患者的“折腾”，有时甚至是“无礼”了，搞得所有人都很心烦。其实，这些“无礼”的行为除了自私的成分外，还有一种情况，就是明知道自己的生命即将终结，为了减轻家人的痛苦，而做出一些不合常理，甚至让人讨厌的事情来，其目的是断了家人们的“念想”，希望家人用对故人的怨恨，来化解对他们的思念。这种做法虽然值得敬佩，但不值得提倡。对于患者而言可能更为痛苦，伤害或许更大，尽管他觉得这样做是对子女的爱。

在生命末期，学会和疾病和解，可以缓解痛苦，是一种善生；学会好好告别，在爱中告别，是一门学问。如果为了爱而和亲人反目，难以做到生死两相安。

我们相信，大多数生命末期的患者都会为家人着想，但也不排除只为自己着想的人。因此，我们在临床工作中，应该加强观察，认真了解患者平日的性格和做事风格，对患者反复无常的举动做出正确的判断，同时顺应和满足生命末期患者的需要。有句俗话说：孝顺，孝顺，是既要“孝”，又要“顺”。对大多数人而言，“孝”好做到，但“顺”并不容易。

面对这位患者的“折腾”，我们及时提醒家属接回患者，满足了患者的心愿，也是在践行安宁疗护的理念。

想到这里，我沮丧的心情豁然开朗了。

[安宁小贴士]

1. 生命末期的患者需要家人的陪伴。
2. “折腾”或许是身体不适的表现。
3. “折腾”或许是为了引起关注。
4. 患者的“无礼”可能是为了不给亲人留“念想”。

纪光伟,2021 年 10 月 7 日

我们家还有两位 90 岁的老人，我们愿意来做志愿者

昨天下午，一位 90 岁的老人张先生突发心搏骤停去世了，我立即赶到医院去协助家属处理老人的后事。面对亲人无痛苦地离世，家属十分欣慰，对我们的工作表示感谢。

昨天下午 2 点 29 分，值班护士给我发来微信，告知该老人血糖和体温的异常情况。2 点 33 分，我与家属进行了沟通，告知了病情，同时进行了医疗处置。

2 点 50 分，患者突然发生心搏骤停。对于这一突发的情况，让我十分紧张，家属能否理解？

我再次拨通了家属的电话，没有想到，家属十分平静地接受了死亡，看来家属已经早有思想准备了。

10 月 9 日晚上 8 点 52 分，张先生的女儿给我打电话，想把父亲送到我中心来，我向家属告知，我们已经暂停收患者了，但家属仍要求入住。我了解了病情，估计患者的生存期不会太长，就同意收入了。第二天，家属就来到病房了解情况，第三天就将老人送了过来。

患者有严重的脑梗死，还有高血压、糖尿病和胃癌，并有躁动等精神症状，饮水有呛咳。我评估了患者后，与家属谈话，介绍了病情，并告知有可能需要插胃管。家属说，她

们是慕名来到这里的，接受安宁疗护的理念，但她们认为患者能够吃饭，不想插胃管，只希望能够减少父亲的痛苦。我们告知，不插胃管是符合安宁疗护理念的，会有窒息和肺部感染的风险，家属表示理解和接受。

尽管与家属的沟通很顺畅，但我隐约感到家属的要求还是比较高的，希望出现奇迹，这可能是亲情的关系吧，我觉得这样的沟通还要继续。

11 日晚上，患者出现了明显的躁动不安，我们使用药物控制效果并不好。及时与家属沟通，家属说，是不是他想坐起来。在家属的提示下，我请工作人员将患者扶坐在轮椅上，患者立刻就安静了下来。由于老人刚来，也没有多少衣服，为了防止患者出现受凉，细心地工作人员用被子将患者包裹起来。晚上 9 点多，当我把这张照片发给家属后，家属连声致谢。

12 日，护理员反映患者喝水呛咳，食物在口中不会吞咽，同时，查房发现患者出现了发热，查血常规发现白细胞增高，考虑为肺部感染。我们再次联系了家属，家属仍不同意插胃管。给患者行抗生素治疗，经过治疗，患者的体温正常了，但意识情况越来越差了，最后出现了鼾声呼吸，家属已经买好了寿衣，开始通知外地的家属来武汉。

家属表示，他们对父亲这样没有痛苦地离开感到欣慰，他们家还有两位 90 岁的老人，都面临着这个问题，希望武汉市能够有更多这样的机构。

患者的两位女儿表示，她们愿意到我中心做志愿者。我了解到，这两位家属一位是退休的医生，一位是退休的护士。我高兴地说："我们会有合作的，目前没有医生愿意做这个事情，你们可以来做医生和护士。”两位家属说：“我知道你们目前很困难，我们不要钱，就做志愿者。”家属的一番话，真的让我感动。

处理完患者的事情后，我回到家中，已经是晚上9点多了，这是一个成功的整合安宁疗护病例，它的成功之处在于以下几方面。

成功的沟通：与这位患者家属的沟通是很彻底的，每当病情变化，我们都及时沟通，取得了家属的理解。成功的沟通让我们达成了一致，使工作能够顺利地开展。

细致的工作：工作人员做好了每一个细节，尤其是最后不到半小时对病情的观察，展示了安宁疗护工作人员的工作状态。

高素质的家属：家属对我们的工作非常理解，甚至推算出我们的业务收入，认为我们的收费太低了，这在家属中是少见的。同时，她们对生命的理解是我们合作的前提。

因此，安宁疗护的开展，必须要提高全民族对生命的理解，减少和消除对死亡的恐惧，这就是在社会上普及安宁疗护理念的意义所在。

［安宁小贴士］

1. 成功的沟通，是安宁疗护的重要一环。
2. 细致的工作，是安宁疗护的精髓。
3. 高素质的家属，是开展安宁疗护的动力。

纪光伟，2021年10月17日

这 6 年我们都是赚的

今天上午，李老师的家属给我们送来了锦旗：大爱无疆，善德永存。感谢我们 6 年来对他母亲的照顾。又是一位去世老人的家属给我们送锦旗。

李老师是 2015 年入住康美社区养老院，后来转入安宁疗护中心。由于她是武汉市某医院的医务人员，我们都习惯地称呼她为老师。

李老师为人谦和，和我们的关系相处得很好。由于疾病的原因，老人有时也使性子，我们也都笑着化解了。老人从入住的时候可以独立行走，到需要搀扶着行走，最后发生摔跤，导致股骨颈骨折，经过手术治愈。老人从此只能卧床，经过我们两年多的精心护理，患者没有出现压疮和肺部感染。

但进入 10 月份以来，患者出现了不愿吃饭，精神差和低热等一系列表现，到 12 日，86 岁的李老师安然离世。

对于老人的离世，家属是有准备的。家属感激地说：“母亲患有阿尔茨海默病和严重的肾脏疾病，入住的时候，我们的期望值只有几个月时间，但没有想到却活了 6 年，这 6 年都是赚的。”

其实，李老师的家人是非常通情达理的，在疫情期间，严格执行疫情的防控规定，对我们的工作给予了很大的支持。尤其是李老师摔跤后，家属并没有扯皮，而是给予理解，积极配合我们治疗，也让老人在短时间内解除了痛苦。

实际上，李老师的最后6年，与其说是我们照顾得好，倒不如说是家属的理解和配合让工作顺利进行。正是因为有家属的信任，才让我们能够更好地为老人服务。能够让老人安详地离开，是我们共同的目标。

[安宁小贴士]

1. 对阿尔茨海默病患者的6年照护，需要专业的支撑。

2. 与其说是我们照顾得好，倒不如说是家属的理解和配合让工作顺利进行。

纪光伟,2021年10月19日

虽然安宁对我而言不再“刚需”，但我们需要一块真正的“净土”

昨天上午，家住光谷的刘女士给我发来微信：“虽然对于安宁，我的需要不再是‘刚需’，但一直关注您及您的安宁疗护。最近群内讨论（安宁）去留热烈（的问题），众人所需的不过是一方真正的‘净土’。”

这是一位与我交往了一年多的家属，因为安宁疗护让我们成为朋友。2019 年底，她的一位亲人去世了，当时她还不知道安宁疗护这个名词。

在疫情前，她的另外一位亲人确诊结肠癌，患者的同学介绍给了我，看了他的资料，我认为已经是晚期了。后来，我一直帮助他制订治疗方案，同时开始进行安宁疗护理念的宣传，患者也明确表示，接受安宁疗护的理念，不会生命不息，治疗不止。然而，在后面的治疗中，他依然做了 30 几个周期的化疗。

2021 年 4 月，和他的第四次见面，我就认为已经进入了生命末期，我邀请他参观安宁疗护病房，被他谢绝了。在后面的微信交流中，看得出他对于生命依旧渴望。

今年 6 月 1 日，我到他家中的时候，已经是生命的终点了。我遗憾地跟刘女士说：他最终没有选择安宁疗护。

2021年7月18日，刘女士的父亲发病，无法照顾，她首先想到了我，经过电话沟通后，她将80多岁的老父亲送到了安宁病房，这是她的家族中第一位入住安宁疗护的患者，患阿尔茨海默病、肺部铜绿假单胞菌感染和高血钾等多种疾病，经过我们的治疗，病情虽有所缓解，但总体的情况并不好，于8月3日在我中心安详离世。家属对于父亲在安宁接受的服务非常满意。

对于刘女士的留言，我不知道应该如何回复，经过思考，今天早上我回复她："一年之内，您的三位亲人离去，您是有切肤之痛的。其实，您的三位亲人，从第一位不知道安宁疗护，到第二位不完全接受安宁疗护，到最后一位在安宁疗护病房安然离世，就是一个典型的例子，也是我们需要普及安宁疗护理念的目的。"

我查阅我们之间的聊天记录，看到医师节和中秋节，她都给我发来了问候，足以证实，她一直是心系和关注安宁疗护的，毕竟父亲在安宁疗护去世，在悲痛之后，我们的工作给了她以安慰。

虽然安宁对我而言不再"刚需"，但我们需要一块真正的"净土"，这或许是她经历了亲人的生死离别之后，发出的肺腑之言。尽管世上已无"净土"，但我们应该共同打造一块相对的"净土"，来净化我们的心灵，维护生命的尊严。

希望我们每个人都能做"净土"的创造者和维护者。如果口渴了再喝水，肚子饿了再吃饭，会不会晚了一点？！

[安宁小贴士]

1. 经历了“刚需”的安宁，才需要“净土”的彩虹。

2. 维护生命的尊严，我们永远在路上。

纪光伟,2021 年 10 月 30 日

早上查房，我闻到了病房里的臭味

昨天早上交班后，当我走进第六病室时，工作人员正在对高先生的身体进行检查，就闻到了大便的恶臭味道，怎么回事？这是病房里少有的事情。

我迅速走到了患者的床前，看到患者的身上、床单和被子上到处都是大便，散发着恶臭味，4位护理员正在紧张地清理着。护理员告诉我，交班前高先生才解了一次大便，我们将患者身上的大便清理干净才去交班，不到半小时，患者就又弄成了这样。

这是一位患有阿尔茨海默病和糖尿病的高龄患者，经常在病房里喊叫，多次因自行下床而摔跤，同时伴有进食时呛咳，空腹血糖在15mmol/L左右。在经过家属同意后，我们使用药物控制患者的躁动症状，得到了一定的缓解，但随之而来的是患者精神比较差，这样我们又减小了药物剂量，希望用最小的药物，将症状控制好。经过半个多月的调整，将血糖调到合适的范围。

每天早上交班前，患者的护理工作必须完成，否则无法交班。每天交班我们都要对患者的皮肤和床单进行检查和交接，以保证工作质量。但昨天早上交班后，高先生就弄成这样，除了与他临时排便有关外，还与他平日喜欢乱动，乱抓有关。

我看到4位护理员忍着恶臭，迅速将高先生的身体和床单清洗干净，并给他换上了干净衣服。当我查完房的时候，高先生已经坐在轮椅上看电视了。

面对这位难照护的老人，我们的护理员没有任何不耐烦，认真细心地照护着他，这样的场面在病房是经常可见的。每当我们看到患者躁动不安的时候，牵动着我们每个工作人员的心，生怕患者会出现意外；当我们看到老人能安静地看电视的时候，一切疲劳都消失了。

照护这些失能失智的老人，需要爱心和耐心，更需要方法。近4年来，我们的工作人员服务了一百多名失能失智的患者，几十位老人安详离世，我们用爱心和服务维护了生命的尊严，赢得了家属的好评。

［安宁小贴士］

1. 用最小剂量的药物控制症状，让患者最大获益。

2. 即将“歇业”的安宁病房，服务质量没有下降。

纪光伟，2021年11月9日

家属为什么来看望我

今天上午 9 点多，张女士夫妻两人来到安宁疗护中心看望我，让我十分感动。10 月 11 日，张女士将 85 岁的父亲送入安宁疗护中心，父亲患有严重的脑梗死，还有高血压、糖尿病和胃癌，并有躁动等精神症状，饮水有呛咳，已经是生命末期了，6 天后在这里去世了。

昨天晚上 10 点，张女士发微信给我，问我第二天是否在医院，她想到医院给家人开药，顺便过来看看。我不知道家属有什么事情，但隐约感到是有事情的，就告知我们已经不收患者了。

今天上午，由于医院安排的查房考核时间临时改变了，我在查房考核中接到了家属的电话。我请她稍等。

查完房，我见到了张女士夫妇，他们告诉了我来意：一是父亲去世后，他们来结账的时候，我不在病房，今天离开看望一下；二是她有个朋友的父亲，因阿尔茨海默病在家中几乎无法照顾，想送过来，他们已经告知安宁疗护不收患者了，家属想知道哪里有类似的机构；三是她们想知道我的去向，要保持联系，家里还有两位高龄老人，随时都可能有这种需求。

她们告诉我，随着老龄化进程的加速，对这种机构的需求越来越大。生命末期的老人能够在这样的机构中安然离世，对家属是莫大的安慰。

我对两位家属对我们工作的肯定表示了谢意，同时告诉她们，尽管安宁疗护之路崎岖，但我一定会在这条道路上砥砺前行。

和她们的交谈，让我深深感到了她们经历了家人的生死离别之后，已经有了切肤之痛，正是这种痛苦的经历，让她们深深感到了生命的宝贵，感到了老人的安然离世的重要性，这对于家属是无限的安慰。

是啊，现在优生的理念已经深入人心了，但优逝的理念还需要进一步普及，推广安宁疗护理念，我们任重而道远。

［安宁小贴士］

1. 生命末期的老人能够在这样的机构中安然离世，对家属是莫大的安慰。

2. 有了切肤之痛，才能感受到生命的珍贵，才能体会到生命末期患者安然离世的重要性。

纪光伟，2021 年 11 月 16 日

不舍的眼泪

今天中午，工作人员给我讲述了一件事：周六（13 日）上午，安宁疗护中心的第一位分流的患者离开病区，告别的场面让人动容。

最近一段时间，因为我们将“歇业”的消息牵动着患者和家属的心，大家都依依不舍，不愿离去。李先生因为强直性脊柱炎和象皮腿，行动不便，双下肢经常溃烂流水，在我们的精心护理下，双下肢的“老烂腿”得到了基本的控制。

在我中心入住了三年多，他为人谦和、彬彬有礼，每当我们的工作人员给他做完护理后，老人总是连声谢谢。尽管老人对生活上有一些不满意，但几年的相处，还是建立了深厚的感情。

这次“歇业”，也让他产生了情绪的波动，经过我们多方面做工作，努力安抚老人，并积极为他们寻找出路，才让李先生情绪有所好转，但他跟我提出了一个要求，要我的电话号码，今后有事可以找我。我答应了他的要求。

家属相约周六来接老人去另外一家养老院。本来我准备来送一下的，但由于有事未能前来。

13 日上午 10 点多，李先生的儿子来接他出院，两名护理员提前将老人的东西整理好了，当护理员将李先生推出来的时候，他一只手分别握着两位护理员的手，另一只手在不停地抹眼泪，两位护理员也流下了眼泪。

这种依依不舍的离别场面也感动了李先生的儿子，此情此景，也让这位“90后”的小伙子热泪盈眶。

离别总是伤感的，我们衷心祝福李先生在新的养老院能够健康和快乐。

[安宁小贴士]

离别的伤感触动了许多人。

纪光伟,2021年11月17日

最后的“全家福”

昨天中午，我们照了一张最后的“全家福”，选景特意选择在病区的门口，这里我们还从来没有照过合影。“全家福”坐在“C 位”的还是我们的护理员。

昨天的“全家福”还得感谢刘女士夫妇，不久前，她们的两位亲人在我中心去世，亲人的离世，让她们万分痛苦。他们通过亲人在安宁疗护中心的照顾，让她们感受到了安宁疗护的真谛，对我中心的工作总结出了“爱心、安心、省心、用心、放心”的“五心”品质，并希望我们打造安宁疗护的“五星”品牌。

她们在处理完亲人的后事后，跟我提出了一个要求，要请我们全体工作人员吃饭，这就让我犯难了，答应吧，违反了纪律；不答应吧，辜负了家属的一片心意。我只能口头答应，慢慢拖延时间。

几天前，护士长童玲跟我说，刘女士又在问，什么时候安排？再不安排就没有机会了。没有办法，我们就勉强同意了，同时趁人齐，我们一起照一个最后的“全家福”，但是，昨天的“全家福”照得并不顺利，说好了 11 点照相，但到了 11 点，病房还在忙，有患者发热，需要送血、打针和用退热栓；正在喂饭；还有的职工，正在照顾亲人做检查……大家一直忙到 11 点半才勉强照了一个合影。

在聚餐前，护士长童玲发表了热情洋溢的讲话。我简单总结了和大家的相处的感受，感谢大家的付出，并唱了一段《无言的结局》作为总结。

进餐过程，轻松、快乐，充分展示了安宁人强大的内心世界。最后，刘女士夫妇给我们每人赠送了纪念品。

患者去世，家属感谢，这是在医院少见的现象，说明了我们的工作解决了家属的问题，得到了家属的认可，这是她们的亲身经历，有感而发的言论。但对于没有这样经历的人来说，可能就没有这样的体验了。

中国人忌讳谈论死亡，导致了许多人对死亡没有准备，当死亡即将降临的时候，往往更加恐惧。因此，我们每个人都应该提前做好死亡的准备，这样当死亡来临的时候，我们将不再恐惧，从而达到优逝的目的。

［安宁小贴士］

1. 最后的“全家福”能够体现我们的安宁文化。

2. 患者去世，家属感谢，这是在医院少见的现象。

纪光伟，2021 年 11 月 18 日

履行承诺，
我们第一次看望出院的患者

今天，我和护士长童玲、护理员王玉娥一起来到武东，探望一周前出院的李先生。

一周前，李先生被家属接到其他养老机构入住。他因为强直性脊柱炎，行动不便，上下床十分困难，痛苦不堪，在我中心得到了护理员的精心照顾，减轻了患者的痛苦。同时，由于他患有象皮腿，原因不明，经常出现溃破，在我们护士的精心换药下得到了愈合，但由于他上下床总要刮到小腿，经常会出现反复，总是我们的护士不厌其烦地为他换药，并想方设法为他调整病床的高度，以减少对小腿的损伤。几年来，我们结下了深厚的友谊。

但李先生到了新的养老机构后，不能适应环境，出现了情绪波动，而不得不接回家。昨天，他的儿子要我的电话，说他父亲很想念我，想跟我打电话。其实，出院前，我告知了电话，可能是老人遗失了。我再次告知了我的电话，并准备第二天去看望一下他，以履行我的诺言。

李先生出院前跟我说，今后有事情还是想找我，我答应了，回到家里，我一直在想，这 14 位老人出院后有医疗需求怎么办？一般的养老机构是没有这样的医疗条件的，我能

不能提供一些医疗咨询，但这样的压力和责任是巨大的，我能不能、有没有精力接受这个事情？经过一夜的考虑，13日早上，我在家属群里发了一条消息：“昨天有老人跟我说，他们离开安宁疗护以后，希望有医疗上的问题还是可以继续找我，那么，我给这些老人一个承诺，今天我在这里同时给我们 14 位老人的家属也做一个承诺：

“这 14 位老人到了其他机构以后，有任何的医疗问题都可以找我，我会尽力协助解决，但是由于不在一家机构，可能不会太及时，但我会尽快免费去探望，我的这个承诺没有时间限制，一年、两年、三年都可以。大家可以截屏保留。”

没有想到，昨天“歇业”后就接到了这样的需求，今天一早，我和童护士长商量，看能不能抽人和我一起去探望一下，听说要去探望李先生，两位护理员都想去探望，最后商定由王师傅代表。

我们一行三人开车来到武东李先生的家，我送上了我签名的科普书。看到我们的到来，李先生和家人非常高兴，和我们热烈地交谈了起来，他讲述了他的困难，我们也安慰了李先生。最后李先生说：“你们如果在什么地方开设机构，一定要告诉我，我还是愿意和你们在一起。”

离开了李先生的家，我的心情久久不能平静，一位老人希望得到更好的照顾，希望找到一家满意的机构，这样的要求不过分，但实际上很难满足，这就需要我们不断地改进工作，提升服务质量。

我做出这个承诺是经过认真思考的，一旦承诺就应该履行，今天我们第一次履行自己的承诺，今后也会继续履行，这是一种责任。

目前，我国已经进入老龄化社会，全国的老年人有 2.64 亿人，65 岁以上的老人有 1.9 亿人，这些人的晚年生活是需要关注的。同时，全国有 4400 万失能失智的人群，他们更需要得到照护。

老年问题应该得到全社会的关注，应该积极解决。因为老人的今天，就是我们的明天。

[安宁小贴士]

1. 履行承诺是做人的基本原则。

2. 老人的今天，就是我们的明天。

纪光伟,2021 年 12 月 1 日

最后的护理

昨天中午，病房里还有三位患者，我在巡视病房的时候，看到童护士长正在给刘女士做护理，刘女士说："我的耳朵痒"，护士长一边用棉签给老人做护理，一边自言自语地说："过去了，就没有人给你止痒了……"这一场景让人动容，我赶紧拿出手机记录了这一时刻。

刘女士已经是生命末期的患者了，昨天上午出现了病情变化，我们通知了家属，家属准备转到其他养老机构去。我们预计老人的生命可能有限，我们可能很难再见到她了，或许这是我们为她做的最后一次护理吧。

护士长为老人掏耳朵止痒后，又用棉签蘸盐水将老人的口周和牙齿清洗干净，做得是那么认真，那么仔细。

她可能是知道要去其他机构了，今天上午说话特别清楚。老人即将离开安宁疗护中心，我们的心情都很复杂，看到护士长在细心地护理着老人，和老人交流，我想这是一项工作，也是一种心情的释放。职责和不舍，这种情感是交织的。

［安宁小贴士］

职责和不舍，这种情感是交织的。

纪光伟，2021 年 12 月 2 日

让我们再上一天班，哪怕是聊天也可以

今天早上 7 点 20 分，我来到了病区，看到里面的灯都是亮的，昨天我们走的时候，电源全部关闭了。这是怎么回事？是谁进来了？

进入病区后，我就喊道：谁在里面？护理员和卫生员从里面走了出来："我们正在清东西"。我的内心一阵感动，多好的同志啊。

按照安排，今天病区是安排护士值班，清理物品准备做好交接准备，其他人员则将以前的"待休"消化掉。

昨天中午 11 点 03 分，安宁疗护的最后一位患者出院，标志着湖北省第一家安宁疗护中心正式"歇业"，我们的职工也可以第一次没有后顾之忧地聚餐了。

前天，钢洲门诊的黄主任听说安宁疗护"歇业"的消息后，打电话给我，准备请我们全体职工吃饭。她曾任白玉山街社区卫生服务中心主任，安宁疗护中心是在她的支持下建立的，也目睹了安宁疗护的建设和成长。

昨天中午 12 点 20 分，我和童护士长处理完最后一笔业务后，赶到了广源餐厅，黄主任和全体职工已经在等候我们了。

黄主任发表了热情洋溢的讲话，她充分肯定安宁疗护 4

年来取得的成绩，尤其是大家把安宁疗护当作自己的家，这种像家一样的感觉是很难得的。

席间，大家畅谈工作中的友谊，依依不舍的情感溢于言表，大家相约每年五月前后聚会一次。

聚餐后，我和童玲护士长将两位护理员送到了新的岗位，与新单位的院长进行了交接，对我们的护理员进行了介绍。

童玲护士长对后面的工作进行了安排。卫生员黄菊华提出，明天能不能再让我们上一天班，哪怕是聊天也可以。

我以为黄师傅只是说说而已，没有想到今天一早，她们三位还是按照原来上班的时间“按时上班了”。看着两位护理员在清理物品，黄师傅仍然在拖地，我十分感动：“黄师傅，不用拖地了，等下搬东西，又弄脏了。”黄师傅说：“拖干净，给人一个好的印象。”

我没有继续阻止她了，黄师傅的语言很朴实，看得出，她们的不舍，她们的留恋。我想，她们倒不完全是为失去了工作而惋惜，而是不愿意离开这个团队，她们在自发的工作中来抒发自己的情感，那就让她在自己的工作中平和自己的情绪吧。

时间是最好的疗愈，希望她们都能慢慢地走出来，到了明年五月，我希望听到：我们比以前更好！

［安宁小贴士］

依依不舍离别情，是团队建设成功的表现。

纪光伟，2021 年 12 月 3 日

我在新疆做安宁疗护

12月中旬，我应邀到新疆和田考察当地的人口结构和对安宁疗护的需求，原计划下一步考察500公里外的喀什市。

在考察时，一位邀请人的90岁父亲在喀什病情加重，出现了呼吸困难。我们不得不改变计划，提前探望。

据说90岁的老先生智商高达300多，尽管我对这个数字持有怀疑态度，但至少说明了他聪明过人。老人年轻时经常从事发明创造，在20世纪80年代初很多人都没见过冰箱时，他就自己制造出了一台冰箱，而且这台冰箱直到现在还可以制冷。这样的故事还有很多。同时，老先生也非常固执，任何事情都必须按照他的意思来办，接受任何一项治疗前都必须了解清楚。

邀请人和6个兄弟姐妹都尽心尽力地照顾老先生，父亲要什么，她们就买什么，各种仪器和设备堆满了好几个房间，甚至家中还有一个高压氧舱。从2019年9月到2020年5月，邀请人放下了所有的工作，专职照顾父亲。为了迎合父亲的口味，她每天都做七八种早餐，让父亲的衣食住行条件都是最好的，她们的孝心和耐心感动了我。

见到老先生后，我先询问了病情，查阅了既往病史，做了体格检查。在不给氧的情况下，他只能维持70%的血氧饱和度，低流量给氧后可以维持在90%以上。考虑他因肺部感染或胸腔积液引起的呼吸困难，病情较重，我建议邀请人立即送父亲去医院做进一步检查。

邀请人预约了第 2 天的核酸检查，在第 3 天将父亲送到了医院。经过 CT 和化验检查发现老人的胸腔有少量积液，有严重的肺部感染和肺结核，双肺已经纤维化，这些可能是老人呼吸困难的主要原因，但白细胞数量是正常的。

我将老先生的资料发给武汉的几位专家，他们认为双肺纤维化限制了老先生的呼吸，可以按照肺气肿来进行治疗，同时治疗肺结核。但是老先生的身体已经不能承受抗结核治疗了，只能采取抗炎和扩张支气管等治疗，同时加强营养。

几天后，老先生的病情并没有好转，在高浓度给氧的状态下，血氧饱和度才能维持在 90% 以上。我意识到他的病情危重，甚至会有生命危险。

我与邀请人家人进行了第一次沟通，告知了老先生目前的病情和随时会发生的变化，因目前的治疗没有取得很好的效果，将来老人的血氧饱和度可能会持续下降，甚至出现生命危险，请家属做好思想准备。但邀请人的家人并不认可我的观点，他们不认为父亲会有生命危险，“去年那么危险都挺过来了”。后来患者家人告诉我，他们曾找“高人”算过，父亲在 2022 年 5 月可能会有劫难，他们对此深信不疑。

第 2 天上午，在氧流量在 6 升 / 分的情况下，老先生的血氧饱和度只有 80%，出现了明显的呼吸困难，并伴有喘鸣声，我知道这意味着什么。我再次召集了他们家人开家庭会议，告知了老先生的病情变化。昨天的预测成为现实，老先生的血氧饱和度已经下降到 80%，我建议请医生进行症状控制，使用缓和性镇静治疗，并告诉家属镇静治疗可能出现无效、呼吸抑制和对呼吸没有影响3种结果。

如果出现呼吸抑制，就可能会加速患者的死亡，这一点必须和家属说清楚。多数研究证实缓和性镇静治疗不会缩短患者的生命，甚至可能延长患者的生命，但是少数研究认为缓和性镇静治疗会缩短患者的生命。

跟家属充分沟通后，他们同意给患者做镇静治疗，但不是马上就做。我知道，他们还在观望，希望出现奇迹，我能做的就是满足家属的愿望。他们家4个子女轮流守候在父亲身边，不停地给父亲按摩身体，希望能够缓解他的不适。

我知道，老先生离生命的终点不远了，但是没法预测准确的时间。为了便于及时应对突发的病情变化，我提议住到医院附近的宾馆。

当天16点多，老人的症状没有任何改善。因不忍继续看老人遭受痛苦，家属提出使用镇静剂的要求。我和家属一起找到医生，提出了我们的想法，但是被医生一口回绝了："你不知道镇静剂会抑制呼吸吗？这个患者本来就呼吸困难，使用镇静剂后呼吸会更困难。"我跟医生讲述了安宁疗护理念，也告知了镇静治疗产生呼吸抑制的发生率很低，即使出现问题家属也不会扯皮的，家属愿意签字。但无论怎么说，医生就是不同意用，指出会遭受医保拒付和行政处罚，我们提出自费，或者门诊开药，都遭到了否决。

在我们的百般"纠缠"下，医生给上级打电话请示后同意使用半量的镇静剂。但是这个剂量无法缓解患者的症状。我再次与医生交流，医生最终同意使用全量镇静剂，前提是患方申明主动要求使用镇静剂，所有家属在文件上签字、按手印。

18点32分，老人接受肌内注射镇静剂。

18点40分，老人仍然痛苦不堪。家属着急了：“为什么他还没有睡着？”我安抚他们，“药物起作用是需要时间的。”

18点50分，老人睡着了，痛苦的呻吟声和“死亡喘鸣”都停止了。3位给父亲按摩身体的子女也停下了，他们希望父亲能够好好睡一觉，他们也放松了许多。患者的血氧饱和度一度升到了90%，看来镇静剂没有产生呼吸抑制。

半小时后，老人被外界的声音惊醒了，尽管再次出现了呻吟声，但是音量小了许多。大家已经一整天没有吃饭了，于是留下一人值班，其他人一起去吃饭。饭后，我在医院附近的宾馆订了一间房，将行李搬了过来。

我回到医院时已是23点多，家属告诉我老人喝了一点牛奶。尽管氧流量达到了最大，但老人的呼吸困难一直没有改善。医生提出可以插管使用呼吸机，家属不同意；医生提出可以使用无创呼吸机，家属同意了，但是患者无法耐受，只能放弃了。

此时，老人出现了烦躁不安、要求回家和抗拒的行为。我和家属再次要求医生使用镇静剂，医生坚决地拒绝了：“上次使用镇静剂就是违规的，现在间隔不到6小时再次使用更是违规。”交涉后，医生再次请示主任，得到同意，同样要求所有家属签字、按手印，明确患方要求使用镇静剂。

0点，又一支镇静剂被注入老人体内，他逐渐安静了。血氧饱和度几次下降到40%左右，尽管恢复到70%左右，但很快又下降了。

0点41分，我告诉家属，老人的生命可能只剩10分钟了。

0 点 51 分，老人平静地离世了，与我的预测完全吻合。这个巧合成就了我这辈子最准确的一次预测死亡。

我协助家属一起为老人沐浴、穿衣，然后到殡仪馆为老人守灵。按照当地的风俗是要送花圈、设灵堂的，但家属没有这样做，而是买了大量五颜六色的鲜花放置在灵柩周围，气氛也十分轻松。家属说："我们没有悲伤和痛苦，只有对父亲的不舍。"老人出殡那天，棺葬现场的人们一直唱着歌将老人护送到墓地。

这段经历让我难忘，我原本是去考察安宁疗护的，但是一不小心完成了一个安宁疗护案例。尽管不完美，但从老人去世后家属的反应看，他们是非常满意的。家属逢人就说："父亲走得很安详，幸亏有武汉的安宁疗护专家纪主任的帮助……"我离开时，她们全家十几人一起送我的场面，至今仍时常浮现在我眼前。

这个案例给了我如下体会。

安宁疗护理念的普及任重而道远：这个案例中，当地的医生是家属的朋友，也是非常优秀的医生，但由于缺乏安宁疗护的相关知识，他们不敢用药，同时一些制度也束缚了医生的手脚。不仅这座城市、这家医院出现这个问题，其实全国多数医院都存在这个问题。因此，更有必要普及安宁疗护理念的力度，如将其列为高等医学院校的必修课程，同时列入医务人员的继续教育项目中，争取让每位医务人员都熟知安宁疗护理念。不是要每个医生都做安宁疗护，而是要每个医生都要具备一定的安宁疗护知识。我大胆地预测，若干年后安宁疗护一定会成为医务人员的必修课。

死亡教育势在必行：从这个案例看，家属是不愿意接受死亡的。当死亡来临时，他们很痛苦。如果提前做好充分的思想准备，家属的丧亲痛苦是可以适当缓解的。

践行安宁疗护理念从一点一滴做起：尽管受当地医疗条件和理念的限制，并没有全程做到症状控制，但还是努力通过有限的药物使用缓解了患者在生命末期的痛苦。2 支镇静药物就让患者的症状得到了有效控制，也让家属得到了极大的安慰，通过患者有尊严地离世，做到了生死两相安。因此，这次探索是有意义的。

家属对死亡的态度值得我们学习：他们认为父亲的死亡不是一件痛苦的事情，而是一件令人高兴的事情，因为老人上天堂了。同时她们也有不舍，这样的情感也表现得淋漓尽致。笑对死亡，将死亡视为一个自然过程，这样的死亡观是值得赞赏的，有利于家属尽快走出丧亲的阴霾，开始新生活。

［安宁小贴士］

1. 安宁疗护理念的普及任重而道远。
2. 积极普及死亡教育势在必行。
3. 践行安宁疗护理念要从一点一滴做起。
4. 家属对死亡的态度是值得我们学习的。

纪光伟，2021 年 12 月 30 日

一位已故患者的家属说：“在这里真的很放心”

今天下午，一位已故患者的家属张女士给我打电话，约我和她的朋友见面。我们约定晚上下班后见面。

这是一位准备做医养的投资者，在武汉市某区有现成的医院，需要确定发展的方向，经过市场调研后，决定做医养结合的养老机构。为此，找到了张女士希望得到帮助。

在与邹先生的交谈中，我得知他有自己的实体，是一个很有社会责任感的中年人，从小受到了很好的教育。父亲一直希望他们子女中有人能够学医，但没有实现，因此，他办医院就是为了满足父亲的心愿，可见他是一个有孝心的人。

我了解了他的情况后，谈了我的看法，他的旁边就是一个大型的医院，如果走综合医院的道路是没有竞争力的，因此，必须走差异化的道路。结合我们的国情和政策导向，建立真正的医养结合和开展安宁疗护是可行的，但这样的成本会增加很多，收益并不能成比例地增加。邹先生表示，这正是他想做的事情。

张女士讲述了她父亲曾在湖北省第一家安宁疗护中心入住时的感受，她认为，收费 5000 多元真的很便宜，而且服务得很好，他父亲入住的时候，身上带有压疮，经过治疗获得了愈合，在这里让她感到很放心。这次朋友找到她，她首先就想到了我。

时间过了快 2 年了，第一次听到这位家属这样评价我们，让我感到很欣慰。人们说，时间会抹去一切。2 年时间了，她仍然记忆犹新，说明我们的工作给她留下了深刻的印象。现在看来，我们的付出是值得的。

她的朋友很期待和我的合作，我告诉他，目前事情很多，几乎每天都在商谈和讨论中，只要他愿意做医养和安宁疗护，我会尽力支持。

邹先生邀请我有空去他的机构看看，帮助出谋划策，我愉快地接受了邀请。

看来，几天前，我和朋友在讨论中认为，中国的安宁疗护会由民营资本推动，这是有道理的，而且外资进入安宁疗护也是很有可能的。到那时，安宁疗护的春天才会真正到来，让我们期待这一天吧。

[安宁小贴士]

1. 家属的感受是最真实的。
2. 养老行业巨大的市场潜力是需要专业支撑的。

纪光伟，2022 年 1 月 7 日

我在餐桌上讲安宁疗护

昨天晚上，武汉市某区养老院的院长邀请我参加他们的聚会，参加者主要是该区养老机构的院长，平时这些院长给了很多支持，借春节之际向他们表示感谢。我和这位院长有过多次业务上的联系，尤其是在武汉封城期间，我们在最艰苦的日子里相互支持和鼓励，结下了深厚的友谊。

晚上 5 点 50 分，我如约赴宴，一进门，院长们纷纷和我打招呼，原来我曾经多次在民政系统讲过课，大家都认识我。寒暄之后，院长们热烈地交谈着，我由于和他们不熟，自然没有太多的共同语言。只能聆听着他们的交流，几位院长都述说着受疫情影响，入住老人越来越少，目前的生存十分困难。

早在前年，我就预测了，因为疫情的影响，养老机构的生存将会十分困难。听着他们的交谈，我非常同情他们目前的处境，也为他们在如此困难的情况下，仍然坚守在养老行业，感到由衷钦佩。

席间，该院的院长提出来要我跟大家讲讲安宁疗护，他的突然袭击让我毫无准备，我只能即兴跟大家分享了一下安宁疗护的相关知识：

安宁疗护可能大家知道，或许觉得很神秘，其实，安宁疗护并不神秘，是指为疾病终末期或老年患者在临终前提供身体、心理、精神等方面的照料和人文关怀等服务，控制痛苦和不适症状，提高生命质量，帮助患者舒适、安详、有尊严地离世。

其实，安宁疗护的相关理念，我们每个人都在做，只是自己不知道罢了。如我们的家人生病了，尤其是生重病后，我们对家人进行安抚、陪伴和照护，这里面就有安宁疗护的元素，是很浅显的安宁疗护。真正的安宁疗护是身、心、社、灵的照护，但人人都不能说做得很圆满。

安宁疗护理念除了适用于生命末期的患者外，还适合一些严重疾病早期的患者，因此，我们每个人都应该掌握一定安宁疗护的知识，应用在我们的生活中。

该院长又连续提出了几个问题：如养老机构如何做安宁疗护，没有医疗资质的养老院能不能做安宁疗护，安宁疗护如何收费，等等。我根据工作实践一一做了解答。

由于是朋友的聚餐，我也不好意思占用大家太多的时间，表示如果今后大家有这方面的需求，可以随时联系我，我也愿意和大家一起讨论。也有院长邀请我过去工作，我们互加了微信，相约加强联系。

餐桌上讲安宁疗护，我这是第一次，从大家的反应看，这些院长对安宁疗护是比较感兴趣的。

这位院长请其他院长分享了其他养老知识，让我理解了这位院长的一片苦心，他想通过聚会这种形式，在交流感情的同时，让大家加强业务学习，交流运营经验。

尽管养老行业目前比较艰难，但他们没有放弃充电和拓展业务的机会，这样的精神是值得我们学习和提倡的，这样的聚会有创新。

[安宁小贴士]

1. 在养老机构中普及安宁疗护知识是有必要的。

2. 利用一切机会宣传安宁疗护理念值得推广。

纪光伟,2022 年 2 月 12 日

一天两个要求入住的咨询电话，足见安宁疗护的需求有多大

今天上午 9 点多，我的一位退休同事打电话给我，说他的一位朋友家的老人要入住安宁疗护，我告诉他，我们已经“歇业”几个月了。电话那头，我的同事跟他朋友说：“没有办法，他们已经关门了。”然后失望地挂掉了电话。

不到 1 小时，一位医院在职的同事给我打来电话，说有一个癌症晚期的患者家属想找临终关怀机构，希望我推荐一个。很显然，她是知道我们已经“歇业”了。我询问了患者的情况、家属的需求和能够承受的费用，她均说不清楚，她说能否让她的朋友直接联系我，我同意了。

不一会儿，一位男士打来电话，但他对于病情和需求也说不清楚，他也是为朋友办事，因此，只能让患者家属联系我了。

家属给我打来电话，告知了病情，我判断患者已经是疾病的晚期，目前还没有生命危险，家属也是想先联系好，到最后的时候再入住，而且家属不纠结费用问题。

知道了家属的需求，我告诉家属，可以为他推荐机构，但要达到我们以前那样的服务可能会有一定的困难。如果有需求，我也可以随时过去协助处理。家属非常满意，我们相

约有需求的时候再联系。

最近一段时间，几乎天天都有这方面的电话，我都按照家属的需求进行推荐和介绍，但今天一天就有两位要求入住者，足见人们对安宁疗护的需求有多大；这些咨询者都是拐了几道弯，人托人才找到我，足见大家寻找这样的机构是十分困难的。能够给大家一点意见，提供一点帮助，是我现阶段唯一能够为大家做的了。

其实，还有很多生命末期患者的家属并不知道有这样的机构，因此，普及和推广安宁疗护理念迫在眉睫，大力发展安宁疗护应该列入我们的议事日程了。

［安宁小贴士］

1. 从安宁疗护的咨询电话中，可以感受到大众的需求。
2. 寻找安宁疗护机构难，催生安宁疗护“中介”。

纪光伟,2022 年 2 月 28 日

感谢您为这么多陌生人提供帮助

今天早上5点多，我进入公众号的后台，发现昨天半夜11点多钟，有人在后台留言：

你好，纪教授，在网上辗转搜索您的联系方式，找到了这个公众号。

我的孩子2岁多，弥漫性脑干胶质瘤没办法治疗了，从武汉到北京求医，医生让我们回家好好陪孩子。后期孩子遭受的痛苦会越来越多，我们想让孩子能在家人的陪伴下，做安宁舒缓治疗，减少痛苦。不想让孩子在医院ICU冰冷的一个人害怕地离开。

得知您是武汉安宁疗护的第一人。希望能得到您的帮助，后期带孩子寻找入住舒缓病房缓解最后的痛苦。

这么晚打扰您，实在是四处打听武汉哪里有孩子能住进去的舒缓治疗病房，后期在家很难护理，希望让孩子舒适一点的离开。感谢您！

我可以想象这是一位心急如焚的家长，我立即回信息，告诉了我的电话和微信。晚上6点多，家属联系了我，告知了病情，希望能够入住安宁疗护中心。我告诉他，我们中心已经“歇业”，我可以推荐国内儿童缓和医疗开展得比较好的机构，但家属希望能够在武汉，因为家里还有一个姐姐，孩子很想念姐姐和家。

我十分理解和同情家属的想法，我也跟他谈了我的意见，并按照他的要求推荐了机构，但不知道能不能满足家属的需要。

他告诉我，现在医院的医生很少告诉患者家属后期需要面临的问题，都是他自己在网上查的资料。由于专业上的不对等，使得家属无法做好准备，为此，我愿意和他约谈，并愿意提供帮助。

家属对此非常感谢，我们相约保持联系，他说："安宁疗护是大家都需要的，是一个很伟大的职业。需要得到国家政策支持，武汉作为一座大城市，这个政策太晚了，还不如长沙……感谢您为这么多陌生人提供帮助！"是啊，我几乎每天都会接到这样的电话或微信，很多都是陌生人，能够帮到大家，应该是我的荣幸，这也是一个积德积福的事情。

和这位家属交谈完，让我陷入了沉思，是啊，是因为您感到痛了，才知道安宁疗护的珍贵。但很多人没有需求，没有感到痛，就不以为然，这是制约安宁疗护发展的主要原因，如果我们大家都有这样的意识，积极维护生命的尊严，减少生命末期患者的痛苦，安宁疗护一定能够发展起来。

［安宁小贴士］

1. 不想在冰冷的ICU离开，已经成为许多人的共识。

2. 安宁疗护巨大的市场需求和无法满足的安宁疗护服务是一对需要解决的矛盾。

纪光伟，2022年3月2日

一位“植物人”父亲的愿望：我只想让他说一句话

昨天上午，我应邀到一个“植物人”家进行了一次上门服务，让我感受到了父爱的伟大。

这是一位 24 年前因车祸导致的“植物人”，最近出现了压疮，很长时间没有愈合，家属邀请我去处理一下创面。

十几年前，我来看望过这位患者。儿子发生车祸以后，一直是父母照顾。照顾“植物人”的儿子成为两位老人的全部寄托。后来我听说，两位老人将儿子照顾得很好，长得白白胖胖的，可见两位老人是花费了不少心血的，倾注了他们全部的爱。

这一次到他家，家中多了一位保姆，老人告诉我，他们年事已高，身体也不好，他已经 81 岁了，老伴也有 78 岁了，我们也没有能力照顾儿子了，就请了一位保姆来照顾。但儿子的换药等关键性的护理还是由两位老人来完成，也摸索出了自己的护理经验。

处理完患者的创面，家属告诉我，他们一直没有放弃儿子的康复，一直在买药物和保健品治疗，希望我和老人聊一聊。我和老人交谈了起来，问了他的打算，他告诉我：“我一直希望儿子能够康复，现代医学那么发达，为什么治不好儿子的病呢？我一直没有放弃任何尝试。我没有很高的要求，我只希望儿子每天能跟我说一句话。”

听到这里，我为老人的不懈努力感到深深的敬佩，这是一位伟大的父亲，在他们的精心照顾下，“植物人”的儿子已经活了24年，父亲还在寻找着儿子康复之路。

我问老人：“您已经81岁了，您还能活20年吗？”老人笑着说：“那怎么可能呢，我随时都可能不行了。”我说：“万一您二老不在了，儿子怎么办？”老人陷入了沉思：“那我能怎么办呢？”

我问老人：“您为儿子已经做得太多了，但一直没有效果，‘植物人’的康复是一个世界性的难题，20几年了，估计康复的可能性已经很小了，您还在想办法让儿子康复吗？”

老人激动地说：“他才45岁，现在好好的，白白胖胖的，为什么不能康复呢？”说着他翻出了一沓报纸给我看，你看报纸上说，这些药物都是有效的。我明确告诉他，这些广告都是夸大和无效的。老人说：“不试，怎么会知道无效呢？”

我理解老人的想法，不能说服他，我们也不好勉强了。我建议家属只能慢慢地引导，说服老人少买这些药物，维持对“植物人”的身体照顾就可以了。

离开了患者的家，我为这位老人的父爱和执着而感动。24年来，父母全身心地照顾，几乎没有自己的正常生活，这一问题应该引起我们的关注。

“植物人”是一个生命，他有着生存的权利。但是一个

“植物人”给家庭和社会带来的负担也是沉重的，我们应该呼吁社会来关注这一问题，帮助“植物人”的家庭能够过上正常的生活。

几年前，我结识了北京托养植物人中心的相久大主任，他放弃了自己公职工作，自己筹集资金 500 万，开辟了我国第一家植物人托养中心，成为专业的“植物人”照护机构，为解决植物人的生存问题进行了开拓性的尝试，经过 5 年多的艰难运营，目前已经摆脱了困境，步入了良性循环，为我国的“植物人”生存问题探索出了一条可行之路。

患者的父亲表示，他想把儿子送过去，我不建议他这么做，但也不忍心打破老人的希望。

［安宁小贴士］

1. 儿子成为“植物人”，改变了老人后半生的生活。

2. “植物人”应该得到社会的关爱。

纪光伟,2022 年 3 月 9 日

公众号后台的求助信息：我需要安宁疗护病床

昨天中午 1 点，我正在午休，一位网友在“武汉安宁疗护”微信公众号的后台发消息，并在多篇文章后面留言：“工作人员好！老公的父亲鼻咽癌晚期扩散了，已走到生命尽头，想找安宁疗护医院，能告知哪里有床位吗？”

看得出这位网友的心情是十分急切的，我立即发消息告知我的微信号，很快，对方加了我的微信，告知了病情：80 岁的老人，食管癌晚期，需要找安宁病房。我简单了解了网友的需求，这是一位武汉新洲的患者，希望每月的价格是 5000 元左右。

我坦诚地告诉她，我们以前机构的收费标准和网友的需求差不多，但我们的机构已经“歇业”了。目前这个价位是不可能找到合适机构的。网友同意增加一些费用，经过协商，我按照网友的要求推荐了一家机构。但遗憾的是，下午 4 点，这家机构的负责人给我发来微信，这位老人已经去世了。

几个月来，人们通过各种渠道联系我，希望获得安宁疗护，我也尽力给予帮助，甚至过去查房，帮助与家属进行沟通。有的获得了一定的安宁疗护服务，有的因为费用和离家较远而没有去，但像这样，家属连考察都没有进行，患者就去世了，这还是第一例，也引发了我的思考。

安宁疗护的普及力度不够：很多人不知道安宁疗护，更不知道安宁疗护是做什么的，一直到了亲人快到生命尽头了，再来寻求安宁疗护病床，就可能会留有遗憾。如果我们能够有一定的安宁缓和医疗的知识，提前做出预判，适时进入安宁缓和医疗，对于提高生命的质量和维护生命的尊严是有益的。

经济是困扰生命末期患者进入安宁疗护的主要原因：由于目前许多地方的安宁疗护没有进入医保，一个月 5000 多元的费用，患者和家属往往都很难承受，一方面是家属经济力量不够，另一方面是不愿意在生命末期花钱。

因此，我一直在呼吁安宁疗护要进医保，需要政策的支持。另一方面维护生命的尊严是需要成本的，大众对此的认可度不高，为什么我们愿意为小孩花钱？为什么女性愿意为美容花钱？为什么我们愿意为抽烟、喝酒花钱？而不愿意为生命末期的亲人花钱呢？

我们深知，这一观念的改变是需要时间的，需要我们加大科普的力度来提高百姓的认识，我们也会不遗余力地从事这项工作。

低收费不能保证安宁疗护的品质：其实，最近几个月，我在全国考察了几十家机构，像我们这样低收费、高品质的机构还真的没有，但最后的结果就是“歇业”，这是一个必然的结果。因此，一个机构不能生存，品质再高也是不可能长期维系的。

几个月来，我几乎每天都会接到入住安宁疗护的需求电话，有的时候一天几个，有朋友、同事，有以前的患者家属，更多的是在微信公众号的后台，其实，这仅仅是安宁疗护需求的一小部分，相关资料显示，在我国能够享受安宁疗护服务的人不到需要人群的 1%，面对如此大的市场，我们应该怎么办？希望能够引发我们的思考。

人人能够享受安宁服务，应该成为我们的目标。但愿来不及进入安宁病房的遗憾不再发生。

[安宁小贴士]

1. 安宁疗护的普及力度不够。
2. 经济是困扰生命末期患者进入安宁疗护的主要原因。
3. 低收费不能保证安宁疗护的品质。

纪光伟，2022 年 4 月 7 日

网上的安宁疗护实践

4 月 18 日晚上 8 点多，一位来自福建某县的患者家属在网上联系我，诉说着他的诉求，他的哥哥是癌症末期患者，已经接受了安宁疗护理念，但受条件限制只能居家安宁。但在治疗中存在一些问题，希望得到帮助。

我了解了患者的情况，他是晚期下咽癌，做了气管切开和胃造瘘，每天处于疼痛中，但又不敢服用强效镇痛药，认为镇痛药有耐药性，担心以后无药可治，而忍受着疼痛。

据家属介绍，由于患者家住县城，该县没有疼痛科，而且镇痛药有限，更没有安宁疗护病房。家属对疼痛控制的问题很担心，希望得到指导。

经过了解患者的疼痛评分和药物使用的情况，得知患者每天还是有几次疼痛加剧的情况，应该考虑为暴发痛，建议家属到医院就诊。

23 日，我再次联系了家属，了解患者的情况。我们相约晚上进行视频交流。晚上 7 点多，我们在腾讯会议室里对患者的病情进行了分析。家属认为，患者的疼痛情况得到了初步控制，但睡眠的时间太长，希望能够适当减少睡眠。对此，我提出了药物调整建议。同时，我通过视频观察了患者的气管切开和胃造瘘的地方，指出了可能存在的问题。尽管讨论只进行了半小时，但家属对此非常满意。我们相约有问题随时联系。

一次简单的视频会议，解决了患者的治疗问题，同时对患者和家属也是一种安慰，符合缓和医疗理念，这样的效果让我感到欣慰。

推广安宁疗护，不是发个文件，搞个活动就够了，需要有更多的举措来落实和实践，切实解决生命末期患者的实际问题。

我国的安宁疗护需要做的工作还有很多，“一万年太久，只争朝夕！”

［安宁小贴士］

患者对镇痛药物应用的误解和县域缺乏疼痛治疗的现状亟须改善。

纪光伟,2022 年 4 月 25 日

温暖

11 月 16 日，我收到陈女士的求助微信，她母亲目前 82 岁，患有阿尔茨海默病。8 月 23 日，妈妈因吞咽功能障碍发生误吸，而导致肺部感染入院。住院 3 个月中，妈妈因吞咽功能丧失而插了鼻胃管，因胆汁反流吸入性肺炎高热，又改插了鼻肠管，因吃抗凝药而产生胃出血，自此一直拉肚子，没好过，陈女士问妈妈肚子疼吗？妈妈点头。

陈女士看到妈妈一直哼唧哼唧而坐立不安，多次请医生帮助，医生告知没办法，到了这个年龄的老人就这样了，情况只会越来越差。此时无助、无力和无奈包围着陈女士，整整一夜她不停地安慰着妈妈："妈妈我会想办法的，您放心，我们一定会有办法。"

16 日凌晨陈女士突然想到了我。

我了解经过后，心里清楚，靠我一个人帮不了陈女士，一方面，认知障碍老人的临终护理是特别困难的事。另一方面，患者住在杭州的这家三甲医院还没有开展安宁缓和医疗的培训，家属提出安宁关怀的方案会遇到医生的很大阻力。于是，我邀请了安宁疗护的前辈纪光伟主任、李静院长、赵哲宇老师和几位志愿者共同组群进行了安宁关怀，并安排 17 日晚上进行了第一次安宁关怀视频指导。

纪主任问陈女士的需求是什么？陈女士回答："一个是

减轻妈妈的痛苦，一个是完成妈妈最后的愿望——回家。”纪主任建议，妈妈的难受可能是胆汁反流引起的，减少进食量、鼻肠管正常工作后，反流的问题是可以解决的。妈妈已经进入生命末期，现在有两个选择：一是继续“拼命”到最后，二是选择安宁疗护的理念，接受死亡是一个自然的过程，只采取控制疼痛等让老人生命最后一段时间舒适的医疗措施。陈女士选择了安宁疗护。

李院长认为，对阿尔茨海默病临终老人应关注身体之外的人文关怀，让老人带着温暖、希望、无惧，安然地离世。她分享了一个最近的安宁关怀案例，在敬老院，她对癌症晚期的老人用芳香疗法、音乐疗法、陪伴老人聊她喜欢的事，最后让老人安详离世。李院长非常有经验，也有爱心，她愿意从上海去杭州给患者做芳香治疗，希望陈女士保重身体。

赵老师认为，患者还能点头沟通，说明阿尔茨海默病没有很严重，可以通过触摸患者身体的不同部位观察有没有皱眉等不舒服的表情，如果有不适的表现，基本确定就是这个地方痛。

在第一次安宁指导后，陈女士从困境中走了出来，第二天在群里回复，纪教授的判断是正确的，妈妈不是痛，而是反流的东西刺激她不舒服，昨晚没有新的反流物出来，妈妈感觉很舒服，睡得也很香。随后的一段时间，陈女士通过抚触沟通、音乐沟通等心灵呵护方法，陪伴妈妈度过了宁静的时光，有时妈妈也会露出难得的笑容。

12 月 12 日晚，新的问题出现了，妈妈因肚子疼得哇哇叫，医生没解决疼痛的问题，纪主任建议可以用强效镇痛药。陈女士和医生沟通，自己可以承担用镇痛药的后果，但是医生还是不敢用。另一个问题是医生准备改用深静脉置管作为延长生命的医疗措施。从安宁疗护理念的角度上看，深静脉置管时会带来不适，不适合给临终老人使用。

看到陈女士陷入焦虑中，13 日晚上，我安排了第二次视频指导。当时纪主任正发热，他抱病参加了指导，并邀请疼痛科一起会诊，建议非癌末疼痛也可以用阿片类药物镇痛。

第二天陈女士回复了两条信息：一条是好消息，一条是坏消息。好消息是麻醉师说老人年纪大有风险，不同意深静脉置管；坏消息是医院没有疼痛科，医生也不同意用阿片类药物镇痛。为了突破困境，我把曾经的案例中，女儿说服医生帮父亲成功控制疼痛的视频发给陈女士，鼓励她克服困难。结果出乎意料，陈女士到另一家医院的疼痛科配到了阿片类镇痛药——丁丙诺啡透皮贴剂，这让我再次看到家属帮助亲人减少痛苦的强大力量。

15 日，陈女士在群里发消息说她妈妈的血压和血氧开始下降，尿量明显减少，眼睛长时间看一个地方等濒死期症状，纪主任判断老人的生存期为 1～2 天，建议尽快完成老人最后的心愿。

16 日，陈女士问妈妈是否愿意回家，妈妈使劲地点了点头。下午，老人平安地回到了家中，当天晚上，打着呼噜，睡得很香，这是老人近 3 个月来睡得最好的一天。17 日上午，老人落下最后一口气。

有感：

陈女士尊重妈妈的意愿，在插鼻胃管前，在出院前都征求了妈妈的意见，真正做到我的生命，我做主。这是非常不容易的事情。

家属在长期照护临终患者的压力下，会产生无助、无力和无奈，甚至焦虑，关怀家属和关怀临终患者同样重要。这也是安宁关怀的一个重点。整个安宁团队通过视频和微信给陈女士提出建议和指明方向。

事后，陈女士说:“安宁疗护能大大减轻临终患者的痛苦，提高临终患者的生活质量，对患者和家属是极大的安慰”。

［安宁小贴士］

1. 尊重老人的意见，体现了我的生命我做主。

2. 安宁疗护能大大减轻临终患者的痛苦，对家属也是极大的安慰。

陈峻，2022 年 12 月 18 日

初识纪光伟主任

初识纪光伟主任，是在前两年的一次网上缓和医疗论坛上，只见他把对安宁疗护的推动和热爱娓娓道来，最后用了优美的歌声结尾。虽然隔着千里的距离，但是他的风趣演讲和真情流露打动了我，给我留下了非常好的印象。

后来，我和周明飞院长聊起了这一次参会。周院长说，他可不仅仅是专家，还是一名科普达人，每天都有文章出来。自此我对纪主任产生了浓浓的好奇之心，期待有一天能和这个贴了很多“标签”的专家面对面交流和学习。

机会很快来了，今年4月17日，他应周明飞院长邀请来我院进行了两天的参访、交流和授课。这是从线上到线下，从网络到现实的一次见面，现实中的纪主任，身形消瘦、气质儒雅、行为谦和、低调，没有架子，满足了我一直以来对这位专家的景仰之情。

来院后，我先陪同他参观了我院的安宁疗护病房，他对病房的人文气息大为称赞，随后，我们邀请纪主任为我院全体医护人员进行了《安宁疗护的武汉实践——整合安宁疗护理念的建立和探索》授课。作为一名资深的安宁疗护专家和科普达人，纪主任用幽默风趣的语言、渊博的知识、深入浅出的讲解，为大家呈现了一堂精彩纷呈的授课。课堂上，掌声阵阵，有笑，有泪，大家对纪主任在安宁疗护界的付出表示深深的敬意。

在我院参访期间，纪主任参加了我们安宁病区一位30多岁的胆管癌患者的病案讨论，并看望了这位患者，对患者的治疗提出了建议。

晚上，南京市安宁疗护指导中心的专家们来到医院，通过圆桌会议的方式和纪主任进行了安宁疗护领域的学术交流。正如周院长所说，天下安宁一家人，大家有着共同的目标，心怀终末期患者，愿意为这份事业付出自己的爱和热情。

短短两天过去，纪主任很快离开南京回到武汉，但是我从他身上学到很多很多，对某样东西热爱很简单，但是坚持很难；做事不容易，把所作所为及时进行记录并进行宣讲，为安宁疗护事业坚持做推广，更是不易！

纪主任就是这样一个在安宁疗护道路上孜孜不倦的践行者、推广者、科普者，令人敬佩。

［安宁小贴士］

1. 坚持做安宁疗护的推广不容易。

2. 在安宁疗护道路上孜孜不倦地做践行者、推广者、科普者，令人敬佩。

殷小莉，2023年4月20日

路很难，但一定要走下去

今天早上7点，我开车到汉川的刘家隔镇去看望一位94岁的老人。这是昨天晚上网上的病例，根据症状判断是肠梗阻，但究竟是机械性肠梗阻，还是麻痹性肠梗阻？由于没有看到患者的检验结果，没有做体检，很难做出准确的判断。为此，我决定去汉川一趟。

天气预报说今天会有极端天气，但今天早上的天气还不错，我想早去早回。由于全程高速，车也不多，8点过几分就到了汉川，只花了一小时零几分钟。

了解了这个家庭的情况，老人94岁了，平时身体还不错。儿子因主动脉夹层做了手术治疗，媳妇也患有恶性肿瘤，他们要带病照顾老母亲，孩子们在外面打工，生活都不容易。

我检查了患者，老人的意识还是清楚的，可以正常交流。主诉一直腹痛，几天没有解大便，呕吐，不想吃东西。腹部检查：腹部是柔软的，有深压痛，没有触及包块，肠鸣音亢进，没有气过水音。我用带去的手套做了一个肛诊，发现直肠是空虚的，没有大便，但在7厘米以上的位置可以触及一个包块，性质难以确定。

我查阅了患者的出院小结，尽管有低钾和低蛋白，但对于90岁的老人来说，这个结果还是可以的。

尽管医院已经下了胃肠道肿瘤的可疑诊断，但我觉得依据不足，结合老人以前有过大便解不出来的病史，我还是考虑为大便堵塞引起的，需要彩超或 CT 证实，但附近最近的医院就是几公里外的镇卫生院了，那里只能做彩超。我们就决定去卫生院做个彩超检查。

说是几公里路，开车走了将近 20 分钟，如果遇到了紧急情况，还真的会耽误事情。车子经过一个较大的水塘，家属告诉我，农村的高龄老人在家缺少照顾，孩子们都出去打工了，加上疾病的折磨，他们过得很辛苦。

几个月前，我转载过一家媒体写的农村老人的现状，现在看到的和媒体写的是一样的，为什么会是这样？老年人的生活质量也需要得到保障，生命也应该得到尊重，他们也应该有生活的热情。

到了卫生院，医生开了单子缴费后，彩超室里的医生只让一个家属进去，不让我进去。没有办法，我只有跟家属打电话，准备告诉她做什么部位，没有想到门开了，医生同意我进去了。

开始和医生沟通很难，她一直在谈彩超下的表现，我想在肛诊下来了解直肠的情况，医生说做肛诊要去外科。后来，她得知我是武汉来的医生，就同意我配合她检查了。

再次做肛诊，由于要向上冲击，我发现这个包块可以变形，那就考虑是大便的可能性大了。拿着医生的报告，由于我们关注的不是一个问题，这个报告也就没有实际意义了。

我告知了家属结果和我的想法，这位老人目前还不是终末期的患者，建议做肠镜检查明确诊断，如果是大便引起的，只要能够将大便排出，问题就可以解决，也可以通过手术，将大便推出，但对于近百岁的老人，往往都不会选择手术；如果是肿瘤引起的，就可以进入安宁疗护了。但联系肠镜是一个大问题，很多医院不愿意接受这样的患者，家属也联系了几位朋友，都无法解决。我也联系了武汉的医院，虽然同意接收，但效果不敢保证，家属也不愿意离开汉川。

最后，我们商议，先解决疼痛的问题，我建议可以使用解痉剂，家属有一个亲戚在开诊所，我们希望使用一点解痉剂，但医生坚决不同意，强调只能想办法疏通肠道，没有别的办法。我跟他说，解痉剂是可以使用的，但医生坚决不用，我说服不了，没有办法，老人只有回家忍受疼痛了。

关于急腹症的疼痛处理，应该是可以使用解痉剂的，诊断明确的也是可以使用镇痛剂的，最新的观点是：诊断不明确的患者也是可以使用镇痛剂的。研究资料证实，这并不会掩盖病情。但是，我们的医生有多少人能够掌握这些进展呢?

在患者家中，我给他们画了一个直肠的结构图，介绍了目前的情况，由于老人有脊柱侧弯，直肠的结构也发生了改变，因此，肛诊和灌肠都无法解决问题，只能手术或通过肠镜来处理。目前手术肯定是不考虑的，肠镜主要是用来诊断的，一般医生不会用来“疏通”肠道，这就是问题了，如果是大便，“疏通”后老人还可以生存，需要医生有担当，愿意帮助解决问题。这是一条非常困难的路，如果解决不了……

交代完病情，已经到了 11 点多了，下午将会出现极端天气，因此，我要尽快赶回武汉，我们相约网上继续交流。

我放下了手中的事情，往返150公里，耗时5小时，是希望能为这位老人做点什么，也是为了告诉大家，安宁疗护不是死亡的代名词，也可能延续生命的，如果这位老人的问题能够得到解决，她的生命就能得到延续，但客观条件，医生的理念，操作者的意愿，很可能会决定着这个患者的走向。

是啊，回家的路很难，我们走过来了；安宁疗护之路很难，我们也要坚持走下去；农村老人的生存很难，我们如何维护他们的尊严？如何让他们有尊严地生活，是值得思考的；这位老人的治疗也一定会很难，我们能否走下去？

[安宁小贴士]

1. 农村老人的生存现状值得关注。
2. 关爱农村老人刻不容缓。

纪光伟,2023年5月2日

活人真能让尿憋死

昨天上午 7 点多，一位家属通过微信向我求助，她的父亲精神不好，吃东西很少。我决定过去看看，约好了上午 11 点左右过去。

我处理完手上的事情，上午 11 点准时来到了患者的家中，我了解了老人的情况，这位 83 岁的老人，卧床半年时间，大小便是可以自己解的。我检查了患者，感觉患者的呼吸快，但检查心肺基本正常；又做了洼田饮水试验，患者没有吞咽功能障碍；腹部检查一看，患者的下腹部膨隆，皮肤光亮，按压有明显的肌紧张，很显然这是一个不全性尿潴留。

我立即让家属去购买导尿包，但周围都没有，没有办法，我只有向武汉广华医院的王娟院长求助，在广华医院拿到了导尿包。给患者导尿的时候，导尿管插入并不顺利，在膀胱颈遭到了明显的抵抗，但持续用劲后，还是插入了膀胱，分两次引流出了 800 毫升尿液，患者下腹部马上就变成“蛙状腹”了。

看着患者能够正常交流，经询问得知老人没有其他异常，就交代老人不能拔出导尿管，拔了就要开刀。

事后家属告知，老人还是有一定的精神症状，我要家属保护好导尿管，可以吃小剂量的奥氮平控制症状。

下午 2 点多，家属告知，患者还是把导尿管拔除了。很明显，这位老人是有阿尔茨海默病的，应该药物治疗，必要的时候，要做保护性约束。同时，要再次插导尿管，但家属不愿意，认为他是可以自己解一部分的。

我还是建议他尽早上，因为尽管是不全性尿潴留，但仍然有可能导致膀胱的破裂。另外，经过插导尿管后，会引起膀胱颈的水肿，导致梗阻更严重，第二天再次插导尿管有可能无法插进去，甚至要行膀胱造瘘，家属答应商量，看是否送到专业的照护机构去，我也推荐了机构让家属去考察。

这个案例对我们有如下启示。

有认知症的老年人照护是比较困难的，单靠家属的力量是难以满足的，必须要有社会力量的支持。

关于虐待老人的问题，无论保护性约束，还是奥氮平等药物的治疗，都是属于虐待行为，这在国际上是有明确界定的。约束是物理虐待，药物是化学虐待，都是不符合伦理的。

在国外的实践中，这些方法依然在有条件地运用。一是要评估这种虐待和不虐待哪一个风险大，如果不“虐待”的风险大，那么我们还是要选择“虐待”；二是必须要经过家属的知情同意，明确告知是属于虐待，按照获益原则，取得家属的谅解，这是我们在这类患者照护过程中要遵循的基本原则。

40 年的临床经验告诉我，活人能让尿憋死是有道理的。对生命末期的患者，管理好患者的排尿，也是一种症状控制，更是一种舒适护理。

［安宁小贴士］

1. 认知症的照护应该得到社会的支持。

2. 获益原则是这类患者照护所必须遵循的基本原则。

纪光伟，2023 年 5 月 15 日

护送晚期癌症患者到北京看升旗

5 月 9 日凌晨 3 点多，在北京天安门广场，许多人从四面八方来到这里，等候着看升国旗仪式。一位坐着轮椅的老人引起了人们的关注。他是湖北省孝感市杨店镇农民，今年 70 岁的张爹爹因患晚期癌症，目前身体已十分虚弱，他的愿望就是在生命的最后能够看一次升国旗。我和孝感杨店中心卫生院的医务人员愿意帮助他实现这一愿望。

早上 5 点 07 分，当国歌响起，鲜艳的五星红旗冉冉升起的时候，身体十分虚弱的张爹爹从轮椅上坚强地站了起来，对冉冉升起的国旗行注目礼。他的这一举动，感染了周围的人群，也实现了他终生的愿望。

5 月 4 日，孝感市孝南区杨店中心卫生院收治了一位晚期肿瘤的患者，这是他们第一例安宁疗护病例。下午，该院谢志强院长给我打电话，邀请我到孝感去查房，指导他们安宁疗护工作的开展。

5 日上午，我如约来到了孝感市杨店镇。了解了患者的基本情况：四个多月前，孝感市杨店镇的农民张爹爹被确诊为晚期肿瘤（恶性淋巴瘤），癌细胞迅速扩散，多家医院均评估已无治疗意义，预计生存期为半年时间。生命进入了倒计时，老伴和女儿们商量后，5 月 4 日，将他送到孝感市孝南区杨店中心卫生院的安宁疗护病房。

了解了情况后，我召集家属和医务人员一起开了家庭会议，了解患者和家属的需求，发现张爹爹的求生欲望特别强烈，埋怨家人不给他治疗，但家属知道病情，又不想告知实情。

面对这个家庭的矛盾，我开始了解患者和家属的心愿，他的女儿告诉我们，父亲有两个心愿：一是想看到孙子上孝感高中，二是想去天安门广场看升国旗。

查房如何告诉患者的病情，患者能否承受这个“坏消息”？一直是我担心的事情。在了解了老人的心愿后，我觉得实现心愿这可能是一个比较好的突破口，而且到北京看升旗也是一件有意义的事情。我跟该院院长谢志强探讨了实现这一愿望的可能性的时候，得到了谢院长支持。

在查房中，我检查了患者，了解了患者的想法，患者也明确提出想去看升旗。我告诉他，孙子上高中的事情可能暂时还不能实现，但到北京看升国旗是可以实现的，我们准备帮助他实现这一愿望。

张爹爹非常高兴：“我们村的人都没有去北京看过升国旗。”从他的眼神中，看到了他内心的喜悦。我终于成功地将一个坏消息变成了好消息。

我们又与家属进行了充分的沟通，反复交代了路上可能会遇到的风险以及可能的对策。家属也表示非常理解，并签署了知情同意书。

随后，如何实现这一愿望，我们进行了充分的讨论，这位患者已经是双侧胸腔内大量积液，呼吸比较困难。如果这一症状不能得到缓解，这一愿望是难以实现的。如果路途出现了危险，就会雪上加霜了。因此，我们决定首先置管抽胸腔积液，缓解呼吸困难的症状。

下午，病区主任汪超带领医务人员在超声定位后，给患者置管引流，但患者的右侧胸腔积液已经分隔，很难抽出来，只能在左侧穿刺置管，第一天引流出了 600 毫升胸水，第二天引流了 700 毫升，呼吸困难的症状有了一定的缓解。

由于考虑到患者的病情可能会在短期内出现变化，经过多次商量后，我们决定尽快成行。为了保证路途的安全，经过讨论，医院决定，派副院长黎小华做领队，全面负责路途的安全，我作为医生，护士长向琴琴全程陪同，经验丰富的江涛师傅作为司机，护送患者完成这一心愿。

5 月 7 日上午，我和杨店医院的医务人员再次对患者的情况进行评估后决定实施。中午 12 点，救护车带着医疗设备和药物，在医务人员的陪同下，载着张爹爹老两口从孝感杨店中心卫生院朝着北京出发了。

一路上，医务人员细致地观察了张爹爹的变化，只见老人呼吸平稳，表情自然，目光一直看着窗外的风景。考虑到老人的身体情况，下午 6 点我们在新乡封丘县的高速旁，找了一家小旅社住下了，一方面让患者休息，另一方面要给患者进行治疗。

8 日早上 6 点多，我们启程奔向北京，中午 12 点左右，我们在河北任丘吃饭，但患者不愿意下车，在车上待了 1 小时左右，出现了身体不适。下午 4 点，我们到达了北京的酒店，入住后就开始治疗，但患者还是出现了呼吸困难，心率快和血氧饱和度下降等表现。

我们也跟杨店卫生院领导进行了汇报，经过商量，大家的意见是要尽量确保安全，不行就放弃看升旗，马上返回孝感。当我跟患者沟通的时候，张爹爹一听到“返回”这两个字，立即紧张地瞪大眼睛摇头拒绝，我们只能按照老人的意愿，希望他能够看到升国旗。

那一夜，我们所有人的心都是提着的，我一直守护在患者的床前，不时地调整着治疗，护士长向琴琴承担了患者的治疗和监护任务，其他的同志有的去寻找明天的停车位，有的去买明天路上的食物。我的眼睛死盯着患者的血氧夹，血氧 86%，心率 125 次 / 分，这是最难看的数据，数据的每一次变化都牵动着我们的心。

半夜 12 点 29 分，患者的血氧和心率都恢复了正常，我悬着的心才落地了。

回到房间，躺在床上，我怎么也睡不着，计划 3 点出发看升旗。凌晨 1 点到 2 点，我都是清醒的；不知道什么时候，我迷迷糊糊地睡着了。3 点 7 分，我猛然从床上翻身起来，一看时间，已经过点了，这时，黎小华院长已经在外面敲门了，我赶紧穿好衣服出门。黎院长说，打你的电话没有人接，我就知道你睡着了。

救护车来到了天安门广场附近，昨天江师傅找好的停车场，因早上限行而无法停车，我们只有重新寻找停车场，转了一圈，终于在观旗宾馆门口找到了停车位，而且是免费的。我们用轮椅推着老人向天安门广场走去，因为要做安检，要排队，需要绕一大圈。凌晨的光线不好，加上路不平，为了保证安全，轮椅经常需要倒着拖行。为了防止出现意外，轮椅基本上是我在推。广场工作人员的管理也很人性化，见我推着轮椅，也纷纷给我开绿灯，走“绿色通道”。

到了天安门广场，时间还不到4点，距离升旗还有一个多小时，这时的天安门广场已经是人山人海了。

5点7分，当升旗的国歌响起，我们都注视着旗杆，没有想到张爹爹突然站了起来，注视着国旗，这一刻，我真的感动了，一位生命末期的患者，这一惊人的举动，是什么力量支撑着他？我们赶紧搀扶着老人，怕他摔跤。

看完升国旗，我采访了这位老人的感想，他说：“我到了祖国的心脏，我很激动；第一次看升国旗，我很激动。我们周围的好多人都没有看过。”

满足了患者的心愿，也基本完成了我们此次北京之行的任务，我也激动得热泪盈眶。

考虑到老人的情况，看完升旗后，我们就离开了天安门广场，回到酒店退房，我们不等酒店的早餐了，尽快离开北京，踏上了返回孝感之路。

为了尽快返回，院长谢志强已经派司机在邯郸服务区等候着我们，两位司机接力开车，于当天晚上8点37分安全回到了孝感杨店中心卫生院，完成了这位生命末期患者的最后愿望。

一位癌症晚期的患者，在生命末期的心愿是到天安门广场看一次升旗。这对于普通人来说，并不是一件难事，但对于他而言，确是一个难以实现的梦想，让他没想到的是，在医院、安宁疗护专家和社会爱心人士的接力帮助下，他完成了这趟往返2200多公里的圆梦之旅。这次活动得到了武汉市岁月养老服务有限公司和北京的杨店籍爱心人士邓少华先生的赞助支持。

回到孝感后，患者的情况越来越差。按照当地的风俗，5 月 18 日，家属将患者接回家中。该院的医务人员上门进行居家安宁疗护的照护服务。

20 日，我应邀到患者家中去查看患者，此时他已经昏迷，我按照安宁疗护的原则，给家属提了一些处理的意见，并给患者做了导尿。我们离开 10 分钟（10 点 20 分）后，家属打来电话，患者已经去世了，让我感到这位患者是为了最后见我一面。

一位农村的癌症晚期患者，在生命的最后，不仅实现了自己的愿望，还能够得到如此温馨的服务，最后无痛苦地离世，这是开展安宁疗护的目的，乡村安宁疗护大有所为，安宁疗护走向基层迫在眉睫，对于提高我国人民的生命质量是有着巨大意义的。

能够做到生死两相安，这是生命的最高境界。也希望这一案例能够让更多的人能够知道安宁疗护，关注安宁疗护。

［安宁小贴士］

1. 满足生命末期患者的愿望，这是安宁疗护工作的一部分。

2. 在唯美画面的背后，是需要做好症状控制的。

纪光伟，2023 年 5 月 20 日

义务往返百余公里，只为帮助晚期癌症患者

今天上午，我帮母亲开完药后，从武汉最东边的白玉山，开车到武汉最西边的蔡甸镇，往返 100 多公里，探望一位 75 岁的肺癌患者。

前天晚上 9 点多，一位在东南亚工作的朋友给我发来微信，询问武汉的蔡甸有没有安宁疗护机构。第二天，我了解了患者的情况，得知家属想请一位医生到蔡甸镇去评估一下病情。

这可是一个难题，一是这么热的天气，谁也不愿意跑这么远；二是这个病情评估和建议，是需要有安宁疗护知识的人比较合适，最后商定只能我去了。

我按照导航的指引找到蔡甸镇某医院，在住院部，我见到了患者黄先生。家属已经拿到了出院小结，做好了出院的准备，准备等我看过后就结账回去。患者住在普通病房，坐着吸氧，仍有呼吸困难。我和老人聊了聊，他知道病情，是癌症晚期，因为他本人去拿的报告。家属说，他目前的情绪比较低落，不想吃东西。

我问了老人的想法，他的回答很直白，我想快点死，不要太痛苦。我握着他的手告诉他，我是来帮您解决问题的。

随后，我了解了老人的情况：呼吸困难；上厕所都困

难，只能走几步路；左肩疼痛难忍。

当我问他有没有什么愿望？想吃什么？想见谁？想去哪里游玩。他的回答很简单：没有。

做体检发现，患者是端坐呼吸，不能平卧，体检是坐位完成的。左颈部可扪及一个 3 厘米 ×5 厘米大小的包块，扁平，不影响外观。左胸腋后线可见引流管，已经夹闭，双肺语颤增强，叩诊双肺呈清音，用带来的听诊器听诊：双肺均可闻及呼吸音，左侧稍弱。心音遥远，心率 70 次 / 分。

我查阅了患者的化验检查和 CT 片，对病情有了初步的印象：晚期肺癌合并胸膜和颈部转移，心包积液，阻塞性肺炎、恶性胸水、低氧血症等。目前的病情比较重，我估计患者的生存期按周或按天计算，一旦发生心包填塞，可能就更快了，这种情况是随时可能发生的。

在与家属的交谈中，我不建议再继续抗肿瘤的治疗了，更不建议再折腾患者到外院做其他的检查。已经做过的基因检查，可以等待结果，如果能够吃药做靶向治疗，也是可以的。但新增的检查和治疗，不建议做，这样可以避免对患者的折腾。

不建议患者出院或回到镇医院治疗，建议能够入住安宁疗护病房或在区医院治疗，因为心包积液随时可能发生心包填塞。

要给予强效镇痛治疗，要多陪伴。

家属表示，要和家人商量以后再做决定。下午，家属在微信中告诉我，她们决定暂时不出院了。后续的问题我们再商量。

今天的案例，能带给我们什么启示呢？

农村的安宁疗护需求极大：我国每年有 1000 万左右的

人死亡，能够享受到安宁疗护服务的只有3%，换句话说，绝大多数人是在痛苦中离世的。在乡村，更需要这样的服务，因此，发展乡村的安宁疗护工作是非常必要的。

安宁疗护的资源极其匮乏：在接到这位患者家属的求助后，我联系和了解了蔡甸情况，很难找到满意的安宁疗护资源，这就非常令人遗憾了。

普通医院的环境难以满足需要：这家医院是新建的，从建筑结构和设备上看都是不错的，但对于一个生命末期的患者待在三人间的房间，确实是感觉不好，空空荡荡的，厕所的卫生真是不敢恭维，打扫不及时。如何能为生命末期的患者和家属创造一个舒适、安宁的环境，对生命尊严的维护是有着重要意义的。

百姓对生命末期的认知不够：家属对病情的接受程度不够，是这类患者常态化思维，总希望有奇迹发生，总是不愿意放弃，对生命末期的患者而言，这样做只会增加患者的痛苦。

今天，我和家属谈了我的想法后，家属在电话那头问，难道就真的没有希望了吗？不接受，不相信，这是每位家属常有的想法。

记得去年一例癌症晚期的患者，整个腹腔都长满了肿瘤，患者腹胀和疼痛非常厉害，入住安宁疗护后，还在四处联系专家做手术，专家要看近期的磁共振片子，家属叫120外出做磁共振，但在路上被忽悠说，有医院能做这个手术，她立即办了出院来到这家医院，结果花了一笔钱，还是无法治疗，最后又回到了安宁疗护病房送终。

后来我跟家属说，你不知道他们是在忽悠你的吗？家属说："我知道他们是在骗我，我宁愿被他们骗，至少他给了我希望；你们给我的都是死亡，没有任何希望。"

家属的心情我们是可以理解的，我们应该努力提高对疾病的认知，用正确的生死观来指导我们的生活，这就是推广安宁疗护的意义所在。

安宁疗护不是慈善机构，单纯的公益是不能持久的：很多人认为安宁疗护是慈善机构，这样的观点是错误的。因此，建立合理的收费标准势在必行，也是有利于安宁疗护持续发展的。

[安宁小贴士]

1. 农村的安宁疗护需求极大。
2. 农村安宁疗护的资源极其匮乏。
3. 普通医院的环境难以满足需要。
4. 百姓对生命末期的认知不够。

纪光伟，2023 年 7 月 24 日

她为什么拍抖音

不久前，武汉岁月养老服务有限公司运营总监张国华邀请我去巡查一下他们的养老机构，帮助他们找问题，做出诊断，以便提高他们的服务质量。这是一家农村连锁的养老公司，在武汉市的黄陂区和孝感市投资了 8 家养老机构。说句实话，无论从环境和硬件上，都无法和城市的养老机构相比，其服务水平也无法相比。在与他们的交流中得知，他们一直在努力改进服务，提高服务的品质。

农村的养老院，收费很低，但农村的养老问题确实是一个很大的问题，不但市场大，而且不能高收费，老百姓需要的低价、高品质的服务，很显然这是违背经济规律的。

为了帮助他们，我利用回武汉的时间对该公司的养老机构进行了三天的调研，找出了问题，提出了改进意见，三天的调研，让我印象最深刻的是三汊福利院的胡姐。

前天中午 12 点开始，孝感开始下起了倾“缸”大雨。下午 2 点 52 分，雨才开始变小，我们赶紧上车，赶往下一站三汊福利院。车子刚刚启动，瓢泼的大雨又来了，雨刮器打到最快，也很难看清路面，3 点 33 分，才到三汊福利院，13 公里的路走了 41 分钟。

到了福利院门口，雨仍然不小，为了不让养老院的工作人员淋雨，我提议，我们就在门外等雨停再打电话。但不一会儿，有人打伞来开门了，原来是黄小秀院长。

大雨仍在下，我们什么事也做不成，只能坐在走廊里等候雨停，陪同我一起巡查的丁欢欢主任给我看了一个搞笑视频：一位女士跪地扮演武大郎，为的是博得养老院老人们的欢笑，她的抖音号叫：三汊福利院胡姐。她们告诉我，这个人就是这个福利院的护理员。后来，有一位女士来拍我们，她们告诉我，这个人就是胡姐。

一位普通的护理员为什么喜欢做抖音？

昨天早上，我准备采访她一下。早上 6 点多，她们已经开始为老人们送早餐了，我跟在胡姐的后面拍下了她的工作场景……她将老人们的早餐送完后，才端起她自己的饭碗开始吃早餐。

我利用这个时间，采访了她：她的名字叫胡玉珍，今年 65 岁了，高中毕业，是一个地道的农民。她喜欢护理员的工作，也喜欢玩抖音。

几年前，她用抖音记录养老院的老人生活，受到了家属们的好评，也有一些人到养老院找胡姐，还有一些人看了抖音后将老人送到了这里。

我问她为什么要拍抖音，她告诉我，一是自己喜欢，二是可以宣传福利院。目前她已经是有近 3000 粉丝的小网红了。

我认真研究了一下她的作品，大致上可以分为三大类：一是反映老人在养老院的生活；二是搞笑的表演，为了逗老人一乐；三是唱歌表演。

一位文化水平不高，年纪不小的护理员，拍抖音拍成了小网红，已经成为福利院的宣传员了，将自己的爱好做成了专业，不得不令人佩服。

60多岁的人，膝关节已经过了“保质期”了，多少都有一些问题了。看着她跪在地上演武大郎，想着都疼。她却告诉我说不疼，这种精神和毅力，是值得我们学习的。

在许多机构，都没有重视宣传工作，或者说不知道如何宣传。主要原因是难度大，要求高，没有人愿意潜下心来做这个事情，但胡姐在爱好中做宣传，在娱乐中做宣传，在工作中做宣传，已经获得了初步成功，是不是对我们有所启示呢?

［安宁小贴士］

1. 用抖音记录工作值得提倡。

2. 用抖音进行养老宣传值得肯定。

纪光伟,2023年8月23日

在人生的最后一个教师节，他收到了一束鲜花

今天中午，在南京和怡韩府山安宁疗护中心，87 岁的刘先生收到了该中心医务人员送来的一束鲜花，向他祝贺教师节。

刘先生因癌症晚期，已经进入生命末期，尽管病情很重，说话很困难，但老人的神志一直是清楚的，除了可以说含糊不清的词语外，还是可以通过点头或摇头来和我们进行交流的。

今天是教师节，我们的工作人员得知老人以前是小学教师，一早上就准备买花送给老人，但由于上午的工作太忙，一直没有空。他们只能利用中午休息的时间送老人鲜花。

中午下班后，他们相约来到老人的房间，由中心的工作人员给老人献上鲜花。

“您是不是桃李满天下？”刘先生点了点头。

“祝您教师节快乐”，刘先生又点了点头。

“这束花送给您”，刘先生第三次点了点头。

目睹了这温馨的一幕，我感慨万千：一位生命末期的患者，还有人记得他曾为国家做出的贡献，向他祝贺节日，是令人欣慰的。

这个教师节将是刘先生的最后一个教师节，这束鲜花是对刘先生的尊重，对他工作的肯定，更是对生命尊严的维护。

［安宁小贴士］

1. 让人生最后一个教师节过得有意义。

2. 鲜花是对老师的尊重，更是对生命尊严的维护。

纪光伟,2023 年 9 月 10 日

激素缓解了生命末期患者的恶病质症状

10日上午，一位生命末期的癌症晚期患者家属来到我的办公室，她问我："为什么我父亲的情况会越来越好？是不是父亲有救了？"

9月6日，87岁的刘先生被送到我们安宁疗护中心，当时患者比较烦躁，呼吸困难，生命体征不稳定，经过评估，我们认为患者的生存期不长，可能以天或周计算。家属对于病情有了深入的了解，也能够接受最坏的结果。

患者入院后，心率一直在100次/分以上，血氧饱和度在90%上下波动。我们考虑到患者的生存时间不会太长，就采取少量输液和激素治疗，来控制患者的症状，获得了较好的效果。患者的生命体征平稳了，烦躁和呼吸困难也出现了好转。

看到老人的情况稳定，而且越来越好，又燃起了家属的希望。我告诉她，这个变化是我们使用了药物以后，缓解了生命末期患者的恶病质状况，并不是疾病好转的表现。

昨天早上开始，患者出现了血氧的持续下降，血氧饱和度到了70%～80%，我告诉家属，生命即将结束。

下午2点03分，患者安详地离世。我们协助家属一起处理身后的事宜。

准确地预测生命的终点，是一件很困难的事情，与医生的经验和细致的观察有很大关系。本例患者我们做出了相对准确的预测，让家属有了充分的思想准备，能够平静地接受死亡的到来。

对于生命接近终点的患者使用药物是可以有效控制患者临终前的痛苦症状，但也应该和家属交代清楚，这并不是疾病好转的表现，以免给家属带来误解。

[安宁小贴士]

1. 症状控制是安宁疗护的重要工作。

2. 症状控制不会缩短患者的生命。

纪光伟，2023 年 9 月 13 日

叹为观止的换药

今天中午，我们收治了一位晚期恶性肿瘤的患者，家属说有巨大的创面，走近患者就可闻及臭味。为了开家庭会议，我们利用中午的时间，了解了患者的创面。

以前遇到这样的创面，都是由医生来处理的，在这里我也准备这样处理，但梁琇芳老师主动要求给患者换药，并准备好了东西，她准备的东西和我们不同，在输液盐水中加入了活力碘，便于用注射器冲洗创面。

在患者床前准备换药的时候，我们发现梁老师不在现场了，只能打电话找她，原来，她去拿凡士林了。

打开伤口的敷料一看，下腹部、会阴部和左侧髂部都可见严重的病变，尤其是下腹的巨大创面，犹如一个巨大“盆地”，这样的创面是非常少见的，也是很难处理的，一旦肿瘤侵蚀了血管，后果不堪设想。

只见梁老师娴熟地铺好了护理垫，调整了患者的体位，先用盐水冲洗了创面周围的皮肤，然后用活力碘盐水冲洗创面，再用大棉签清理创面，最后分别用活力碘纱布和凡士林纱布覆盖了不同的创面。

创面处理完，梁老师又麻利地清理了患者的护理垫，给患者戴上了尿不湿，将病床清理得干干净净，整个过程“行云流水”，让人叹为观止。

梁老师是我们请来的护理督导，她是台湾安宁疗护专科护士，在台湾服务过 1 万多例安宁疗护患者，有着丰富的临床护理经验。以前只是听说，今天是我亲眼所见，让我自愧不如。

而且梁老师在换药前离开，是去拿她自己购买的凡士林，她用自己购买的凡士林为患者服务，一方面说明了她的专业性，在机构有可能临时拿不到它，而影响了治疗；另一方面，说明她随时都做好了这样的准备，这种敬业精神也是让我佩服。

作为一个从医 40 年的外科医生，我也经历过无数大型的创面，也见过比今天严重的创面。在换药上我很难佩服别人的技术，但今天我用上了叹为观止一词。

这位患者已经无法治愈，甚至已经临终了，我们要努力减轻患者的痛苦，要学习梁老师的技术和经验，认真做好我们的服务。

［安宁小贴士］

1. 给生命末期患者的巨大创面换药主要是减轻异味，增加舒适度。

2. 换药技术可以打破常规，避免增加患者的痛苦。

纪光伟，2023 年 9 月 14 日

安宁疗护中心的“星光大道”

昨天上午，刚布置好的安宁疗护大厅受到了老人们的青睐，尤其是地面上用中英文写着历年来世界安宁缓和医疗日的主题，更是被人们誉为安宁疗护的“星光大道”。

他们有的缓慢地扶着护栏走过“星光大道”，有的是由照护者推着轮椅从这里走过，还有的站在原地“打卡”。一些老人饶有兴趣地读着每年安宁缓和医疗日的主题，既锻炼了身体，又锻炼和检验着老人的智力。

世界安宁缓和医疗日是由世界安宁缓和医疗联盟（WHPCA）为支持全世界安宁疗护发展的统一行动日，于2004年在全球推行，定于每年十月份的第二个周六为世界安宁缓和医疗日，从2005年开始，每年设立一个主题，旨在支持和宣传安宁疗护事业的发展，今年已经是第19年了，但在我国大陆只能收集到2015年以后的主题资料。

为了弥补这一缺陷，我们经过多方查找资料，完整地收集了世界上从2005年到2023年的19个世界安宁缓和医疗日的主题，见证了世界安宁缓和医疗的发展，并在中心建立了“星光大道”，以期达到宣传安宁缓和医疗的目的，没有想到，我们的这一举动竟意外地成为一个网红打卡地，吸引人们关注安宁缓和医疗。

在安宁疗护中心建立安宁疗护主题大道可能还是第一

次，它记录了全球安宁疗护的发展史，向大众普及了安宁疗护的知识，不仅增加了安宁疗护中心的人文氛围，也成了一道景观，真可谓一箭双雕。

未来，我们将每年增加新的主题，将这一“景观”延伸下去。

希望今日的“星光大道”，能成为明日维护生命尊严的“明星”。

> [安宁小贴士]
>
> 安宁疗护的“星光大道”可以普及和推广安宁疗护的知识。

纪光伟,2023 年 9 月 22 日

南京韩府山印象

今年7月初，我有幸和纪光伟主任一起从武汉来到南京和怡韩府山颐养中心工作，已经有近3个月了，让我感到这是一个温暖的园子！

9月的颐养中心十分美丽，韩府山真是个藏龙卧虎之地。在教师节，我们才发现，在颐养中心入住的老人中有8位教师，他们中有幼教老师、中学教师和大学教授，还有一位护理前辈。他们曾经为祖国的教育事业做出了巨大的贡献，现在他们年龄大了，老了，身体的功能退化了，需要我们照顾了。在颐养中心得到了良好的照护，让他们颐养天年，是令人欣慰的。

沈奶奶就是我们的护理前辈，今年2月入住，她患有阿尔茨海默病，还做过胃癌手术，身体每况愈下。7月底，又出现了腹痛和呕吐，诊断为机械性肠梗阻。医生曾建议她转院治疗，家属坚决不同意转院，经过禁食、胃肠减压、输液和营养支持等治疗后好转。

护理督导梁琇芳老师每天都陪伴着老人，而且为了缓解老人的孤独和焦虑情绪，经常和老人一起睡觉，只有真正和这些老人深度陪伴的人，才能真实地感悟到这人间的爱与痛，才有着如涓涓细流般的温暖和慈悲。

记得在教师节那天下午，颐养中心举行了一场别开生面的教师节活动。我们“00后”的年轻护士向“80后”的沈奶奶献花，沈奶奶激动地跟我们回忆当年的故事……虽然她们年龄大了，记性也差了，但她依然激情饱满，充满了对护理事业的热爱！我也由衷地敬佩她！我们的护理老前辈沈老师！

沈奶奶经常参加我们举行的活动，她和志愿者一起手工制作荷花扇，和我们一起唱歌，一起做小游戏，她在这里快乐地生活着。

在中心，她还偶遇了一位退休老同事、老朋友，沈奶奶说：人生短暂，感恩相遇，下次再见都不知道什么时候了，也不一定有机会了，两人还互道好好保重！这一生的好同事、好朋友，相逢、相惜，善生、善别及善终。

秋雨清晨，幸会和怡韩府山颐养中心，幸会安宁疗护，未来可期，未来的路还很长还很远，我们一起携手同行！

［安宁小贴士］

1. 韩府山是老人颐养天年的好地方。

2. 南京这片沃土，值得耕耘。

万振，2023年9月24日

下班后的家庭会议

今天下午 5 点 40 分，我中心安宁疗护团队召开了一个特殊的家庭会议。

69 岁的李先生因肝癌晚期于 10 月 23 日入住我中心，尽管我们与家属进行过多次病情沟通，就患者的治疗达成了初步协议。但由于工作安排、家属时间等多种原因，没有举行正式的家庭会议。

今天在确认家属下班后会来到中心，且无其他事宜后，选择在这个时间进行家庭会议。

会议开始，我们引导患者家属进行倾诉，且为了缓解家属的紧张情绪，主动坐在家属身旁。家属对患者的发病、治疗过程及个人的想法进行了阐述，他明确表示希望“为我父亲寻找一个舒适的环境，最后能够没有痛苦”，我们表示一定会尽心尽力。

随后，纪光伟主任从医生角度对患者病情及可能出现的不良情况进行了一一的告知，家属也表示已知晓医学结果并接受，决定最后不再进行增加痛苦的抢救。

最后，梁琇芳老师表示，我们会提供尽可能舒适的照护，使患者在最后的阶段舒适、有尊严。

本次在下班后举行的家庭会议达到了预期目标，家属与安宁疗护团队友好协商并建立沟通制度，确保信息通畅传达，并制订了科学具体的护理计划。通过家庭会议，家庭成员可以更好地了解患者目前的状况和生存期，积极与医疗团队密切合作，提供最佳的生命末期照护。这种协同努力有助于确保患者在生命的最后能够获得尊严、舒适的护理，提高生命的质量。

[安宁小贴士]

1. 家庭会议是安宁疗护的常用交流方式之一。
2. 成功的家庭会议对患者的照护有着积极的作用。

隋洁,2023 年 11 月 2 日

第三次死亡讨论、复盘

今天中午 12 点 20 分，我们利用中午的休息时间，在我中心的老年大学举行了第三次死亡病例讨论，就 10 月份离世的 6 位患者进行讨论。这 6 位患者中，有 4 例为癌症晚期，2 例为非癌症患者。会议由纪光伟主任主持。

首先，由管床医生介绍病情和治疗的经过，随后，大家对每一例患者的治疗和照护过程进行了回顾，并就照护的过程各自发表了自己的观点，回顾与患者相处过程中的难忘场景，如入院时的家庭会议，每天早晨查房时短暂的问候等。从而总结出我们工作中的经验和不足。

这 6 位患者在生命的最后都得到了比较好的症状控制，让痛苦的症状能够得到缓解，同时得到了良好的舒适照护，维护了他们的生命尊严，这是值得欣慰的。

每一位患者的离世，或平静或安详或痛苦，我们从中的反思和收获很多，也许只是家属不经意间的一句赞赏，或是专门表达感谢送来的锦旗，都是对我们工作的认可，对我中心的认可，更是对我们医护团队的认可。

同时，我们也必须看到，在这些患者的照护过程中，还存在着一些不足，是需要我们不断总结和提高的。

每次死亡讨论都是自我的一种提升，被认可的地方我们会继续保持，需要改善的地方会继续提高，死亡讨论不单单是案例的分析，更是一种复盘，只有不断地学习和总结，才能尽可能地给每一位患者画上圆满的句号。

[安宁小贴士]

复盘：总结经验，找出不足。

丁雪婷,2023 年 11 月 3 日

从痛不欲生到安详离世：这是安宁疗护的最高境界

不久前，我们收治了 71 岁的胡先生，罹患晚期肺癌，因严重疼痛及呼吸困难而无生存的欲望。

几次查房，我想尽可能地在他的床前多待一会，嘘寒问暖地多了解一下他的痛楚，尽可能地帮他缓解痛苦。

要想了解老人的真实想法，就必须走进老人心中，我决定和老人长谈一次，在交谈中，老人明确表示想早点离世的愿望，疾病的折磨让他痛不欲生，早点离世可以结束痛苦，并可减少对家人的拖累。因此，他拒绝任何治疗，也拒绝吃东西。

了解了患者的真实想法后，我们召开了家庭会议，家属也希望能够减轻痛苦，尤其希望使用缓和性镇静。

纪光伟主任明确告知家属，我们只能依据现有的技术缓解患者的痛苦，并介绍了几种治疗的方案。同时，这些治疗不会缩短患者的生存时间，甚至有可能会延长生存的时间，在国际上已经有大量的研究证实了。

在取得了家属和患者的同意后，使用了缓和性镇静进行症状控制，1 小时后，患者已经安静入睡，呼吸困难也得到了改善。在和家属交谈的过程中，患者醒来了，纪主任问他现在的情况如何，他说："好多了，你这一'枪'打得真准。"看到患者满意的笑容和风趣的语言，让我再次看到，良好的症状控制是安宁疗护的精髓。

第二天早上，我坐在患者的床旁，静默无语地握着他的手，他睁开双眼问我："还有多久？"这个问题愁得我不知应该如何回答。对于处于生命末期而又一心求死的患者来说，在病床上等待，确实是一种痛苦的煎熬。

作为护理人员，我能不能做一件让他和他的亲人觉得很有意义的事情呢？护理人员的专业技术和人文关怀，是不是能为患者带来舒适照护？我一直思考着。

微量注射泵在继续，我们的护理要跟上，在症状控制后，还要增进患者身心灵的舒适。听了我的话，患者点头说好，并向我表示感谢。

他再次提出了："这个过程需要多久？"我告诉他："当日事当日毕。"随后我与患者按照儿时的习惯拉勾勾说定："拉钩上吊一百年不许变。"

"再来一天，我们就来洗头、洗澡，准备舒舒服服、清清爽爽地走；如果还能再来一天，我给您播放各国的音乐，让您享受世界旅行，寻找那更美的归处。请相信我会用团队的力量为您的舒适把关，不苦不痛地走完这一生。"患者连声说："谢谢您！"

第二天，老人还真给我带来了惊喜，真的又来了一天，尽管患者已近临终了，我履行了我们"拉勾勾"的承诺，在床上帮他洗头、洗澡、剪指甲。

尽管患者已经是临终状态了，在我们洗澡前，患者用微弱的声音说："好。"舒适的照护操作结束后，患者睡了一觉，从那之后，他再也没有清醒过，但脸上挂满了安详，静静地躺着，没有丝毫痛苦，最后，安详地走完了他的人生。

办理完丧事后，家属来到中心，他的妻子满含热泪、深切地讲述了她的感受："在这里我们感受到了温暖，纪主任一次又一次地走进病房，观察病情变化；梁老师给患者擦擦洗洗，连脚趾甲都洗干净了，这是我从来没有见过的，她一边清洗一边说：'我们洗得干干净净、香喷喷地走……'这些都让我们非常感动。"

对于生命末期的患者，我们做事不需要做得多伟大，只要做一点让患者和家属欣慰的事，让他们感受到温暖和舒适，纵然是泡脚、美足，刷牙、漱口，身体清洁，只要让患者能够有尊严和安详地走完人生，这也是安宁疗护的最高境界。

［安宁小贴士］

1. 生命末期的患者，良好的症状控制是安宁疗护的精髓。

2. 舒适照护提升品质。

3. 每一点关爱都是对生命的尊重。

梁琇芳，2024年1月21日

我在安宁疗护中心做博士课题的一个月

2023年7月，绿荫繁盛夏正浓。我从英国回国做我的博士课题“中国长期照护机构老年人文化适应性预立照护计划方案的构建与评价”，这一课题需要在养老机构内完成，而且需要有经验的专家给予帮助，为此，我找到了南京明基医院缓和医学科的周智主任，希望得到他的指点。

他略显神秘地告诉我，可以找到一位专家帮忙。我半信半疑地来到了和怡韩府山安宁疗护中心，见到了安宁疗护界的“网红达人”纪光伟主任。

之所以称纪主任是“网红达人”，是因为他的科普文章和身影总是活跃在安宁疗护人的公众号和微信群中。不仅如此，纪主任公众号的文章标题总是非常吸引人眼球，常常借助一些网络“热点”，如“秋天的第一杯奶茶”，让人在看到的第一眼就情不自禁地点进这些公众号的推文中。

和纪主任一起工作的第一天，他赠送我一份他参与制作的安宁疗护纪念邮简。作为一名“90后”，我其实对邮简感到陌生。纪主任向我介绍，邮简是折叠成信封状的邮品，在过去人们把通信内容直接书写在邮简上，用于信息传递。借助邮简这样的载体，宣传和推广安宁疗护的理念，我还是第一次见到。这份邮简的制作精美，兼具收藏价值，我感到十分新奇，爱不释手地翻看着。

纪主任指着邮简的封面问道：“你看这是什么树？”

一抹不逊于绿的金黄，标志性的扇形叶片，“是银杏？”

“嗯，是秋天的银杏。我想传达的是，生命的最后也可以很美。”

听到这里，我的内心十分触动。一份小小的邮简，轻柔却有力，润物细无声地传递着安宁疗护的理念：走得有尊严。

纪主任总是拥有一双敏锐的“新闻眼”，每一个鲜活的生命故事都可以成为他的科普素材。8 月 2 日，在纪主任的主导下，我们为探视母亲的黄先生（化名）进行了一次预立医疗照护计划的访谈。

预立医疗照护计划是我博士课题的研究内容，是指通过一系列的沟通讨论，帮助患者和家属表达对未来治疗和照护意愿的重要方式。黄先生的母亲是一位脑胶质瘤生命末期患者，目前是植物状态。由于患者已无法沟通，我们便与作为监护人的黄先生展开了交流。

让我们意外的是，黄先生对于生命的理解很通透，认为母亲后期的治疗选择很理性，“母亲养育了我们，但这种状态已经没有什么意义了。目前，我们能把她照顾好，提供相对较好的环境，是我们儿女唯一能做的事情。”

谈及今天来探望母亲的原因，黄先生道：“今天是我的 53 岁生日，虽然她已经无法感知了，但我还是要来。儿生母苦，孩子的生日也是母亲的受难日。”

黄先生的这句话深深地击中了我内心最薄弱的地方，纪主任也有些哽咽，竖起大拇指激动地说：“您做得好！”

访谈过后，纪主任向黄先生提出了一个请求，能否补拍一张他探望母亲的照片，黄先生同意了，他再次来到母亲的床前，用温暖的大手牵起母亲枯槁的小手，久久不愿松开。这个温暖的场景让在场的医务人员动容。

这次预立医疗照护计划的访谈，帮助我们了解了黄先生对母亲后期治疗与照护的意愿，也得以把安宁疗护的理念顺利地传达。通过沟通，我们感受到了患者和家属间浓浓的亲情，与他们建立起更深厚的信任关系，这对后续照护的开展至关重要。

第二天一早，刚到办公室坐下，纪主任就对我招招手：“小周，我新写了篇推文，你帮我参谋参谋。”

我一看，文章的标题为《过生日，我来看望植物人的母亲》，这不是昨天黄先生的故事吗？！原来，这一件件临床发生的真实故事，就是“网红达人”纪主任得以一天运营5个公众号的秘诀！

当天，我便把这篇推文转发给了妈妈。她看完后十分触动，正巧后天（8月4日）是她的生日，她跟我说，她也要去探望我的外婆。

我赶忙跟纪主任说了这件事，他非常感动，笑着对我说：“这就是科普的意义，影响可以影响的人”。

这是我第一次直观地感受到科普的力量，也真正明白了纪主任几十年如一日地坚持做健康科普的意义。在我们看来稀松平常的临床故事，却能够潜移默化地感染身边的人。

安宁疗护的科普，任重而道远。很难想象，已过花甲之年的纪主任仍旧每日持之以恒地书写着科普文章，在这条并不平坦的道路上前行。这份坚守和无畏让我由衷地敬佩。

一个月的课题研究结束了，但给我留下的印象是深远的，它激励着我在学术研究中不断前行。希望在不久的将来，安宁疗护的理念能够得到广泛普及，让更多的人知道：维护生命的尊严，还有另一种更好的选择。

［安宁小贴士］

1. 安宁疗护的科普任重而道远，生命故事是最好的素材。

2. 预立医疗照护计划是一项重要的保障患者权益和提高医疗照护质量的措施，应得到更多人的关注和重视。

周雨欣，2023 年 11 月 9 日

三年多的安宁情，践行承诺完成第三次聚会

今天上午，我利用回武汉的时间，到医院看望了我做手术的乳腺癌患者，为她拔出了引流管，同时解读了病理报告，为后续治疗提出了意见。

这位老实巴交的中年人开刀前给我送钱，被我谢绝了。今天他硬要送我一包他自己做的红薯粉，我不得不收了下来。

另一位甲状腺包块的患者也通过朋友找到我，希望我能给她做手术，但我因为即将回去，面对这份信任，只能托付给其他医生完成手术。

中午，我请原安宁疗护的同事吃饭。履行我三年前的承诺。2021 年 11 月，运营了 1391 天的安宁疗护病房“歇业”了，这是大家三年多打造的一个有活力的团队，大家都依依不舍，为此，分别时我提出今后三年，每年聚会一次，请大家吃饭，既是想维系这个团队，也是对大家辛勤付出的感谢。

2022 年 6 月 2 日，我从湖北赤壁驱车赶回武汉，请大家吃饭，这是“歇业”后的第一次，但遗憾的是没有合影留念。

2023 年 4 月 10 日，我第二次请大家吃饭。

今天，我第三次请大家吃饭，也将自己的承诺履行完毕。回来编辑照片，才发现这两张照片竟然是同一个背景。

“歇业”三年，武汉的安宁疗护没有实质性的进展，但令人欣慰的是，最近有公立医院已经开始筹划安宁疗护，未来，大武汉也将再次会有安宁疗护中心了，我们期待着武汉的安宁疗护能够早日启动。

吃完了中饭，我告别了同事，来到武汉站，登上了回南京的高铁。

［安宁小贴士］

1. 聚会是对以前团队工作的感谢。
2. 履行承诺是一个做人的基本品质。

纪光伟，2024 年 4 月 11 日

后　记

在2023年的最后一天，本书的书稿终于顺利地提交给了出版社。本书从筹划、收集资料，到撰写和最后交稿，历时2年多。我们原先3年多的安宁疗护实践，也在这个过程中不知不觉地变成了6年多。经过几次大的修改和补充，也让本书的结构和内容发生了很大的变化，甚至在交稿后还在补充新的内容，这也使得本书的内容更为丰富，我们安宁疗护的实践更为成熟。

在武汉3年多的安宁疗护实践对于我而言是一个"悲剧"式的结局，是不完美的。但在我们团队和全国许多热心人士的支持下，我们坚持不断地探索，努力实践，一直致力于安宁疗护理念的推广。

2023年，我们终于在南京这块沃土上迎来了新的机遇，让安宁疗护的推广成为可能。未来，我们期盼安宁疗护实践与推广能够有新的突破，人人享有的安宁疗护不再遥不可及。

我们应该感谢这个观念日益开放的时代，感谢国家对安宁疗护政策支持，感谢南京包容的安宁疗护氛围，是他们让安宁疗护得以由理想变为现实。

真诚地感谢科学普及出版社给予的大力支持和指导，感谢辽宁书间月下文化传媒有限公司肖静女士的无私奉献。正是这些爱心的支持，坚定了我们在维护生命尊严这条路上继续走下去的信念。

我们坚信，路再难，坚持就会取得成功。让我们共同努力，为推动我国的安宁疗护事业的发展贡献自己的一份力量。